韓牧散文書法新輯

韓牧 —— 著

韓牧簡歷

　　韓牧，本名何思捃，另有筆名鄭展怡、向巽玲、衛紫湖等。1938年花朝節生於澳門戀愛巷。澳門大學文學碩士，「澳門新詩月會」創辦人，1957年夏移居香港。港、澳、新加坡多個文學團體之會員、理事。曾任港、澳兒童文學獎、工人文學獎、青年文學獎評判，青年雜誌主編。1984年春，率先提出「澳門文學」名詞及概念。1989年末移居加拿大，任「加拿大華裔作家協會」理事，同時是加拿大多個藝術家團體之會員、理事。國際詩人協會會員。著有《韓牧文集》（上下冊）（獲獎）《韓牧評論選》《剪虹集：韓牧藝評小品》《韓牧散文選》《韓牧散文書法新輯》、電郵書信集《牧人看世界》《牧人聲聲惜》及詩集《韓牧詩選》（獲獎）《島上與海外》（上下冊）（獲獎）《韓牧社會詩》《愛情元素》（獲獎）《梅嫁給楓》《新土與前塵》《待放的古蓮花》《伶仃洋》《裁風剪雨》（與何乃健、秦林合冊）《回魂夜》《分流角》《急水門》《鉛印的詩稿》及《草色入簾青：韓牧攝影、杜杜詩詞》、《Finn Slough芬蘭漁村：溫一沙攝影、韓牧新詩》（中英雙語，獲獎）、《她鄉，他鄉：葉靜欣、韓牧新詩攝影集》（中英雙語）等。在香港、台灣、中國、美國屢獲詩獎。詩作入選香港中學及加拿大大學教材；寓言詩獲日本選入「中國語」課本中；詩作《一朵罌粟花的聯想》

為加拿大國殤紀念日唯一中文朗誦詩。

主要論文有：〈杜甫鳥類詩初探〉〈建立「澳門文學」的形象〉〈澳門新詩的前路〉〈馮至詩分期研究〉〈論兒童詩的寫作〉〈舒巷城詩的本土性〉〈新文人畫的開創〉〈墨緣印象：論中國、日本書法〉〈詩人寫生與畫家寫生〉〈寫我甲骨文〉〈用「國」「族」「文」分類海外華裔文學〉〈僑民‧居民‧公民：從加拿大華文新詩窺探加華詩人的自我身份定位〉〈論詩人汪國真〉〈從人類遷移史論移民作家的身份與立場〉〈加拿大華文詩中描寫的本國社會現實〉〈加拿大華文詩中描寫的外國社會現實〉〈港澳與南洋文友的情誼及「澳門文學」的覺醒〉。

何思摀（筆名韓牧）亦是書法家，早年師從書法大家謝熙先生，屢獲香港青年書法冠軍。擅長甲骨文、隸書、楷書、行草各體。現居加拿大。

作品曾個展於加、美、中、台、港、澳。其中，1997年獲加拿大卑詩大學（UBC）主辦，首展長篇甲骨文《心經》、《正氣歌》（後又有《大同篇》《國父遺囑》等），學術界譽為首創，加拿大國家電台作海外報導。1998年獲澳門政府主辦港澳巡迴個展，得學者饒宗頤、何叔惠、羅慷烈、馬國權諸位教授讚賞，《亞洲周刊》及《美國之音》電台專訪。2001年應台北國立國父紀念館之邀作《緬懷國父》書法個展，《宏觀衛星電視》到場專訪，全球報導。旋應美國金山國父紀念館之邀，作同題個展。

書作屢獲博物館、美術館、基金會、文學館、圖書館、紀念館、文化部、領事館、碑林、碑廊等文化機構收藏。著

有《何思摶書法集》（中日英三語）。論文《寫我甲骨文》獲選入《世界學術文庫·當代文化卷》。

《韓牧散文書法新輯》自序

我愛寫詩,幾十年來數以千首計。近年發覺,其實散文也不少。出版過《牧人看世界》《牧人聲聲惜》《剪虹集》《韓牧散文選》。兩年前出版了《韓牧文集》上、下冊,共700頁,企圖一網打盡存稿,誰知漏網不少。於是有編輯《韓牧文新輯》的打算。

文學創作之外,我也愛書法創作。1996年,是書法恩師謝熙先生誕生100周年。我預先向師兄弟姐妹建議,在香港為老師辦一次紀念展。可是大家都老了,精力有限,況且不少同門已移民外國,我自己就是。最終紀念展沒有成事。於是,我想到,無論如何要克服困難,出版一冊《何思搗書法集》,當為向謝熙老師交家課。

1996年距今也二十八年了。我積存的書法作品其實也不少。若要再出版一冊書法集,困難重重,談何容易,於是我想到,可以在這本文集,附錄我的一些書法照片,存其概貌,聊勝於無。

有的朋友的文集,收錄大量與名人的合照,對保存人的真貌,是有歷史價值的,讀者也喜歡看。但我認為,應該永存的,不是人與人的的關係,而是作品與人、作品的藝術性與人的關係。我所選載的照片,所重為書法。除了純然書法作品的照片,都是書法與人的合照。日常的生活相中,其實

不少都屬這一類。單純人與人的合照，基本上不選取。只是個別有一兩幅與恩師、老師的合照，而不是與名人合照。實在，我素來不熱衷與名人合影，若要選也無從選。

我妻美玉建議，既然此書收入大量書法照片，書名應含「書法」二字。她說得有道理。於是我把書名定為《韓牧散文書法新輯》，這書名倒新異。此書共分九輯。

第一輯《日思夜夢》，共21篇。都是記述、懷念已逝者。有祖父祖母、良師益友、師母、同鄉長輩、小書店等。有兩篇較特別，是寫香港演藝界的沈殿霞及其女兒鄭欣宜。文中有讚賞，也有不客氣的真實敘述，可說是批評。好友也斯逝世多年，我一直想寫文章懷念相處時的點滴，但沒有寫成。不過後來寫了一首有關他的詩〈冒起的本土〉，就放進這文集吧。

第二輯《文學‧藝術》，共24篇。有〈赴韓參加學術研討會報告〉〈妥用成語〉〈談入聲字〉〈寫中國，也寫加拿大〉〈胡發雲講「紅歌」〉〈改詞唱《花樣的年華》〉〈壁畫女〉等。其中，〈做一枝「史筆」〉，寫得痛快，說：「可見韓牧不甘只做個書法家、詩人、藝評家，最高理想是做一枝『史筆』，令『亂臣賊子懼』的正義的史筆。……不惜樹敵、惹大麻煩、接律師信，被告上省級法庭。」7月1日閱報，一歌星在「見山書店」遺址開網上演唱會，感而成詩〈特別喜歡這個歌星〉，雖非散文，先入此書。

第三輯《新詩》，共15篇。有〈席慕容的樹〉〈瘂弦講「聲音的美學」〉〈饒宗頤唯一新詩〉〈觀周孟川舞劍〉等。其中有〈評王立《白卷》詩〉，該詩題材極新，寫當今

華裔詩人作家共有的苦惱，應屬她的代表作，同時，我這評論，也應是我得意的代表作。〈「好詩」多磨〉一篇，是新書發佈會上的發言記錄，說我詩〈愛情元素〉被香港、澳門、南洋的詩刊拒登，這是反常的，從來未有過的。「我想，是內容破格，詩中有三十多行，是性交的描寫。」這詩卻使名詩人瘂弦大加讚揚，並介紹到台灣的詩刊發表。

第四輯《書畫》，共13篇。有〈學畫買畫賞畫記〉〈我與扇面〉〈談匾額〉等。其中〈藝術家的願望〉，以自己切身感受，細緻分析藝術家的心願，藝術品的歸宿。〈三位領袖的墨寶《奮鬥》〉一篇，評述孫文、蔣中正、毛澤東三位同樣寫「奮鬥」二字而表現懸殊的書法，結合三人不同的性格來立論。

第五輯《社會生活》，共15篇。〈諸家辯論韓牧詩《國語粵語之辯》〉，收錄三位文友對我詩不同的回應，以及我對三位的意見的想法，坦率傾吐我的回憶和心聲。〈2023年的國殤日紀念會〉一篇，記錄了一次推翻以前做法的大轉變。且看2024年是否維持新做法，還是「復辟」，這對華裔的我們，關係重大。我在文中說：「過去一些年，中國人（牧現在案：不指華裔加人）也做得過份」，「也許讓當事人感到，這些華裔團體都是『親中』而不是『親加』的，要防。」以致把華裔「當是外國人」，排除。〈風光背後的陰暗〉及〈寫所謂「絕密」的真因〉兩篇，真實寫出黎、劉兩人，各自在藝術（畫家）和文學（作家）領域，欺世盜名、踩人而上；和清除港人、陰謀奪權的卑劣行為。日前有好友勸我，這兩篇就不要收進書裡了，積點陰德吧。我說：就因

為這兩人沒有「積德」、缺德，為己利去害人，我才寫這兩篇實錄。我寫，我發表，讓人警惕，為同行出頭，主持正義，挽救團體。我認為我是在「積德」。那兩人都曾請律師警告、恐嚇我（兩律師，一是他的書法學生；一是她的家人），甚至大雨夜，專人登門，要我簽收長六、七頁的律師信，三天內不登報道歉，要告上法庭。我不怕，因為我說的都是事實。我常常在喪禮、追悼會中聽到，說逝者人品好，永不講人壞話，沒有敵人。我反而覺得，人品有缺，一定是個不分對錯，見義不勇為，安份自私的「鄉愿」。孔子說：「鄉愿，德之賊也。」

第六輯《家居生活》，共15篇。〈夜天的月，晝的人間〉，細意描繪海岸晝夜轉變的微妙。〈後鄰的貓：Duke〉〈艱險而無望的行程〉〈小學校尋鴨記〉等，顯出對家畜和野生動物的感情。〈思攝泌尿科病全程簡報〉〈接受髖關節手術報告〉兩篇，細述自己的病史，文友曹小莉看出來我的用意：細述自己的經驗，提醒別人注意預防。

第七輯《附錄》，共5篇。都是師友所寫，關於我文學、書法的詩文。有恩師羅慷烈教授的贈詞、馬國權教授為我書法展寫的序言、謝琰同道評我書風、文友汪文勤評我散文選的長文。

第八輯《照片說明》。

第九輯《有關書法的照片》，共81幅。依次有家居區額、創新書法、史上首件甲骨文《心經》《大同篇》及《國父遺囑》原稿、早年所寫扇面、賀前輩及老師的壽聯、會場橫額大字、與書法、文學恩師合影、參加美術展的展品、恩

師所贈對聯、書法，博物館、文學館、紀念館收藏的我的書法作品。最後是書名題簽，共17件之多。因為我覺得，現在收入書法作品的，並非畫冊型的書法集，只是一本小書，若收入的作品字數多，會不清楚，所以盡量不收，而收入每件作品只有幾個字的題簽、匾額、橫額。最後的〈臨佳父癸尊銘文〉及〈四體四屏〉，是我在編好此書目錄之後，參加了一次新居入伙宴，意外見到壁上懸掛著我二十多年前的舊作，一如巧遇多年未見的舊友，於是拍攝，收進此書中。

　　此輯的照片，有幾幅其實不屬於書法的，因有關文章評論到繪畫、壁畫、舞蹈、簽名式，有圖方能對照。另外有一照片，是配合悼念故友古兆申的文章的。

　　此書封面用圖，我採用一頁手稿（也算硬筆書法？），是〈評王立《白卷》詩〉的第一頁。書名我用古隸題寫。封底的個人相，是 Richmond News 周報來我家專訪時，攝影記者 Dan Toulgoet 請我在通向後園的玻璃門上，隨意寫些字，他走出後園拍攝的。這樣，不是低頭書寫，才可以同時見到我的字、我書寫時的表情和姿態。我們大家常說「多元文化」，但沒有留心去觀察人家的文化的優點、去學習。像這，我們華裔的攝影者，有得學了。

　　韓牧 2024 年 7 月，加拿大烈治文，環多角燈下。

目次
Contents

韓牧簡歷　　　　　　　　　　　　　　　003
《韓牧散文書法新輯》自序　　　　　　006

第一輯　日思夜夢　　　　　　　　　017

「唔爛」的「大謂事」　　　　　　　　018
沈殿霞，愛人不自愛　　　　　　　　　020
欣宜的詩・肥肥的婚　　　　　　　　　023
我的祖父祖母　　　　　　　　　　　　026
記麥冬青　　　　　　　　　　　　　　028
送別陳風子老師　　　　　　　　　　　030
羅鏘鳴安息彌撒　　　　　　　　　　　033
羅鏘鳴悼念會　　　　　　　　　　　　036
記劉序言　　　　　　　　　　　　　　038
記陳風子　　　　　　　　　　　　　　040
記雷雨田　　　　　　　　　　　　　　042
送別譚乃超　　　　　　　　　　　　　044
華裔移民的典範　　　　　　　　　　　048
何桐賢伉儷雙壽宴　　　　　　　　　　050
謙遜與孝心　　　　　　　　　　　　　053
冒起的本土　　　　　　　　　　　　　056

記 Jean Walker	058
蔡伯勵	060
笑嘻嘻的童真臉──永遠懷念古蒼梧兄	061
追思馬森教授	074
「見山書店」音樂會	076

第二輯　文學・藝術　　077

獨立與交流──「加華作協」20周年寄望	078
藝術家的胸懷與視野	080
師娘到女伶：歌壇的形成	082
胡發雲講「紅歌」（三之一）	084
胡發雲講「紅歌」（三之二）	086
胡發雲講「紅歌」（三之三）	089
做一枝「史筆」	093
赴韓參加學術研討會報告	095
真跡手稿	102
回憶童年叫賣聲	104
寫中國，也寫加拿大	106
一次圓滿的新書發佈	109
改詞唱《花樣的年華》	115
從小說聯想到	116
談入聲字	119
〈台灣糖〉	121
《冬至沉默》演唱的前言	123
《恨不相逢未嫁時》的歌名	125

妥用成語	127
兩本「微型書」	129
〈生活相〉閉幕了	131
從情人節想到日本人	133
壁畫女	136
特別喜歡這個歌星	139
有關《當代加華詩選》的一封信	142

第三輯　新詩　**145**

席慕容的樹	146
《韓牧詩選》新書發佈會上的發言	148
瘂弦講〈聲音的美學〉	151
「詩詞朗誦班」周年慶典	153
韓牧介紹《她鄉，他鄉》	159
雲上雜談詩	161
「好詩」多磨	167
饒宗頤唯一新詩	169
方言詩歌朗誦會	175
評王立〈白卷〉詩	181
〈鮮黃和紫藍〉詩	185
見到了詩人楊煉	186
談石君〈雁群〉兩行詩	189
觀周孟川舞劍	191
左冠輝尋韓牧	194

目次　013

第四輯　書畫　　　　　　　　　　　　　　　197

寫我心經書法——明心見性，清淨圓融　　198

賤格下流的黃金時代　　200

藝術家的願望——一封與文友討論藝術的信　　202

「燒賣」‧猜甲骨文　　205

學畫買畫賞畫記　　207

三位領袖的墨寶《奮鬥》　　211

絲巾的金文　　215

「香港市場」的月曆　　217

趙蘭石書陸游詞　　218

談區額　　221

我與扇面　　223

志蓮淨苑來溫籌款　　226

梁羽生的新詩和扇面　　228

第五輯　社會生活　　　　　　　　　　　　231

風光背後的陰暗　　232

與土著混血　　236

寫所謂「絕密」的真因　　238

鄉村博物館渡國慶　　242

從姓名歧視說起　　245

兩三個怪名字　　247

2010年溫哥華「冬奧」火炬手　　249

聖誕聯歡晚會嘉賓致辭　　251

諸家辯論韓牧詩〈國語粵語之辯〉	253
紫荊與洋紫荊	259
神倉晴美	260
2023年的國殤日紀念會	261
「睡貓碗」的簽名	263
廣東燒味・會講「國語」	265
唐冠螺・沙螺・急水螺	267

第六輯　家居生活　　271

一代親，兩代表（上）	272
一代親，兩代表（下）	274
信封的背面	277
夜天的月，畫的人間	279
後鄰的貓：Duke	281
艱險而無望的行程	283
雨中・楓樹・貓兒	286
小學校尋鴨記	289
韓牧日誌：2014.1.17.　陰	292
小記小思（覆大哥函）	295
思挖泌尿科病全程簡報	299
接受髖關節手術報告	302
貓足跡・門前雪・雪中花・春雨燕	307
史鎮懷舊	308
有禮的郵差	310

第七輯　附錄　　　　　　　　　　　　　　　　311
羅慷烈教授贈詞　　　　　　　　　　　　　　　312
何思撝書展序言（馬國權）　　　　　　　　　　313
一種書風的形成（謝琰）　　　　　　　　　　　315
我們的第一個話題——韓牧（士心）　　　　　318
牧者无疆——《韩牧散文选》读后（汪文勤）　320

第八輯　照片說明　　　　　　　　　　　　　　　327
《韓牧散文書法新輯》照片說明　　　　　　　　328

第九輯　有關書法的照片　　　　　　　　　　　　335

第一輯　日思夜夢

她名 Jean Walker，1910 年生於溫哥華；家母鄭展怡同樣是 1910 年生，在廣東香山縣。她有五個兄弟、兩個姐妹，都走了，她有許多朋友，都走了。她說：「我沒有朋友了！」我說：「我們都是你的朋友，雖然對你來說，是太年輕了點。」

——〈記 Jean Walker〉

「唔爛」的「大謂事」

先解釋這兩個廣東話的詞:「唔爛」意即不爛、不壞、不變。「大謂事」意即「大眾的事」。這兩個詞,出自我書法恩師謝熙先生的夫人、陳夑霞女士的口中。

師母年逾九十。這些年來,我每次回港都去探望她。美玉單獨回港時也代我探望。起初是到紅磡她的住處,後來到「田家炳護老中心」,她白天在那裡,是「日託」。這次回港,我倆也走到「田家炳」,才知道兩個月前已轉到「康福護老中心」,「全託」了。

先通電話。師母說:「何思擣?這個名字記得,見了面可能不認得了。」我心一沉。

這次回港,第一要務就是探訪幾位八、九十歲的長者,見得一次得一次。可是這次回來,梁子江、馬國權、陳芬三位文學藝術界師友都已離世;陳迹、何竹平兩位對我有恩的藝文前輩,也已經健康嚴重退化,不便應酬見客。

可幸,師母還認得我,身體不錯,幾天後還專誠請我到尖沙咀飲茶,並約得幾位同門作陪。

我永遠記得,五年前到「田家炳」探訪她,我說自己一事無成,愧對師門時,師母說了兩句安慰我、鼓勵我的話。

她說:豪宅、名車,到底會舊、會爛的;而書法,是「唔爛」的。又說,我的書法事業不單是我自己的,還是「大謂

事」。

　　師母也許沒有接受過甚麼大學問，但以她的人生閱歷，說出了書法藝術的「不朽」和「與大眾相關」，而物質生活的低層次，是不能相比的。

　　2003 年回憶師母 1998 年的話，成初稿。2008 年 4 月謄正。

沈殿霞，愛人不自愛

　　沈殿霞回家了！「開心果」的遺體，欣宜護送，乘飛機抵達溫哥華，日內下葬位於本拿比市的 Forest Lawn Memorial Park 其雙親墓旁。

　　她是我們溫哥華的街坊。十多年前，純中國商店的 Mall，只有一個，就是烈治文的「香港仔中心」，華人集中，我們常常在那裡碰到她，帶著只有幾歲大的小肥肥。

　　沈的姐姐愛畫畫，我的藝友司徒乃鍾，是其國畫老師，沈殿霞也買過他的畫，掛在家裡。

　　近日，報紙雜誌、電台電視，許多人對肥姐的懷念，眾口一言的說她敬老慈幼、好客、重情、義氣。溫哥華最大的移民福利團體「中僑互助會」每年的大型籌款，以至為南亞水災，拿著箱子在茶樓向食客勸捐，肥姐都一定盡力。本周五，「中僑」舉行公開的追思會，也邀請三級政府政要及社團領袖參加。

　　「大城茶餐廳」又是個例子。九十年代初，烈治文只有這一家港式茶餐廳，在 Johnson Centre，我移民之初就住在附近，走路幾分鐘就到。其實這 Centre 地方很小，冷冷清清，沒幾家店。不過，匯豐銀行，「中僑」分部，我們的家庭醫生、牙醫，都在這裡。曾經有人稱它為「新唐人街」，不配，我只覺得冷落、可憐。如果你們現在到來一看，一定

覺得可笑。

　　沈殿霞對「大城」的港式奶茶、菠蘿油，情有獨鍾。喜歡與欣宜在那裡吃早餐。每次回溫也要去光顧。還要介紹朋友去；關菊英就是常客。據說，演藝界去過的有一百多人。

　　我和美玉當然也去過，只去過兩、三次。出你意外，我們這些對飲食不講究的人，不覺得它有甚麼水平，反而覺得它老土、低級、破落、坐得不舒服、甚至不潔。也許是肥姐當時沒甚麼比較，也許她和「大城」老闆特別談得來。「大城」生意走下坡，天后肥姐，確然是義氣兒女，免費為「大城」在兩個中文電台做廣告；但也免不了要關門。我們看著它 1990 年開業，2007 年結束。

　　不必為死者諱。沈殿霞有兩個愛好，因為過份，就變為缺點，加上她主觀強，不受人勸，導致「殺身之禍」：貪吃，打麻將。在香港病重時吃大閘蟹吃到入醫院，大家都知道。

　　據她溫哥華的朋友、原武俠明星張翼說：肥姐不注意健康，從未聽說過她去定期檢查身體的。勸她大閘蟹少吃一點，她說：「大閘蟹沒有膽固醇的。」

　　欣宜的中文和國語教師叫 Julie Chow。李影的女兒跟她學中文，覺得她教得好，介紹給肥姐，讓她教欣宜，當時欣宜只有三歲半。那次肥姐電話請她家教，知道學費是每小時 26 元，就說：「嘩，咁貴，俾個好價我。」（這麼貴，給我一個好價錢）。每周兩次，每次一個半小時，Julie 以為她是窮人，減為 22 元，成交。後來女兒上國語課，肥姐也一起學。

　　Julie 是在上海讀兒童心理學出身的，也會解決欣宜的心理問題，與欣宜成了好朋友。一直教了九年。又怎麼會停教呢？

欣宜漸長，十分懂事。有一次很不開心的對 Julie 說：「媽咪經常通宵搓麻雀，我很擔心媽咪的身體。你幫我勸媽咪不要搓麻雀。」Julie 即時轉達，肥姐聽了，不高興。

　　兩星期後，肥姐打電話給 Julie，以後不用來教了。

2008.2.25. 夜。

欣宜的詩・肥肥的婚

沈殿霞辭世，她得到加拿大三級政府的高度表揚，我們身為華裔，以及香港人、中國人，與有榮焉。

昨天的葬禮，聯邦政府派了特別代表來，表達總理哈珀的哀思。總理在給鄭欣宜的慰問信中說：「……沈殿霞女士是加拿大華人社區及全球極受喜愛的明星。她積極投入中僑互助會慈善晚會，協助新移民適應加拿大，讓許多新移民受用無窮。我希望家人的愛與陪伴，能幫助你渡過未來痛苦的一段日子；也希望與有幸認識沈殿霞的人，分享快樂的回憶。」

卑詩省議會在開會中途，為沈殿霞的辭世，進行默哀。省政府頒予「社區文化大使」褒獎狀。

溫哥華市政府則定每年的六月一日為 Ms. Fei Fei Day，「肥肥日」。名稱是由市長蘇利文提出、決定，毋需開會通過的。肥肥生於1945年7月21日，農曆六月初一（岳華同為六月初一）。以哪一日作為「肥肥日」，聯絡人溫哥華市華裔議員黎拔佳（澳門粵華中學校友）說，完全尊重沈家意見定出來的。

蘇利文市長是歐裔白人，在市政廳向欣宜授予表揚狀時，用廣東話說：「我們很喜歡你媽咪，她給我們很多歡樂；她的笑聲將永遠留在人間，多謝你媽咪。」

欣宜用英語答謝,是蘊含詩意的:「如果母親知道自己得到表揚,一定會用她的『招牌』笑聲大笑,並以此為傲。我永遠不能再與她在西南海旁大道駕車時,談論我們的希望和夢想,也不能在參觀藝術館之後喝咖啡,讓路人觀看我們購物所得的戰利品。沒有她在身邊,Granville Island 的炸魚也將不再如同從前的美味了。我再沒有母親帶我玩滾軸溜冰,但我的心得到安慰,知道母親在她喜愛的城市安息。」

　　昨天的葬禮,欣宜英語的悼詞,就更像一首詩,大致是:

　　你們有見過流星嗎?沒有?
　　它們是非常稀有的
　　只會出現很短的時間
　　但出現時很精彩
　　很光亮
　　媽媽
　　你就是我的流星
　　你的笑聲　頭髮
　　或者是深色邊的眼鏡
　　使我懷念
　　然而這些
　　都不是令你成為流星的原因
　　原因
　　是你本人

　　韓牧日前得到大哥傳來網址,上了鄭欣宜的 Blog 看了一

下，原來她偶然也會寫寫英文短詩的。上面她的答謝和悼詞，可以說是詩。它們有豐富的形象，又有能夠感動別人的真情。

啊，原來，詩，就只需要這兩樣。第三樣也不必要了。

只有感情，沒有形象，可以嗎？就說三個字：「我愛你」，沒有形象，不知道能不能算是詩，但卻有可能感動別人的力量。

電影、電視片，不論是中外的地域、古今的時代，常常有這樣一個情節：女的在臨死的時候，問男的最後、又是最重要的一個問題：「你曾愛過我嗎？」如果男的肯定的說：「愛過」，女的就「死得眼閉」（瞑目），含笑九泉了。

不論男的怎樣傷害過她，瞞騙過她，打罵過她，通姦，包二奶。女人就是這麼大方、大量的嗎？也不論這句「愛過」是真心話還是違心話，女人就是這麼天真、易騙嗎？「愛過」，一年、一個月、一天、一剎那，都是「愛過」，就夠了？這麼容易滿足嗎？不是生生世世為夫婦嗎？不是起碼要預定好下一輩子嗎？別人，是否曾經愛你，你沒有觀察，不會判斷，還輕信別人輕輕的、兩個字的答覆。女人，就是只有感情，沒有理智、沒有智慧的一種人嗎？

沈殿霞在戀愛婚姻上，無可否認，受到了前夫鄭少秋的傷害。前些時，她作為電影節目的主持人，訪問作為嘉賓的鄭少秋。她不能免「俗」，最後問了一句：「你愛過我嗎？」當她得到鄭少秋肯定的答覆時，胖胖的臉上，綻放春花。她到底是個女人。

2008.2.25. 黃昏。

我的祖父祖母

　　十八年前我移溫未久，即去探訪早已移來、幾十年未見面的八家姐、八姐夫。在他們家裡的客廳，我見到一副對聯，是一位文人寫給家祖父何茂金公的。大約一百四十年前一個在大洋船上工作的木匠，竟然有此雅興，我怎會想到呢？我由此而寫了一篇短文，叫《想像祖父》。

　　我祖母是他的第四任妻子，是填房，聽說祖父的幾位妻子相繼病逝，也沒留下兒女，並不是我祖父要享齊人之福，三妻四妾。他過了花甲才生他的長子，我的「三伯」，叫「三伯」而非「大伯」，相信是子女一起排，我這一代也是這習慣，可見，對子、女，一視同仁，平起平坐。

　　三伯、三伯母的兒女十二人，叫他們的父母親做「三叔」「三嬸」；我們同胞六人，叫父母親做「四叔」「四嬸」，那是因為祖父的哥哥沒有兒子就死了，於是把祖父的孫子「過繼」給他，當是他的兒子的緣故。我們也跟著（堂）大哥叫。其中的複雜，我搞不清。

　　「三伯」有姐姐，我的三姑母。或者她兩姐弟更有夭折的兄姐，否則，為何不叫「大姑母」呢？我的祖母輩、姑母輩，「死得人多」，可見一百多年前的醫療衛生了。

　　我的祖母是長命的，她是清同治年出生，活到九十四歲，我母親短命，祖母剛去世一年，母親就去世了。祖母姓

勞，想是我祖家廣東順德良村附近、勞村的人。母親曾靜靜的告訴我、祖母的名字，可惜我忘記了。我只記得，母親悄悄的對我說：「她是妹仔」，就是說，身份本來是有錢人家買回來的「婢女」。母親說，在她面前，千萬不要提「妹仔」兩字。到底是我何家的「妹仔」還是別家的？不清楚。

　　祖父年老才得子，得了我的三伯，後來又生了我父親、和我的五叔。五叔約十歲時，與兄長在渡輪碼頭的混亂中失了蹤，相信是被「拐子佬」拐了，一去永無縱。我祖父因思念幼子情切，不久鬱鬱而終。連我母親也沒見過我祖父的面。

　　祖父年老才生我父親，我又是幼子，所以，那年我回順德作書法展，《順德報》主動提出幫助，順道尋根。回到良村，村委會由一位輩份最高的何族鄉親接待我，七十幾歲。我那年才六十，與他同輩，村中最高的輩份。良村所屬的樂從鎮的公安局副局長，五十多歲，是我姪孫，就因為我祖父生仔生得遲。

　　三姑母是纏足的，她也長命。聽說她的丈夫是南美秘魯華僑，長期分開，我們一直沒有見到，也許死得早。她告訴我祖父的事，說他是大洋船上的木工，他去過新金山，就是澳洲，印度、孟加拉、歐洲、金山，就是美國、加拿大溫哥華。去過的地方比我還多。

　　我想，能任職於外國人的大洋船，手藝一定很好，我問三姑母，手藝怎麼個好法？她說：賊人進了我們家，是拿不到貴重東西的，因為都藏在抽屜與抽屜之間的暗格裡。

　　2008.5.10. 夜。

記麥冬青

　　九十五歲的麥公，麥冬青，很有「禮義」，逢年過節的清晨，一定來電話祝賀；第一句總是：「每逢佳節倍思拗」。很多年了，只是在去年的春節，我才做到搶先在他來電前，先去電。今年中秋，我還沒起床，他又來「每逢佳節倍思拗」了。

　　知道他的第二本文集《福溪歲月》在趕著校對中，當天要送出去，不敢多談，卻也談了近一個小時。

　　幾年前，他的第一本文集《突圍》出版不久，我就不停勸他出版第二本書。並且建議，他寫得最多的「時評」，政評、經評、社評等等，也應收成一輯。我顧慮到他文學性的文章，可能不夠出一本書的分量，所以特別強調。他卻說，那些文章非文學性，更且失去了時間性。我說：失去了時間性，但有歷史性，內容不是最重要的。應選一些，以代表此一時期的「時評」的風格，使後來的人知道，原來當時的「時評」是這樣子的，麥冬青的「時評」是這樣子的，起碼可以知道它的形式、格式如何。

　　幾年過去了，他也接納了我的建議，選出十幾篇，合共一萬多字，自成一輯。原來他文學性的文章，也不太少。可惜，他幾年前寫過唯一的一首新詩，給我先睹，後來發表的，以及一些舊詩，沒有收進書中。他說，數量不多，難成

一輯。

　　我告訴他，國學大師饒宗頤教授，八十年代同樣寫過唯一的一首新詩，後來附錄在他的書中。黃維樑教授不寫新詩，也曾把他罕有的一首，附在他的一本詩評論的後面。往往，編書時，一篇詩文收進與否，等於定了它的生死。

　　《福溪歲月》，今冬可印好運到，我說，到時應開個新書發佈會。麥公說：不必高調。我說：低調，就不出書了。

2008 年

送別陳風子老師

今晨到烈治文殯儀館送別陳風子老師，他是加拿大最有名望的篆刻家；擅篆書。生於一九一二年，杭州人，浙江大學工程系畢業，在隴海鐵路負責測量。早年在西泠印社學篆刻，據說曾見過吳昌碩。一九四八年移居香港，曾任教於專上學院。一九七五年退休後移居溫哥華，創烈治文中國書畫學會。

他的健康一向良好，十幾年前，他已八十歲了，竟然可以徒手、雙腳一撐，直接跳上桌面。去年，還獲運輸廳發給「駕照」，是本省唯一合法駕車到一百多歲的人。平時沒病，想不到突然胰臟出血，昏迷約一百天，不治。

我於一九八九年到溫後不久，即與他認識。他說謝熙老師曾送他小楷一幅，他極讚賞，但從未提到謝老師的隸書。我知道香港「上海商業銀行」的楷書招牌是他早年所寫；五十年代，他在《長城畫報》當過編輯。在這裡，他與前輩大明星「胡蝶」是親家，女兒嫁了胡蝶的兒子。

我坐在禮堂中段側邊走道的座位，靠牆立了一排花牌，我面對的一個，正是「傅奇、石慧　同敬輓」的，拍攝。

他是「老好人」。送別會上幾位講話的同道、後輩、學生、女兒，異口同聲的讚賞他，從來不講任何人的一句壞話。我與他相處了十九年，也有同感。這是江南人的待人之

道,生活、生存之道,他沒有一個敵人。我倒以為,做人太厚道、不說壞人之壞,也會姑息養奸、使弱者有冤無路訴。我還是寧願做一個廣義的「永遠的左派」,同情弱勢者。

　　藝友曾廣營愛書法,與我年齡相當。他是這裡最有名的風濕專科醫生、教授。香港培正中學,台灣國防醫學院,中年到加拿大。他是西醫,懂一點中醫,我知道他希望也將中醫納入醫療系統,最近得政府支持,從中國請來中醫風濕專家,找一百多個病人,開始作中、西醫比較的學術研究。

　　我今天進入禮堂,俯身簽名時,耳邊突然響起:「不要用甲骨文簽呀!」抬頭,是曾廣營;他的人極風趣,是我朋友中之最。今天幾個人的講話,是他講得最好,不用稿,流暢、平白、感人,自然,但不可易一字一句似的。卻不是平時風趣的作風。

　　人人都用廣東話講,其實來賓中,有不少北方人、上海人,他們是聽不懂的。曾廣營用國語,但他用了一個詩意的理由:「我平時和陳老師交談,是用普通話的,所以我今天用普通話講。」他說陳老師不批評人,但也不隨便讚人,一次他寫了一幅字,覺得很不錯,高高興興的拿給他看,不料他還是說:「廣營兄,多練習,多練習。」

　　那次《溫哥華太陽報》選出本省最有影響力的一百個華人,名單上居然沒有陳老師,曾廣營心裡很抱不平,後來再想,與低調的陳老師正合,他是「不平凡的平凡人」。還有,陳老師昏迷,醫生說不會醒來了,陳老師卻與病魔搏鬥,贏了三次,三次醒了過來。雖然最後還是病魔得勝,但病魔一定會佩服他的。

講話完畢，瞻仰遺容時，館方竟然播出輕柔、清純、悅耳的鄧麗君的很多首歌：《月亮代表我的心》、《梅花》《明月幾時有》（蘇詞）……一直不停。真想不到，鄧麗君的歌也適用於這種場合；其它人的，難了。我想到二十九年前，我也把一卷鄧麗君的聲帶，放到沈惠治的「木衲」中。

　　2008.8.19.夜。

羅鏘鳴安息彌撒

　　昨天送別羅鏘鳴。我倆預早半小時到達「列治文加拿大殉道聖人天主堂」，泊好車，寧可在車裡休息、看書。今天一定人山人海，泊車難。

　　先在聖堂作「安息彌撒」。朱達章神父主禮司鐸，儀式比基督教繁複得多，悼詞、誦經，主要用粵語、夾些英語。有不少段落有「眾和」的，同和者不多，我也同和，如「哈里路亞」「亞孟」「我們讚美」「那是理所當然的」「你（示旁）是我的生命和永生」。其間，反覆的「請起立」「請坐」，舒緩一下關節，很好。教友有時還要跪。從坐或立或跪之異，可見羅總的下一代，未入教。我感到周圍有不少人，很熟練「眾和」，但面生，想是永嫻夫人的教友了。

　　看來，不論是宗教的聚會，還是歌星大型演唱會，設計一些「眾和」、齊唱、呼叫、舞手弄腳（粵語）的加油打氣，以打破沉悶，舒緩筋骨，是必要的。

　　詩歌班今天由著名流行音樂家、有一頭貝多芬式頭髮的鍾肇峰司琴。不斷唱的一首，我沒聽過，我也同唱，不會詞，只有「啦」其旋律，聽來竟然像佛教的歌。我想，旋律是中國的、古典的、悼念的，就超越了宗教的界線。

　　從朱神父的敘述得知，羅總是在彌留時入天主教的。我想到，我的六姨也是如此。三伯一生反對三伯母及其眾女兒

篤信的基督教，曾罵女兒：『尖沙咀有個大標語牌，「愛你的敵人」，愛敵人？你們連老豆（父親）都未愛！』六哥思照要出國讀神學，不許。結果讀了醫，成了眼科專家。三伯還有句話我一直記得：輕視、藐視、蔑視、鄙視、敵視、仇視。這些一步步加強的「視」，我少年時聽到他這樣批評人，我就稱之為「六視」。

三伯的喪禮，竟然是用基督教儀式的。主禮牧師很會講，說：何節民先生一生侍母至孝，這就妨礙了、延遲了他信主。

丁果讀經。事先，我見他與朱神父商量，如何行禮、讀那一段之類。他用國語。這樣才好，讓不懂粵語的來賓，有點東西聽聽。丁果是傳媒最亮的明星，我知他是基督徒，誰想到會在天主堂讀經？我對身旁的麥公（冬青）說：讀的同是一本經，《聖經》。而「禱詞」由區澤光讀，他與我們一樣，是當年《明報》的專欄作者，記得一次春茗，我的一幅甲骨文書法〈客心繫國魂〉，是他抽到。最近幾年他當了烈治文的「學務委員」，電視常常見到。

我雖是澳門成長，天主教中學出身，但這樣正式的天主教喪禮，似乎未參加過（回教倒是在烈治文參加過，在九十年代初，我剛到加不久，一個我不認識的華裔專欄作者夜裡被不明的兇手殺害。在回教廟的喪禮，女性不能參加）。少年在澳，青、中年在港，上一兩輩沒有天主徒，同輩又未到死期；這次見識了。

神父在壇上一面唸有關的經文，一面調酒般斟了葡萄酒，又出示圓的餅（乾），自飲自吃。遺體靈柩移到，他向

它灑聖水、薰香。然後是所有的教友排隊出去，讓神父餵吃小片餅乾，我知道這叫「領聖體」。移靈外出，我們跟隨。扶靈者六人，有市政、社區領袖周炯華、董達成。陶永強應是省新民主黨的關係，朱偉光是基督教牧師（我認識她母親，她愛畫畫），朱極為關住原住民的利益、華裔史蹟保護、環保。在此，稱朱為「先生」而非「牧師」。

2008.9.7.

羅鏘鳴悼念會

　　羅鏘鳴安息彌撒歷一小時。「辭靈後請移玉步往禮堂」，開「悼念會」。

　　放滿了花圈。當眼的是省新民主黨黨領詹嘉路、省議員關慧貞的、陳慶源、《明報》、《星島》、電台、駐溫台北經文處、陳卓愉的。首先放映由女兒鏡心、兒子鈺涵製作的幻燈片：《回顧父親服務與慈祥的一生》，觀者多能從中看到自己。

　　鏡心英語的「家屬悼詞」，說父親拼命工作，邊說邊哭，我也不自覺流了淚。省議員關慧貞英語致悼詞，重申患癌仍為新民主黨工作，她不斷哭。還是永嫺夫人堅強，一直無淚。鍾肇峰「獻曲」二：《紅棉》頌羅總；《念親恩》代其兒女發言。

　　「傳媒工作者」陳慶源、盧漢豪致悼詞。陳在港要開課，未能趕來，悼詞由盧代讀。從中得知，羅，這千里馬，是遇上陳，這伯樂。當初，陳訪溫，住同胞兄弟家，偶然聽到羅在電台的時事評論，覺得他有見地、關心弱勢，是人才。當時陳有創立加拿大《明報》的重任，託人介紹，認識了羅，請羅當總編輯。加東的辦好了，又來辦加西的，照《生平》，時在一九九三年間。

　　我記起來，就是在那段時間，我買了現在的屋，但原來

的 Condo 還賣不出去，於是招租，碰巧《明報》來租，貪它近機場，說是給高級職員住的。第一個搬進來的，嚇然是陳慶源。八十年代的「香港工人文學獎」我們合作過，他是主辦者之一，我是評判人之一。我見他的行李，有簫笛，可知愛音樂。後來我搬到新買的屋去住，沒有再進舊屋，說不定，羅總也在那裡住過，但是，沒機會問他了，唉！

我現在想，陳看中羅，除了羅的才華外，還有一些「情投意合」處：一、喜愛文學，曾是文學青年。二、同情弱勢者，甚或自己也是出身低下層。文學獎，是「工人」的；政黨，是「新民主黨」。三、喜愛音樂。詩人辦報而不容於權貴，是理所當然的。

盧漢豪的悼詞說：他當年是採訪主任，理念與羅總一致。羅總病危時，他也帶了「結他」，在床邊唱民歌給羅總聽，如《都達爾和瑪利亞》。可見，盧也是音樂同好。

瘂弦用國語致悼詞，說他統計過，羅總任職報社有一萬多天，長期日夜顛倒，當然影響健康。辦報的人，「有一天的成功，沒有成功的一天。」，別人沒有的，我有；別人有的，我的好。他說，這幾天，他一直重看羅總的詩，也哭了幾天。有一首《鄉望》，寫到童年時母親的呼喚，現在可以和母親重逢了。又有兩句：「他若生是為死而生／死應否為生而死」，瘂弦說：不禁想到教育家陶行知的話：為一大事來，作一大事去。這句話可作為鏘鳴先生一生的寫照。

2008.9.7.

記劉序言

　　那天早上，我們晨運後到圖書館，車位滿了，就停得遠一些。在走向圖書館的中途，經過游泳池的門口，巧了，見到劉老，劉序言，從那裡出來，說是剛剛游泳完畢，劉太太張貴鳳，是下午才來游泳的。

　　他倆八十多歲，是四川同鄉，口音近鄧小平。兩位都是攝影名家，從香港移來已經四十年了。劉老六十年代在香港已連獲三屆世界沙龍十傑，還得過第一名，國際知名。

　　一年沒見他，他已撐著手杖了；他的外套前後都有一個很大的黃交叉，像修馬路工人的工作服，為了過馬路時的安全。他一見我，就說在電視新聞看到我，我穿西裝是十分不對的，應當穿長衫、馬褂；鬍鬚還要留長些。因為這才能顯出是個中國文人。

　　我說，現在我有時穿唐裝短衫，已經顯出是中國的傳統了，又留了鬍鬚，已經有點異相。短衫，本來是「粗人」「武人」「打仔」所穿，文人穿長衫，但現在穿短衫，就已經顯得中國了。各國元首到中國開高峰會，不是都穿短衫嗎？何況，穿長衫開車，不方便。在街上走，要膽大包天，因為從來沒有人這樣，人家以為在拍電影啦。

　　劉老還是堅持：畫家張大千如此，攝影家郎靜山如此，這樣才突出形象。我說，你也是攝影家，你也沒有穿長衫

呀！他說，郎靜山的時代，胸前只掛一個照相機，是可以的，現在的攝影家，要裝備很多器材，掛一個大袋，所以才不能穿長衫。文人，一定要穿長衫。

我見他不讓步，又很誠懇，就說：好了，下次回香港，到深圳做兩件。等老一些的時候穿吧。

當時是敷衍他；我現在想，反正便宜，真的去做，以備不時之需也好。前年在雲南，買了一藍一紅兩件「短打」，每件才四、五塊錢加幣，幫了我很多忙：不喜歡穿西裝打領帶的時候、貪舒服的時候，就穿；要突出中華文化的時候，就穿。紅事，可穿；白事，也可穿。

老先生生活體驗豐富，他們的提點，有時是很實在、有用的。記得當年在卑詩大學作首次個展，我致謝辭之後，一位我不認識的老先生，大概是我朋友的朋友，是台灣人，他靜靜的對我說：何先生，西裝上衣的鈕扣雖然有兩顆，但不要全扣上，只扣上面的一顆就可以了。你看看大人物、各國領袖，就知道了。

2008.9.21.夜。

記陳風子

　　書法篆刻家陳風子老師月前病逝，年九十七。他天天舞劍鍛鍊，一向健康，八十多歲時，還能雙腳一蹬，徒手跳上桌面。省運輸廳發給他的汽車「駕照」，可以合法開車到一百多歲。我們其實心裡都準備著：為他慶祝一百歲生日。

　　誰也料不到，竟然壽終，不是癌，是胰臟出血。幾個月前就覺得肚子不舒服，家人要他進醫院，他就是不肯。拖拖拉拉了幾個月，弄得嚴重了，子女都跪下來哀求，才進院，馬上開刀，但已來不及了。昏迷了三個月，返魂無術。

　　看來，如果早些進醫院開刀，應該起碼多活幾年，但老人家的思想守舊，不進醫院，是以為一進去就出不來。

　　我們的上一、兩代往往有這想法。也許因為幾十年前醫學沒那麼先進，不嚴重就不進醫院，同理，也是醫不好的居多。這是那個年代的情況。但現在的醫療進步得多，進醫院是平常事，醫好，更是正常事，老人家的腦筋沒有與時並進，害了自己的生命。

　　陳風子老師並不富有，但飲茶吃飯一定是搶著付錢的。有一兩次我與美玉午茶，巧遇他在鄰桌；到我們吃好要「埋單」時，伙計說：「剛才陳老師已經付了。」這是傳統中國人尤其是江浙人的習慣。我二十幾歲在工廠工作的時候就悟到：同事之間，上司下屬之間，昨天晚上你還在他的家裡打

麻將，他請你吃晚飯，今天上班，他工作犯錯，你好意思公事公辦嗎？今晚又約好「雀局」了。

　　此地一個黎姓中年書畫家功底有限，卻要「吹」大自己，踩人而上。一位真材實料、經濟不算好的梁姓老書畫家看不過眼，常常在人前批評他、罵他。他面皮厚，逢年過節，買些冬菇海味親自登門送禮，於是「罵少很多」。

　　陳風子老師有一事是值得我學習的，而我也學了：凡送客，一定送到大門外，揮手，直到汽車開走了，才轉頭回家。我想，我們的上一兩代，人人如此的，只是到我們這一代，因為忙，才失傳了。

　　2008.9.22. 夜。

記雷雨田

　　約大半年前，閱報知道香港漫畫家王澤，就是街知巷聞的《老夫子》的作者，他的兒子為了使先父的成就讓社會肯定，把幾幅漫畫原作，給拍賣行拍賣，得了高價。那時我馬上聯想到，在溫哥華的、我熟悉的、我叫他「雷公」的雷雨田。

　　他的本名，我忘了，對上了年紀的香港人，筆名「雷雨田」應該知道；否則，漫畫人物「烏龍王」一定知道。再否則，他就不是「上了年紀的香港人」了。當時市井有些流行語，來自《烏龍王》漫畫人物的口頭禪，我記得有：「無研究之至！」（「無」字，應作「冇」字不寫末二筆的廣東字）、「亦得！」意為「沒問題」「也可以」，都是結束語。

　　今年初我們晨運後，到同一商場的「食藝」早茶，巧遇雷公。約十天後，聽說他突然發現生癌，不久「回流」香港，也沒醫好，享壽約八十歲。

　　雷公風趣，畫漫畫的能不風趣嗎？他一向健康，他全負買菜之責，太太負責煮，完全不進菜市場的。沒有用車，常常在街上見到他提著東西走，運動是足夠的。

　　太太愛游泳，每晚早睡，一年三百六十日一樣，每天清晨六、七點，就由雷公陪著出門，步行到市政府的游泳池游泳，游罷一起回家。

　　他們移來得早。雷太太陸淑芳原是九龍廣華醫院的護

士長,「廣華人」這裡很不少,她人緣極好,可說是「廣華駐溫領事館」。她是我六妹的上司,我一到溫哥華,就認識他們。他倆待友熱誠,我記得我與「列治文華人社區協會」的書法學生開的第一次師生書法聯展,他倆是最早來捧場的人,接著是「圓圓」(莫圓莊)一家。

　　認識之初,我就問他有沒有出畫冊,沒有。我希望為他在「三聯書店」辦一次小型展覽,問他保存的畫有多少,原作又有多少張。多有多辦,少有少辦。有二十來張也可以辦。

　　他的回答令我失望:一張也沒有,搬家時給家人全丟了。我暗罵:你自己也要著緊呀!

　　當年《烏龍王》家傳戶曉,我記得還拍過電影,梁醒波演。剛才我上網搜尋,「雷雨田」「烏龍王」都沒有他。電影起碼三四齣,都是他創作的人物,有一九六零年出品的,甚至有早到一九四九年的。

　　那些人物的名字,從記憶的河底翻起:烏龍王、其妻連騷(花名蓮蓉酥)、尖嘴茂、其妻何必笑、佐治張、楊素珍。演員有劉桂康、伊秋水、曾藍施、冼劍麗。梁醒波、李鵬飛、李香琴、鄭君綿、羅艷卿。

　　卻找不到原創者的名字。

2008.10.7.

送別譚乃超

　　今早，晨運後馬上回家，換上黑襯衫、黑西裝，趕到烈治文殯儀館，送別畫家朋友譚乃超。

　　門口巧遇晨運太極示範的師姐趙太太，她說譚兄是教會弟兄，她屬詩歌班（後來「唱詩」時，我認得一男一女也是晨運朋友；我們四人，一小時內都要換上黑衣服）。趙太太說，她預計會見到我，因為我屬美術界。

　　這「安息禮拜」程序共十二項：默哀、唱詩（〈奇異恩典〉）、祈禱、讀經、獻詩（〈安穩在耶穌手中〉）、述史、朋友分享（王曾才教授、蔡賢藩兄）、講道、唱詩（〈天父必看顧你〉）、致謝（由女婿）、報告（火化禮、親友素餐）、祝福。瞻仰遺容後散會。

　　來賓進場簽到時，獲贈厚厚的畫冊：《心風采：譚乃超藝術作品集》。關於此冊內容、以及乃超兄的藝術，我將另寫一、二文評說。

　　安息禮拜由龔敏光傳道主持，氣氛嚴肅。女兒、女婿「述史」：原籍廣東開平，1937年生於上海，父親譚小麟留學美國，任上海國立音專理論作曲系系主任，英年早逝。1948年隨祖母抵香港，後在台南修讀建築系，轉入台北國立師範大學美術系。1962年以油畫第一名畢業，回港任建築設計公司設計師，曾設計郵票多套。1990年，獲公司委任設計

香港特區區旗區徽，經北京不記名投票入選，獲採用。

　　1971年，與沈瑞蘭結婚，育有二女。1992年移居溫哥華，成立「傳藝畫苑」；藝術上多所創新，後期研究數碼繪畫在純藝術方面的表現技法。配合新詩，作「同源詩畫」（韓牧杜撰的名詞）的現代表達形式，為21世紀當代藝術帶來新的面貌。

　　2006年患血癌，2008年春受洗為基督徒，11月27日病逝烈治文醫院，年七十一。

　　王曾才教授的「分享」，分述乃超兄三個方面：不斷追求的藝術家；無懼的抗癌勇士；好的丈夫、父親，沒有敵人的朋友。蔡賢藩兒「分享」時，手中拿著一個「小天使」塑像，說乃超兄就如天真快樂的小天使，是個「藝術癡」，不論面對誰，談起藝術來總是滔滔不絕。這點我們都有同感。他病重入院，也不忘帶畫筆畫本，還不停作素描。

　　蔡兄說：香港的區旗是不會改的，當大家看見區旗飄揚，就會想起譚乃超，他是不朽的。

　　沈瑞蘭，Lorna，一直淚不停的流。臨別，我只好勸她：「多休息」。她長期擔任「烈治文中國書畫學會」的秘書，她在香港時任職香港政府，工作專業；我曾為文稱讚。她為人又極好，記得有兩屆她要請辭了，還是我極力推她出來，繼續擔當，她也勉為其難。

　　過去一年多，她與美玉時時互通英文電郵，卻絕少提到譚兄的病況。實在的，既然是一直向下的絕症，她難答覆，我們也只好不問了。從她的電郵，完全看不出哀傷。今日大異，雖然客氣、禮貌、溫文、教養如昔，但卻淚流滿面了。

第一輯　日思夜夢　045

是否，凡是好人，就要受折磨呢？

來賓獲贈的畫冊，每本的扉頁原來由沈瑞蘭親筆寫上漂亮的英文書法：「A gift for you in memory of Nigel Tam ／ 1937.3.27-2008.11.27 ／ from Mrs Lorna Tam ／ 2008.12.10.」

「素餐」三席設在「華榮海鮮酒家」，不是吃素。我們藝友同席。我右鄰張惠嫻，依次是主人（女兒女婿）、施小曼夫婦、羅世長夫婦、何汝楫、金康麗夫婦、陳建章。其中的施、何、金、陳，是乃超的「師大」同學、校友。美術系。施、陳二人是國文系。

散席，我一人入電梯，一位中老年女士從後大叫：「何大師！」原來是叫我，於是兩人同梯。我對她一點印象都沒有，她說她是「陳太太」。我問：上次何處碰到？她說在陳風子老師的喪禮，再上次，在她的家庭醫生李乃光的喪禮。我還是沒印象。我問：我們如何認識？誰介紹？她答：沒人介紹。是在卑詩大學我的書法展中，那次談了很多，談到粵曲名伶「小明星」，答應過給我《癡雲》的曲詞，但至今未給云。

我還是全無印象。那次展覽，十一年前了。這些年，我起碼碰到過六、七個、像她一樣、說是在那一次書法展中認識我、但我沒有印象的人。由此可知，一次熱鬧的展覽會，有多麼大的影響力了！

她住本拿比，要轉巴士來。我邀她上車，先送她到烈治文的巴士總站，保證有位子坐。車中的對答知道，她叫陳黃德儀，自港移加幾十年了。與譚乃超認識也是在他的畫展中。國畫大師黃君璧、宋美齡的老師，是她的伯父，於是談

起幾年前我到紐約展覽,當年宋美齡也在紐約作了次畫展。我認為她完全沒有跳出黃君璧的瀑布,看台灣出的郵票也可以知道。她同意。

　　人不可以貌相,更不可以「衣著」相。再談下去,原來她是退休的建築師,「觀音寺」就是她的作品。巴士總站對面就是「市政廳」,她既是建築師,我就想到市政廳的旗桿的事,也就向她請教。

　　2008.12.10.

華裔移民的典範

　　2009年8月3日，何桐先生九秩、何吳柳霞夫人八秩雙壽，備桃酌於烈治文「玉庭軒酒家」，社團領袖、親友，濟濟一堂，熱情祝賀。由《星島日報》總編輯何良懋致詞。韓牧遵桐叔命筆錄，速記如下：

　　首先感謝何伯邀請我（何良懋）和內子、還有我的兒子，來參加這個雙壽宴。開心日子講開心事。何伯一家是在1968年移民過來的，至今四十一年了。當時，我是個小學生，他已經有社會地位了。

　　我想選出1964、1974、1984這三年來談談。1964年，何伯已經獲得英國皇家攝影學會院士榮銜。同年，他有一幅攝影作品榮獲西雅圖博物館收藏，與北美洲結緣，可能當時還沒有決定移民的。

　　剛才一位嘉賓致詞時說，原來何伯在廣東讀中學時，已經是會試的「狀元」了，可見其成就是有跡可尋的。

　　1974年，他與一些同道創立了「中藝攝影學會」，至今已有三十五年歷史。這些年來，這個會不停運作，目前有會員二百多人。我最近翻閱他們的攝影集，愛不釋手，每一幅作品都是值得細讀的。

　　1984年，女公子何歸燕獲卑詩大學醫學博士。何伯對其

後輩的培養是有成就的,外孫女還是我省著名的「狀元」,學業成績長期特佳。

何伯移民後,在華埠經營照相業,專注於事業、家庭,這給我們一個啟示:「專注」,可以將興趣變為成就。

對我們這一代移民來說,何伯給我們作了示範。我與他認識,不是由於「何氏宗親會」。2006年,在平反人頭稅問題上,社會上有很多議論,這是華人的傷痛。何伯寫了文章,寄來我們報社。文章提出:這問題既要解決,但這不只是一件事,華人也要知道如何立身處世。他是超越黨派,用華人的角度來立論的。

我見到這好文章,還以為作者不過六、七十歲,後來通了電話、見了面,才知道是位高齡的老者。在他身上,我學到了如何待人處世。

何伯注重兒孫的教育,中英並重。他的示範作用,是超乎他的家族,而及於華人社會的。他讓我們知道,整個華人社會其實是一家人,落地生根之餘,應該相濡以沫,團結一致,有事大家商量,問題一定可以解決。

現在我除了代表「星島」,還代表我的家庭,恭祝何伯、何夫人福如東海,壽比南山,日日開心。實在的,何伯的示範作用,是高過這些一般的祝賀的。

何桐賢伉儷雙壽宴

　　2009年8月3日晚，何桐先生九秩、何吳柳霞夫人八秩雙壽，子向明、達明、樂明，女海燕、歸燕、翔燕，敬備桃酌於烈治文「玉庭軒酒家」，社團領袖、親朋戚友濟濟一堂，二十席，熱情祝賀。壽宴歷時四、五個小時，節目多樣，沒有冷場。紅酒、菜式，都很美味，酒樓員工也特別有禮。

　　從來沒有遇到一次宴會是如此豐富的，現憑印象簡記。

　　我與美玉安排與「中藝攝影學會」的會長、元老，《星島日報》的總編輯同席。每人桌前放了兩張抽獎券，抽禮物用的。

　　每桌有一張中英對照的問卷，是選擇題。全部答中的一桌有獎。問題不容易答，全是關於壽星的歷史、現況。例如：在何地出生？（廣東、廣州）居港最早期間，住址如何？（寶靈街）移加多少年？（41年）最初在溫哥華唐人街開照相館，設在哪座大廈？（是入健力士大全，全球最窄的那一座）壽星婆有同胞兄弟姐妹多少人？有孫兒孫女多少人？（12人）壽星公每晨到何處飲茶？（映月軒）壽星婆經常到哪裡打麻將？（「何氏宗親會」沒有開檯，也不是「吳氏宗親會」，是「張氏」）。

　　牆上掛了一些賀詞、賀聯，內容貼切，書法比本地一些書法家更好。馮福祥（同學）：「彩藝興洪業；沙龍載盛名」

（草書）「春風桃李意；秋月柳桐情」（草書）。劉成佑：「耄期之壽」（楷書，仿爨寶子碑）。馮瑞琪（同學）：「德道仁慈一對納人間福壽；和諧恩愛兩耄享世上神仙」。

我用淺紅灑金箋寫了一小幅，隸書兩行，每行四字：「雙星福壽，桐柳長春」，自覺寫得還算精緻。美玉告訴我，壽星婆對她說，回去要用鏡架鑲起來。我想，若寫的是大幅，就沒有這機會了。

節目主持人名叫梁寶相，約八十五歲，但思路縱橫，口才敏捷、親切、幽默，比許多電視主持更勝。由「大少爺」（長公子）協助。

首先逐一介紹何家的第一、二代各人、遠道來賀的親友、社團領袖。接著由我省中學生「狀元」，常獲獎學金數以萬元計的外孫女代壽星致詞，用純正的廣東話。大意是：最感謝父親，讓他可以移民到此，還是全家八口。兒女入學，而大人學英文，每月可獲政府津貼八十元。還感謝華裔社區的幫助，等等。另一個孫女作英文翻譯，方便在場的非華裔嘉賓。然後由長媳致詞。

《星島日報》總編輯何良懋致詞，他扼要的述說了與「何伯」的認識過程，他的成就，認為何桐先生是華裔移民的典範。（致詞記錄見另文《華裔移民的典範》）

接著，是在鄉中有文名的同窗、舊友，朗誦頌詞、頌詩。又由梁寶相獨唱其為此壽宴新填詞的粵曲，水準高。

長女婿主持放映幻燈片，欣賞家族生活照。有三子三女，都成家立業，工程師、醫生等專業，內外孫現在有十二個，家族是不小的，加上壽星是攝影家，所以照片數量很多。這裡，

第一輯　日思夜夢　051

第二、三代移民，異族通婚是很多的，但這個家族卻沒有。

　　我們都覺得，這個家族雖不是富貴之家，但成員的教養、教育，質素都比較高。桐叔畢業於中山大學後，任職教育界，也許因此而重視教育了。（台灣「二二八」時期，在南台灣教書，他是外省人，因為人緣好，事前一天獲學生告密：老師明天千萬守在學校，不要出街，原因就不能說了）

　　接著有音樂表演，由「大少爺」領導眾子姪，共六人：電子琴、小提琴、大提琴、銀笛合奏名曲之後，是英、中兩種生日歌。

　　主人家由第一二代逐檯敬酒，特別在，敬酒後，由媳婦向來賓致送每人大「利是」一封。

　　切生日蛋糕了，「90」的一個是送給「祖父、父親」的；「80」的一個是送給「祖母、母親」的。切蛋糕前，徇眾要求，壽星公吻了壽星婆一下。「公」大方，「婆」含羞。

　　接著拆開一個特別禮物，是畫兩老的一幅油畫，前面畫一個舊式攝影機。油畫上還題了頌詞。那是先由子孫攝影，加工，再由孫女動油畫筆完成的。

　　攝影家馬天麒唱了為此填詞的新歌，感情投入，歌唱技巧出色。想不到當晚的各種藝術：詩文、書法、音樂、油畫、歌唱，全是業餘的，卻有專業水準。

　　最後，兩老捧出由聯邦政府頒發的「感謝狀」，拍照留念，又回答來賓詢問其長壽之道。大家度過一個空前豐富的壽宴，預約一百歲時再來。

2009 年 8 月 4 日

謙遜與孝心

2010年7月9日,在蘇俊先生(1912-2010)的喪禮上,主禮牧師多次詢問,卻沒有一位親友願意發言,只好繼續傳道。為免氣氛過於冷寞,對逝者不敬,我趁牧師講話結束時,毅然走上講台,即興的講一講。7月9夜追記。

各位:

我姓何,與蘇俊先生認識於他的晚年。家兄思豪與蘇俊先生的長女秀珊是二十多年的同事,在非洲加納國工作。九十年代,家兄退休移民到這裡,我得以認識蘇俊先生。

親友百年歸老,我們應該回憶他有些甚麼優點是值得我們學習的。在蘇俊先生身上,我現在想到兩點:

第一點是謙遜。他在住進養老院之前及之後,常常電約我們後輩飲茶吃飯,還一定搶著付帳;這還是小事。大家知道他最愛為社團義務攝影,然後把照片送贈有關者。一次,我見到一張照片,拍的是一對帥哥美女,好看極了,那是馬英九總統來溫時,與當屆溫哥華小姐的合照。我要求取作紀念,蘇俊先生慷慨相贈,並先用硬紙夾鑲好。照片是他所拍,我請他簽個名,他不應允,說:「我是小人物,簽甚麼名!」這就是謙遜。

第二點是孝心。蘇俊先生的父親蘇世傑先生（1883-1976），曾任國父孫中山先生的秘書，德高望重。粵劇紅伶鄧碧雲的父親，曾任孫中山先生的馬弁，已經受人尊敬了，何況是秘書？

蘇世傑先生是著名書法家，五十年前我在香港隨謝熙老師學習書法時，就仰慕他，就認識他，他是謝老師三十年代在廣州「清遊會」時就認識的老朋友。

蘇俊先生收藏其先翁的書籍及書法作品甚多，長期租倉存放，倉租負擔也不少。他對保存及傳揚蘇世傑先生的藝術，盡心盡力，例如2005年在溫哥華中華總會館「多元文化服務中心」舉辦「蘇世傑先生遺墨展」；出版發行《蘇世傑先生晚年百箋遺墨選集》、《蘇少偉先生行書冊》。

我也曾在本地報章上發表小文：〈蘇世傑遺墨展〉、〈蘇世傑書法重溫〉，後來收進我藝評小品集《剪虹集》書中，算是為傳揚「蘇書」盡一點綿力。

蘇俊先生畢生肩負保存「蘇書」真蹟之責，生前曾與我相討處理之方。我意是：藝術品重要的不是出賣，而是贈送。賣給私人，固然可得金錢，但所起作用不大。藝術品，即使是張大千的也一樣，最好的歸宿是具規模的博物館、美術館，可得以永遠妥善保存，並有機會公開展出、印畫冊，這樣才生作用、起影響。蘇俊先生也同意我的見解。

剛才我到達禮堂，蘇府後人立刻和我商談對這些書法真蹟的處理；我提出進一步的意見：反正作品不少，去處不應偏重一地，而是按適當比例分處各地的博物館、美術館、文化機構，中國大陸、台灣、香港、加美等，以擴大「蘇書」

藝術的影響範圍。

　　謝謝各位的耐心。

冒起的本土

極南海岸一個奇特的城市
在人們不意之間
草根處　冒出一片奇特的土

他珍愛自己的奇特
自覺不同於北方
拒絕混和

亞洲　歐洲　美洲
浪游的土有國際視野
用文學宣揚他的城市

微笑的他回到混濁的亂世
加倍捍衛自己的本土
直到筋疲力盡

可以放心　他的後繼者
因他的倒下已加速冒起
一片一片　同樣奇特的土

後記：也斯於 2013 年 1 月病逝時，我打算追記交往點滴，因心境煩亂未成，一直耿耿不能釋懷。2018 年夏，香港陳勁輝導演、陳淑嫻教授攜來記錄片《也斯・東西》，5 月 8 日在溫哥華中山公園放映，觀後成此。

記 Jean Walker

　　Richmond Centre 是烈治文市最大的商場。每天早晨八點，我和美玉就走進它的「飲食區」，參加「烈治文健康會」的晨運：太極拳、健康操、健康舞等。百多人一起做，分據各通道、桌椅之間，直到九點，商場開始營業為止。

　　最近有一位白人老婆婆，每天八時許，推著 walker（助行車）走進來，坐到我面前的那一張椅子，打開手袋，取出錢包，再從錢包中，取出預先用紙片包好的、固定數目的零錢，等候我旁邊的那間「A&W」開閘，買她的咖啡、早餐。

　　她穿戴得很整潔，出門之前一定花了不少功夫，上一代傳統的英裔總是如此。全白的頭髮梳得貼服，還不時用手理一兩下。

　　幾天以後，我倆開始與她交談，她滔滔不絕，她不斷背誦富含哲理的句子，不斷唸詩，也不知是不是她的創作。她的言談，照我的理解，她不喜歡英國君主，她喜歡達爾文進化論。以一位英裔老婆婆來說，出我意外。

　　她名 Jean Walker，1910 年生於溫哥華；家母鄭展怡同樣是 1910 年生，在廣東香山縣。她有五個兄弟、兩個姐妹，都走了，她有許多朋友，都走了。她說：「我沒有朋友了！」我說：「我們都是你的朋友，雖然對你來說，是太年輕了點。」我問她的雙親何處移來，答曰蘇格蘭。我對

她說：我與蘇格蘭有緣，雖然不喝 Johnny Walker（威士忌酒），不穿裙子，也不會吹風笛，但我的「故貓」就是蘇格蘭垂耳種，我園中野生出來那些帶刺的「薊」，我不去拔除的。在 South Arm 社區中心，我倆有一個好朋友，比我小兩歲的 Jane Anderson，就是有教養的蘇格蘭女士。以前我還以為 Anderson 是英國姓，Jane 強調，是蘇格蘭的姓。

我喜歡向我周圍的晨運朋友介紹她，有時也任翻譯。我說她一百歲了，她總是要更正：「一百歲零八個月。」我說她是詩人，她總是否認。她獨居，女性的晨運朋友最關心的，是誰煮飯。她自己煮。買菜呢？她說：「甚麼東西都是我自己買！」

早前，我偷偷拍攝了她的側影，現在熟了，就要求合影，想不到她一聽到合影，馬上攬腰勾頸，弄得我很尷尬。

每天，一到八點半，健康舞開始了，我是唯一的男士，那是我的最愛。她還是滔滔不絕，我只好說：「你是 Walker，但我是 Dancer，拜拜！」她說她年輕時也是 Dancer，蘇格蘭舞，愛爾蘭舞，……甚麼舞都會跳，……。我轉過身，不聽她說了。

據統計，烈治文是全加拿大華裔居民比例最多的城市。同時，是全加拿大最長壽的城市。

2011.7.10.

蔡伯勵

　　早報消息，蔡伯勵（1922-2018）逝世了。童年時，每個家庭都有一本當年的《通勝》（書與輸同音，意頭不好，廣東話改「書」為「勝」）」，所以從小就知道編者蔡伯勵。

　　《通勝》內容豐富，裡面的「曆」，最詩意：甚麼時候驚蟄、蟲鳴、禾秀……還有甚麼「秤骨法」，我記得，我是「待到年將三十六，藍袍脫去換紅袍。」巧，我正是三十六歲那年結婚的。還有「生在皇帝頭，一世永無憂，……」生在肩、膝、腰下跟等等又如何。又有「耳鳴法、留衣法、鵲噪法……」還有孔子故事，生育知識，圖片有胎兒連臍帶，十個月內，越來越大的胎兒。一月的，像蝦米。我中學時的英文老師沈瑞裕先生，後來去了香港，教英國來的高官講廣東話，幾位香港總督的中文名，是他翻譯的，十分文雅。他還英譯了《通勝》。

　　回香港書法展那一次，順德前輩接待我，開幕禮剪綵等等，幫忙很多。順德文風盛，所見順德前輩以詩文、書畫家為主，我有幸與他們飲茶食飯（他們是每周定期、定點，長年由有經濟能力的詩書家何竹平前輩結帳），我就在那些場合，有幸認識蔡伯勵同鄉。

　　他逝世，消息中有一事讓我意外：他曾師事數學家張兆駟，又與國立中山大學校長兼天文系主任張雲研究天文數學。

　　2018年。

笑嘻嘻的童真臉──永遠懷念古蒼梧兄

1

古蒼梧兄月前逝世，年七十七。對我來說，太意外、太突然了。印象中，他永遠是笑嘻嘻的一副童真臉，是長不大的青少年，人稱「古仔」，怎麼會是七十七歲的老人，怎麼會突然死去呢？

2

他本名古兆申，古蒼梧是筆名。他對朋友熱情誠懇，朋友不少，在香港文化界中很活躍，我認為他是個文學全才。他寫詩、散文、文藝評論、還作翻譯。他編輯過不少雜誌：《盤古》、《文學與美術》、《文美月刊》、《八方文藝叢刊》，還有香港《大公報。中華文化週刊》、台北《漢聲雜誌》等。

3

他曾任香港《明報月刊》總編輯。這月刊維繫了全球華人文化人，是個高級知識份子的刊物，歷來的總編輯都是學

貫中西的人擔任。可惜，據香港著名專欄作家馬家輝說，古就任「不到一年，便在人事鬥爭中離職」。像他這樣純真的人，在鬥爭中敗退是當然的。我覺得份外可惜。

4

有一次，他對我說，一位讀者寫信給他，上款是「古蒼梧老先生」，讓他失笑。我說，誰叫你的筆名「蒼梧」這麼老派，還姓「古」呢。

5

他是以「詩人」著名的，出版有詩集《銅蓮》《古蒼梧詩選》，但我覺得他的詩評論，一針見血，比他的詩寫得還好。有一件早年事，很少人會知道，我也幾乎忘了。1966年，YMCA青年會與「維多利亞聯青社」合辦了一次龐大的「文藝叢展」，實質上是全港青年文學及藝術的比賽。那次我得了書法組冠軍，而文學評論組的冠軍，正是古兆申。推算下來，他當年21歲，還是個大學生。那次是我們第一次相見，在大會堂的頒獎禮上。

6

我與他相處，主要是在上世紀七十年代到八十年代。那時沒有電腦，更沒有手機，除了見面和通電話，就是寫紙筆

信。據知他曾把他一批文件和來往書信，贈給他的母校、中文大學的圖書館收藏，那是珍貴的香港文學、文化史料。我上網查看，見到有我寫寄給他的信和詩稿：「1988年2月13日，韓牧致蒼梧信函，談《八方》發表詩文、寫作及家務，寄奉〈冰燈與椰樹〉手稿二頁，1988年1月17日」。談雜誌、寫作、寄詩稿，都是正常事，連家務也談到？我真忘了。只肯定我也存有他寫寄給我的一些紙筆信。

7

記得八十年代中，應該是香港「中華文化促進中心」主辦的，在大嶼山一個文學交流營，歷時兩三天，他和我都有參加，在小組討論時，他和我都有發言。記得那次本地作家有小思、也斯、黃繼持、梁羽生、張初等，外地來的有艾蕪、古華、邵燕祥、九葉詩派的陳敬容等。我和艾蕪前輩私下談了很多，因為他年輕時生活在緬甸，我亡妻艾荻是在緬甸土生土長的，談起來有緬甸這共同話題。

8

我1989年冬移居加拿大後，與他失去聯絡。有一年，也斯來卑詩大學（UBC）參加學術會議，我問也斯，古兆申近況如何，也斯說，他近年迷於崑曲。我初聽以為只是欣賞崑曲，因為我記起《詩網絡》曾訪問瘂弦，問他最近的生活，他說最有興趣是聽他家鄉的河南戲曲。原來古蒼梧專志於崑

曲的研究和推廣，有大成就。他曾說小時看到唐滌生改編的粵劇《紫釵記》，十分感動。我由此也聯想到，我們「加拿大華裔作家協會」的顧問姜安道教授（Andrew Parkin），早年在香港的中學教英文期間，接觸到粵劇，發生興趣，引致他到英國研究戲劇，得博士。崑曲中興，一般人只知道是白先勇的功勞，據資料，白先勇也曾親口承認說，古兆申才是始作俑者。據崑曲演員俞玖林憶述，2002年，古先生發現崑山周莊古戲台上的「小蘭花班」，帶了去香港，白先勇看到了《牡丹亭驚夢》，才有了青春版，才有了後來的一切。但古低調，從不領功。

9

　　崑曲是江蘇的地方戲，卻由廣東人古兆申、廣西人白先勇來發掘、研究、改良、推廣，這是奇怪的。正如由一個沒有嶺南文化背景的東北人來研究、改良粵劇，怎可能成功？但他倆成功了。古兆申不但研究、推廣，自己也會吹崑笛伴奏，還常常當眾清唱崑曲，生旦皆能。他甚至指導、糾正演員的發音、行腔。可想到他曾經克服多少先天的不足，要克服多少困難了。雖然他少年時的志願不是文學家，而是歌唱家，但那不是自己母語、不是自己從小就接觸到的、外省地方戲曲呀！

10

　　因為他和我都是寫新詩的,所以我與他的交往,主要話題是新詩。他曾與友人合編了一冊《中國新詩選:從五四運動到抗戰勝利》,1975 年出版,署名「尹肇池等編」,其實是「溫健騮」、「古兆申」、「黃繼持」三人各取一同音字合成。這詩選因受當時激進的左傾思想影響,有其大缺憾。

　　詩選的〈引言〉強調「歷史經驗」,編者不自覺的滑到偏激的政治去:「我們認為一首真正的好詩,一定產生自歷史經驗,一定包含著豐富的歷史內容。換句話說,也就是一定反映了時代而又促進了時代的。」這話聽起來也沒有很不對。詩選高舉魯迅、郭沫若、臧克家、艾青、田間。讚許維族詩人魯特夫拉・木塔里甫的〈祖國至上,人民至上〉。而把徐志摩、廢名、戴望舒、何其芳、卞之琳的一些詩,作為「壞樣品」來示眾。我還發覺,有代表性的冰心,沒有選上。一些選作「好樣品」的,其實是接近口號的政治宣傳,沒有詩味。選得最多的是艾青,12 首,何其芳 10 首,臧克家、田間、辛笛,都是 8 首,何達,竟然有 11 首之多。何達的是朗誦詩,他生前極高調,名聲甚響,死後卻罕見有人提他的詩,偶然提到,不論是香港的還是大陸的學者,總是說不合現在這個時代,沒有讚賞的。記得他生前,余光中對我們說,他的詩只有響亮,沒有甚麼「招數」。用「招數」這詞,讓人印象深刻。

11

　　詩人的詩觀，會因環境的變更或其他因素，作調整，甚至否定以前的自己。重要的、坦誠的詩人往往如此，覺今是而昨非。聞一多的新詩，可說是第一流的，但後來他新詩不寫了，寫舊體詩，這不奇怪，奇在詩中有否定新詩之意。且看他約在1924年寫的一首七絕，詩題〈廢舊詩六年矣，復理鉛槧，紀以絕句〉：「六載觀摩傍九夷，吟成鴃舌總猜疑；唐賢讀破三千紙，勒馬回韁作舊詩。」戴望舒憑〈雨巷〉一詩，獲「雨巷詩人」美稱，這詩迷人一直迷到現在，但他寫了〈雨巷〉一兩年後，否定這首詩，詩觀改變不可謂不快速。瘂弦為他們寫的現代主義詩辯護，但晚年的專欄《記哈客詩想》中，輕視「過往那些華文麗句、奇思妙想」，而強調「博大」和「詠史」了。

12

　　古蒼梧也不例外，他中文系出身，碩士論文是〈劉勰的文學觀〉，他早年吸收余光中的詩評論，詩作傾向其「新古典」，是合情合理的。但後來余光中寫了〈下五四的半旗〉一文，古即在《盤古》寫出〈下了五四半旗就要幹〉反駁，批判余，說余認為五四以後中國詩壇對現代主義無知，其實反為是，余及其代表的台灣詩壇，對五四以後的中國詩壇無知。我認為這確是事實。當年在香港，甚麼書都可以讀到，

還翻印了不少五四以來的文藝書。但兩岸各有所限所禁。台灣當局對留在大陸的詩人的作品封鎖，禁，台灣詩壇對此無知，不瞭解四十年代象徵主義、現代主義已在大陸萌芽，而香港的詩人都知道。事實上，古自己的詩，也受到四十年代詩、九葉詩派的影響。瘂弦藉到愛荷華參加寫作計劃之便，在美國各大學圖書館、國家圖書館，以至英國的大學的圖書館，大量收集到在台灣見不到的、中國新詩的資料。我估計，他也可能利用這些，為台灣的現代主義詩辯解。

13

　　古對港台現代主義詩的抨擊，既猛烈也來得早。由張默、洛夫、瘂弦主編的《七十年代詩選》出版後，1968 年 2 月，古即在《盤古》出專輯〈近年港台現代詩的回顧〉，他自己寫了很重要的一文〈請走出文字的迷宮──評七十年代詩選〉。他批評現代主義詩人「他們自封為文學的貴族，而高傲地切斷了與讀者的交通，沉溺於玩弄文字的魔術而忽略了詩應該有更豐富、更深邃的內涵，忽略了詩除了現代主義的技法以外，還有更多樣的表現方法，這樣便造成了近年來港台詩風的沉溺。」他認為：許多所謂現代派作品，是仿照西方現代主義的理念而創作，因而虛假。創作是對生命的體驗，對人類關注。可謂字字擲地有聲。

14

　　1970年，古受邀到愛荷華「國際寫作計劃」，期間，參加了「保釣」運動，回港後，詩觀也由「新古典」急促左轉到「批判的寫實主義」。1976年，在《盤古》〈敬悼一位革命者〉中說：「在文化大革命／那段『砲打司令部』的輝煌歲月／你把／馬列主義的種子／撒在我們的／心上」。而在1989年的《九份一》詩刊的〈詩與政治專輯〉中，可見他又一次大轉變。踏入九十年代，他轉而專意研究崑曲，完全與文學分離，應是對文學灰心了。

15

　　1979年冬，馬來西亞名作家、編輯伍良之訪台後到港，與我約談，晚上，在一個餐廳。我與他從未認識交往，只是他慕我的名。我特意也約了古蒼梧來，讓他們互相認識。事後，伍良之寫了一篇不短的記敘文〈聽韓牧、古蒼梧談詩〉，在馬來西亞的報章上發表，附了照片。該文後來收進他的散文集《長路花雨》中。此文十分詳細真實，巨細無遺，不過，他雖然也留意新詩，卻不是寫詩的，我們所說，他難免未能瞭解透徹。當時沒有錄音，他能記錄得那麼細微，難得。在此，我還是原文節錄，不嫌冗長。他描述古蒼梧的樣貌以及對新詩的看法，現在看來是珍貴的。

16

「韓牧說,也約了《八方》的執行編輯古蒼梧,由於他比較忙,會遲一點才到。」「古蒼梧也來了,我沒想到他竟那麼年青,濃密的眉毛,國字臉型,微厚的嘴唇,看著他那沉鬱的臉,韓牧說他也是寫詩的,與我原先的預料,的確不謀而合。」

17

「韓牧說,要把詩歌寫好,一定要投入。正如《回魂夜》中說:不投身,心中無詩,不抽身,筆下無詩。受了干擾而寫成的詩,只是一種發洩,不適於發表。」

「韓牧說他寫詩是沒有先考慮到動機或者目的的。從觀察事物,而使自己有感受,有了某種體會,便執筆來寫,在寫時,是沒有考慮到發表的。當完成了,回頭細讀時,才以讀者的眼光來評價。情緒的動機是引起創作的動力,所以沒有考慮到影響力的。寫詩就是準確的記錄自己的感情,像寫日記,篇篇都要『真』。」

18

「關於詩的藝術性,韓、古兩君的看法,是相同的。就是把思想感情準確的變成或記錄成文字。他們倆都一致的

說，在詩的創作過程，沒有考慮到公諸於世的,當一首詩完成後，始以評判者的眼光來看自己的詩，然後才考慮到對讀者的影響。」

19

「評定一首詩的好壞有沒有標準，我請他們發表意見。古蒼梧說：這可分客觀與主觀的看法。對一首詩，一般性的最基本的要求，詩的節奏感，聲韻的協調，字句的凝鍊。詩人應在每首詩中都有創造性的語言，不同的詩都應有不同的創造性。」

20

「談到詩的風格。古君說，風格是決定於詩人的思想，詩人的思想就是他對人生的具體看法，談到主觀方面，那可說完全決定於個人的喜愛，古君說，他對聶魯達、艾青、何其芳等人的詩特別喜愛。」

「韓牧說，一首好的詩，它表達出來的思想感情，既要廣又要深，要粗獷又要細緻。闊大而又精微，是詩歌的最高標準，不過這個標準是不容易達到的。」

21

「我忽然想到，寫詩的多是年青人，但能夠發表的都不

多,我便問他們為甚麼會傾向寫詩。韓、古兩君對這方面的發言相當熱烈。下面所記都是他們兩位的意見的交揉。

　　他們都否定了寫詩的人天賦較高。個性傾向是最主要的原因。感情豐富是詩人的氣質。寫詩與寫小說有大差別,寫詩比較主觀,寫小說卻對所搜集到的資料,分析,作出取捨,再組合起來。古君強調,寫小說比寫詩難。把自己的感情、思想表達出來就是詩。一個詩人要有詩心,詩心也就是詩意,把詩意技巧的表達出來,就是一首詩。」

22

　　「韓君說,每個人都有詩,只是取決於能否用詩的形式表達出來。韓君舉了兩個例子。他曾以『雨』字問一個小孩,那小孩說『雨』字像哭。因為小孩與哭有密切關連。所以他看到『雨』並不把它當水,卻聯想到哭。火的光很平常,人人都見過,可是,不見得人人都細心去看、去體會過。韓牧有一次問一個小孩,火是怎樣的。那小孩說上面是金色,當中是藍色,為甚麼他看見這些顏色,因為他看得深刻。」

23

　　「古君跟著也講了他的經驗。詩人的想像力豐富,而且他的想像接近詩。有了那股想像,又能技巧的,通過聯想、比喻表達出來。古人有『浮雲遊子意,落日故人情』,從浮雲而聯想到遊子,從落日斜暉比喻為故人情,這就是詩人高

超的想像力起了作用。古君也舉了個例子。有一次,他帶著小姪兒出街,小姪兒看見停放的汽車便說,那些汽車在睡覺。汽車停了而聯想到睡覺,這就是所謂詩心了。」

24

「看看腕錶已經十一點多,我知道他們明天還要上班,便提議可以走了。在咖啡座前握別了古蒼梧。韓牧堅持要陪我回去蘇屋村,截了一輛德士,直馳蘇屋村,韓牧一直送我到彩雀樓下,他給我留下通訊地址。在一座座高聳的組屋下,在黯淡的燈影下,看著詩人落寞若有所失的形色,想到他中午時向朋友傾訴,失去愛妻的苦痛,我在握手與他話別時,只能對他說:讓時間來治療你的創傷吧!他默默,在微弱的燈光中,我看見他的臉綻開了爽朗的笑!目送他登上德士,我才上樓。」

25

古兆申生前獨居。逝世前的一天,午間與朋友見面後,晚上電話無人接聽。直至翌日早上朋友上門探望,才發現倒在地上,在家中離世。記得1978年聶華苓一家到港,美國領事館在官邸,宴請五位詩人及其夫人相聚,何達、舒巷城、戴天、古兆申和我。他最年輕,33歲,是唯一未婚的,相信他一直未婚,否則不至於獨居。我想,若有太太在,馬上送院,一定不至於早逝。他患的是慢性的肝病,不是心臟病。可惜。

26

　　據其兄姐發的訃告,蒼梧兄遺願,是火化後撒向山林。那是詩人的詩意。此後,每當我走進山林,我一定感到,他就在我身旁。

　　2022年,2月8日。加拿大烈治文,微雨。

追思馬森教授

2024年2月3日，夜，在「加拿大華裔作家協會」主辦的「馬森教授追思會」（視像）上的發言。次日補記。

馬森教授辭世了。他是我們「加拿大華裔作家協會」的顧問。提到顧問，大家會想到一句話：「顧問顧問，不顧不問」，但馬森教授並非如此。他真誠的照顧後輩，我自己親身感受到。

團體，包括文學團體，一般都會聘請顧問，招牌也光亮些。在顧問本人，也顯出他的地位。但是不是對團體有實質上的幫助呢？就不一定了。

我見到過一位顧問，在外國開會回來，他說：「我在外國，也提到你們會的名字啊！」他以為「提到名字」，就是很大的貢獻了。

從馬森教授，我聯想到，同樣學問湛深，才氣橫溢的梁錫華教授。三十年前，梁教授從香港的大學退休，回到溫哥華，我們「加華作協」聘請他為顧問，我常常向他討教。後來他搬家到鄰省的愛蒙頓，依然和我通信。有一次，他說自己離開了溫哥華，對我們會沒貢獻，要辭去不當顧問了，要我轉告理事會。

我不管他是不是顧問，有問題時依然向他討教，有書出版就寄給他，他也一定真誠的回答。

　　馬森教授同樣是位十分真誠、熱心提攜後進的前輩。我聽過他幾次演講，不論在學術會議上、聯歡晚會上，他的發言都是有內容而且帶幽默，對我們很有啟發。

　　我常常用電郵傳給他我新作的詩文，請他指正，他都坦誠的一一回應。他也常常傳給我一些好文章，一些有用的資料。我細看收件人的名單，不長，裡面都是有名的教授、文學館館長之類。我在其中，與有榮焉。

　　他知道我對書法有研究，曾經請我教他的兩個孫女書法，但我當時寫詩、作文，寫書法，十分忙碌，排不出時間，辜負了他的好意，心中不安。

　　記得他寫他的巨著《世界華文新文學史》的時候，要我提供給他我的資料，把我也寫進去，實在是給我很大的鼓勵。對他，我是永遠不忘的。

　　我寫了幾十年的新詩，詩寫多了，被香港的一些詩社、詩刊聘請為顧問；也獲加拿大的藝術團體聘為顧問。我常常警惕自己，不要當「空頭顧問」，要向馬森教授、梁錫華教授他們學習才好。

「見山書店」音樂會

　　香港太平山街有一家很小的書店,「見山書店」,因抵受不了政府多個都門的壓力,前些時,關門了。
　　絕大多數的港報專欄作家,都在事前、事後寫了文章,一致讚揚、惋惜「見山」,懷念、悼念文章不斷。
　　我忝為前「港報專欄作家」,在它行將就木前,才知道有「見山」,身在海外,無緣見到,更無機會加入戰團,一起讚揚和聲討,是我此生一件遺憾事。
　　今日報上見消息,名歌星何韻詩在「見山」舊址開網上音樂會,有警方人員藉故留難主辦者及觀眾。
　　我無緣寫文悼念「見山」,但想起有一舊作詩,〈名歌星與名作家〉,與此有點關連,找出來,放在附件。

2024.7.1.

第二輯　文學・藝術

古人說:「春花秋月何時了?」。又說:「年年歲歲花相似」。我有「狗尾」:「歲歲年年月相同」。相似的東西,相同的東西,即使美如「春花秋月」,看得太多,也會生厭的。

——〈「生活相」閉幕了〉

獨立與交流——「加華作協」20周年寄望

　　記得 1988 年秋，應邀參加由香港中文大學舉辦的「香港文學國際研討會」，期間，認識了應邀回港的盧因兄。一年後，我移民溫哥華，聯絡上，知道他們在兩年前創立了一個「加拿大華裔寫作人協會」，我即時加入，並獲推選為理事。

　　「作協」如今 20 歲了，我也有 18 年的會齡。18 年來，我見證著我會的發展、擴大。從最初只辦些朗誦會、演講會、音樂或書畫籌款晚會，到後來在《大漢公報》、《星島日報》、《環球華報》附刊《加華文學》，出版《加華作家》雜誌，會員詩文集，叢書，又一直舉辦大型的《華人文學——海外與中國》研討會，廣邀國內外著名學者、作家。

　　我會是純文學團體，會員來自港、中、台，以至東南亞，還有土生華裔，來源是複雜的。可幸，我目睹過去 18 年來，會員、理事會都能團結一致，一些外地來訪的名作家認為：「中、台、港、澳以至星、馬、泰、菲等國的華文文學界，都不及我們團結。」（拙文〈文學研討會之外〉1999）

　　細細回想，這 18 年裡，會務其實也不是一直平和順利的。自我反省，首先，我這個當足 18 年學術理事的，起碼有幾方面做得不好，拖慢了協會的前進。

　　例如在爭取會員與作家的尊嚴、權益方面，會懾於周圍環境強大的勢力。又如獨立性方面，主觀願望是堅持獨立，

中立,但客觀上也會被會外同行認為有所倚傍和偏向。又如在交流方面,一直與中國大陸同行有極密切的連繫,卻無視於同樣用華文寫作的台灣本土作家,和東南亞星、馬、泰、菲、越、印尼作家;甚至加拿大東部的、以至用非華文寫作的華裔作家,也是忽略的。這些,我自己要首先反省、思過、改進。

　　最近理事會有「訪華同時訪台」之議,準備明秋付諸實行,這確是個良好的開始。我認為東南亞諸國也應該重視,到底是同文同種呢。

2007.8.

藝術家的胸懷與視野

　　加拿大每年的五月，俗稱的「亞裔月」，正名是 Asian Heritage Month，亞洲傳統月，烈治文美術館今年為兩位亞裔女性藝術家舉辦展覽。這兩個展覽，表達了以下憂慮：「全球公民」（Global Citizen）的概念；自由貿易與全球市場下人權的現狀，以及對女性身體的暴力行為。

　　張艾米（Amy Chang），1980年在台灣獲商學士學位，熱愛製陶，去年畢業於本地最好的 Emily Carr 美術及設計學院（剛升格為大學）。

　　展覽名為「器官捐獻」（Donated Organ），一堆堆白陶的人體器官，五臟，有塑膠的血管連著，既奇特又令人不安。這樣的顯示，其意在批評國際的人體器官買賣。

　　井元知世（Tomoyo Ihaya）畢業於東京立教大學，修德國文學，隨後在加拿大亞爾伯塔大學獲藝術碩士。

　　展覽名為「水，米與碗」（Water, Rice and Bowl），她的混合材料裝置作品，有繪畫、紙人模型等，她曾在印度、墨西哥旅行，檢視了她自己與米飯和水的關係，她表達出：食物，這生命的象徵，隨著自然的發展與人為的干擾，會越來越缺乏。

　　同期的展覽，有 Deborah Koenker 的「Missing」，失蹤。展覽場中「晾曬」著很長的白色的、粗布匹，當中用黑線刺

繡了一個個人頭大小的、人的姆指的指模，這是藝術家與墨西哥一個名為 Tapalpa 的小鎮居民合作的。牆上掛滿了幾百個失蹤的或被殺的婦女的姓名，一些還有相片。這是對她們的哀悼。美國人在兩個邊境城市，Juarez，Chihuahua，設了些製造工廠，雇了許多貧窮的墨西哥工人，大量婦女離奇失蹤。

　　這作品，呼籲人們重視在全球自由貿易下的人權危機，以及對婦女身體的侵害。

　　這位女藝術家學習於美國、英國，在加拿大、美國，都獲獎無數，目前任教於 Emily Carr 美術及設計學院。

　　請看，這些藝術家的胸懷、視野，深及人性，廣及全球；關愛到弱勢者，關心到社會、世界，和我們永恆的「梅蘭菊竹」「真草篆隸」，真是大巫見 mini 巫了。

2008.7.12.

師娘到女伶：歌壇的形成

我在《家母的娘家，鄭家》一郵中，有幾句話：「現存的八大曲的錄音，在香港有兩版本：一是一九五七年在香港電台錄音，由曾潤心及任錦霞（肖月）兩師娘所演唱。」

甚麼是「師娘」呢？就是以唱粵曲為生的失明女性，俗稱「盲妹」，「唱盲妹」。我少年時，在港、澳的電台常常聽到、至今未忘的名字，是「潤心師娘」，男的是「劉就瞽師」。上述的「八大曲」，歌者之一就是「曾潤心」。她是長期與我舅父鄭集熙合作的，舅父擅掌板。

我一向覺得，粵曲分「戲台」與「歌壇」兩種：「戲台」的就是粵劇；而「歌壇」，據一些資料顯示，原來始於「盲妹」。它的形成、發展過程，也出人意外，很有趣味。

清末，一些婦女把失明的女子收養，教她們彈唱，作搖錢樹。年過八十的雪姬主持的「綺蘭堂」收養最多，著名的有潤嬌、潤桃、瑞意、瑞蓮、麗容、金陵、雁陵、月英等。「每逢節日，如魯班誕、關帝誕、觀音誕等神誕，還有神功、乞巧節、中秋節，她們就會被請去指定的街道，坐在椅子上自彈自唱，一曲接一曲。往往唱三、四個鐘頭，唱到深夜甚至凌晨二、三點。

一些音樂愛好者，所謂「玩家」，常會請質素高的盲妹上門唱曲，他們以胡琴、秦琴伴奏取樂。一九一七年左右，軍閥混戰，社會混亂，烟館、賭場、妓院林立。有一家賭場

向「綺蘭堂」請來盲妹，到來試唱，結果大受歡迎，各賭場爭相仿效。盲妹開始被賭徒稱為「師娘」、「瞽姬」，稱呼高尚了。一九一八年，幾家茶樓老板聞說盲妹可以帶旺生意，也就仿效賭場。

林燕玉原是一個賣藝不賣身的妓女，俗稱「琵琶仔」，已經從良。她經常到「初一樓」飲茶聽曲。一天，她興到，主動要求為茶客加唱一曲。雖然唱功不及，但形象優越，頗受歡迎，得茶樓雇請，成為第一個在茶樓唱曲的開眼人。接著，大群與林燕玉出身類似的加入：卓可卿、公腳秋、銀鳳、銀飛、才仔、大銀仔、大眼葵、新燕、新鶯、竹影、影蓮等。聽眾將這班藝人改稱「女伶」，開眼、盲眼同台，到一九二七年初夏，「師娘」才完全在歌壇絕跡。

三十年代，歌壇興盛，全廣州有二十多家，女伶二、三百人，最有名的是：雲妃、金山女、雪嫻、小香香、惜憐、潤桃、妙然、文雅麗、霓裳女、小燕飛、小劍非、黃雁飛、李少芳、小明星、盧月嬋、西湖女、新麗霞、小鶯鶯等。有時會從香港重金請來名伶張瓊仙、佩珊、熊飛影、張月兒、徐柳仙、張蕙芳、黃佩英到廣州演出，茶費加收。

從上列的名單看，如雷貫耳的所謂「四大平喉」，除了首席的小明星外，原來徐柳仙、張月兒、張蕙芳，都是屬於香港的。我童年時聽慣的「飛影」「瓊仙」也是。李少芳、小燕飛卻是廣州的。只是，這個「小燕飛」，不知與後來在香港拍電影、至今健在的那個，是否同一個人。

2008.8.12.

胡發雲講「紅歌」（三之一）

我們「加拿大華裔作家協會」於 2009 年 12 月 13 日，在「中華文化中心」舉辦武漢作家胡發雲專題演講：《紅色音樂濡染下的一代人——反思共和國同齡人的情緒記憶》。

胡生於 1949 年，是思想型先鋒作家。著有詩集及小說集多種，獲獎多項。Sars 那一年，即 2003 年的年底，他的長篇小說《如焉 @sars.come》在互聯網上廣為流傳，民間也出現打印本。2006 年該書出版後，被譽為「洗刷了中國小說恥辱」，旋被國家新聞出版總署與其它七本書一同查禁，引起國際關注。後來，當局聲稱沒有禁書，成為首宗流產禁書事件。

演講當日下雪，我的老爺車開不動，無緣聽講，好在事後曹小莉向「中國之窗」信息聯誼會推薦，在該會 12 月 19 日「聖誕午餐會」上再講一次。小莉還寫了一篇文情並茂的《高層次的精神盛宴——胡發雲的演講和簡介》，作為消息報導，吸引了一百多人出席。我也將此文廣為轉發。

我是第一次知道「中國之窗」，原來其下有「機械、電腦」、「老知青聯誼」等多組，會員似是清一色的中國大陸移民。首先同唱「天上的歌」，即是聖誕歌；看來會中有一些虔誠基督徒，然後午宴、演講，講「地上的歌」。

我與美玉被安排在嘉賓席，與該會領袖 Jim Hu、孫曉

濤，曹小莉，胡發雲及其女友楊俊同席。我送給胡一本《剪虹集》，我說，書中有幾篇小文談唱歌，請指正。

　　胡謙虛而親切自然，我與他談唱歌，我說我一直生活在港澳，但五、六十年代的「紅歌」，甚至「文革」時的、甚至「語錄歌」，我很多都會唱。胡覺得奇怪。我還會唱毛澤東詞的「評彈」《蝶戀花》，他問是否用廣東話唱，這次是我覺得奇怪了。我說我不會蘇州話，是用國語唱。

　　我問他，對三、四十年代比如周璇等人的時代曲，有沒有研究，這些，我童年甚至入學前就唱；原來他也是有認識的。我說在中學時，社會上一般認為是靡靡之音，沒有再唱。中年移居此地，電視上看到台灣的懷舊金曲節目，重新認識時代曲，其實很多旋律很動聽，巧妙地混和了柔情與豪情，詞也優美，有不少愛國之情。我青少年時在港澳，幾乎甚麼歌都唱過，除了時代曲、抗日歌、紅歌、粵曲、英語歐西流行曲、各國民歌、藝術歌、西方古典歌、黃梅調、粵語時代曲等。

　　我說，聽演講的只有一百多人，其實很多人有興趣的，希望能將講稿整理出來，在海外、例如我會的《加華文學》發表，我同時把剛出版的一期送給他，原來他沒有見到過《環球華報》。胡身旁的女友楊俊說，演講都是即興，沒有講稿的。我說：「你是他的秘書，你來記錄吧！」胡同意回國後整理出來。

胡發雲講「紅歌」（三之二）

午餐後開講，我稍作筆記，大意如下：

偶然在賓館聞到香皂氣味，會引起童年吹肥皂泡時的歡樂記憶，可稱之為「情緒記憶」；以音樂為最。並非歌詞內容，是旋律。人們唱那些內容已經被自己否定的歌，因為沒有別的歌可以藉以懷舊。

1949年以後，政府壟斷了音樂資源，又強行灌輸，只有極少數的家庭，如都市的文化人，才有條件、有機會唱別的歌。

少先隊之歌，由郭沫若作詞，從小就被灌輸毛澤東是父親、是太陽，照亮了新中國的方向。這一觀念走進一代人的心中，進入潛意識，無法割斷。毛主席，比教主、比皇帝更有權威，即使希特勒、俄蘇（韓按：胡不說蘇聯、蘇俄的），也不至於此。因此，毛以後可以胡作非為，那一代人是真心聽他的，認為他一定正確的。

通過極好的旋律，巧妙地灌輸意識形態，例如地主萬惡，貧下中農就只是受其害。在「文革」時，無人懷疑是不對的。對世界的看法，因這些「紅歌」而變得僵硬。代表非洲、古巴的孩子，控訴美帝。

三年飢荒，官方數字是餓死3000萬人，此數超過抗日戰爭和國共內戰的死亡人數。但在1959年的文藝匯演，還

唱讚美江南江北豐收的《祖國頌》。迄今，歌唱比賽仍然唱這首歌。即使是當時捱過餓的人也唱，把內容抽離，因為除此以外，他們沒有可以表達的歌。

【韓牧按：厲害。壟斷，使人人沒有別的歌會唱、可以唱，正如別無食物，只有毒藥。鬱結的感情不能不抒發，一如肚子餓不能不吃東西，只好吃毒藥了。】

胡發雲說：剛才與韓牧先生同席交談，他說，他是在港澳生活的，紅歌、黃歌（胡意為時代曲）、黑歌（胡意為歐西流行曲）都唱。青年時韓老先生也許左傾，覺得時代曲是靡靡之音，不再唱。年紀大了，重新檢視，覺得時代曲有許多可取之處。其實當時的作曲家、作詞家，不少是左翼，如聶耳、冼星海、賀綠汀、田漢等。漁光曲、十字街頭、塞外兒女等等，同情弱小，描寫對生活無奈的小人物，嚮往光明的將來。其實，這正是表達了人性的基本色彩。

【韓老先生按：胡先生此言，提醒了韓，也許，韓的同情弱勢社群，就是從童年開始接受時代曲的濡染。但胡先生可能沒有想到，韓比共和國年長十歲，因年齡和地域之異，沒有機會當少先隊，接受對毛個人崇拜的灌輸。到1966年「文革」時，韓已二十八、九歲，早已成熟，不像比他年輕約十年的文友，而是：一開始就否定「文革」了。韓的唱個人崇拜的、謊言的、粉飾太平的、「文革」的「紅歌」，只是唱著玩而已，不同意其內容，也沒有藉以抒發、懷舊、表達甚麼。如果有，就是「反諷」。】

胡發雲說，對音樂的控制，比文學更嚴厲，音樂的生產流程很複雜，都握在政府手裡，西方不會如此。

【韓牧記得，一次與瘂弦交談時說，香港政府對出版、歌舞演出、話劇等，都不檢查，只檢查電影，設了個「電影檢查署」，將電影分三級。瘂弦說，在台灣，出版不檢查，檢查得最嚴的，是話劇。官方認為，失去大陸的江山，就因為共產黨的話劇宣傳厲害。】

胡認為，當時人人覺得自己無足輕重，要通過唱歌來加入集體，這樣才有安全感。有權唱「紅歌」，表示被集體認同。【韓按，這正如香港的不良青少年加入黑社會，認「大佬」，才有安全感。】「文革」時，有些老人只能唱他們自己譜曲的歌：「我是牛鬼蛇神，該死！」而極權階級的子弟，才有權唱：「黑幫，見閻王，殺殺殺！」

一般人沒有音樂資源，私下唱俄蘇的歌，抑鬱的、人道主義的，如《喀秋莎》、《燈光》、《小路》、《莫斯科郊外的晚上》等，《向斯拉夫女人告別》是寫出征的，而中國的紅歌，沒有男女的人性、吻別之類的描寫。於是俄蘇的歌像是沙漠中的清泉。另外是外國的、本土的民歌。但漢族除陝西等地之外，民歌缺乏。後來，創作者轉而向少數民族民歌取經。

現在，個人、民間，唱紅歌，不必深責。如果政府動用官方力量禁止，我反對。個人，有唱或不唱的自由。但政府利用這個文化特徵，在節日來宣傳唱紅歌，就干預了不願聽的人的自由。個人有這自由，政府沒有這自由。這正如西方國家對於宗教，人人有信（任何）宗教或不信宗教的自由，但政府不能干預，無權否定或推銷任何宗教。

胡發雲講「紅歌」（三之三）

　　胡在演講中，講到某一首「紅歌」時，會同時唱幾句，還請會唱的聽眾一起唱，唱罷，往往大家一起輕笑。他的歌喉不錯，聲量也足夠。秀外慧中的楊俊好像在全程錄影。聽人說，她目前生活在奧地利維也納，不知我有沒有聽錯。

　　胡舉例唱出的「紅歌」，奇怪，我幾乎沒有一首聽過，看來，我在港澳，不在「風眼」中，只會唱些「大路貨」，如「大海航行靠舵手」「世界是你們的，也是我們的」「我失驕楊君失柳」「一條大河」「洪湖水」之類。

　　演講之後，提問很踴躍。我問：「請教胡先生，這些『紅歌』，與蘇聯的、北韓的、以至希特勒國家主義的歌，有無淵源，有無關係？」胡認為：歌曲本身，主要影響來自蘇聯。但對歌曲控制，蘇聯、北韓以至當時的德國，同樣有宣傳部的。而歌曲的藝術性，中國的「紅歌」是大大不及他們的。

　　我私下想：影響人心的，是歌曲的藝術性。既然藝術性低，為甚麼影響反而更大呢？那不是說明了，中國的宣傳部的控制，比蘇聯、北韓、德國更劇烈嗎？提問者眾，我無機會提出。後來回到家，與美玉談及。

　　美玉說，正正因為藝術性低，影響才大。那是下里巴人，簡單、口號。藝術性太高，反而不會欣賞。我想：最簡

單的莫如宗教、巫術的符咒，那些只有兩三句的單調乏味的「紅歌」，正起著催眠、壓抑人的理智的作用。

　　有人提問時說，愛唱紅歌因為其旋律好聽。胡認為，旋律好聽與否，也是比較的，只有紅薯吃時，饅頭就是天下美味。我私下想：目前的中老年人愛唱紅歌，除了一些旋律確實好，又藉以回憶、懷舊外，是習慣了老歌的旋律。這也是一種懷舊，總覺得目前青少年人愛唱的歌，旋律和歌詞都不好，所以只好唱老歌了。問題是，他們青少年時聽的、唱的，絕大部份就是「紅歌」。我想，從小吃慣的食物，總覺得好吃。這除了懷舊，還由於不同的時代風氣。

　　胡又談到，所有少數民族的頌歌，都是漢族代言，如《延邊人民熱愛毛主席》；若是出自少數民族的內心，由他們自己寫，才有可能真實。

　　胡又談到，他到俄羅斯訪問知道，三十年代極權統治的黑暗時期，餓死人，有良心的知識份子被迫害，但由斯大林親自拍板的一首歌說：「我們沒有見過別的國家，可以這樣自由呼吸。」

　　【韓按：此歌，旋律極美，抒情，壯麗，我少年時也愛聽愛唱，不過，當時也就覺得，作詞人很刁鑽，他不敢說「沒有」，而是「巧妙」的說「我們沒有見過」，聽者、唱者，會為極美的旋律所蔽，覺得是「沒有」了。當時我想：沒有國家可以這樣自由呼吸嗎？是你見識太少吧！還有，他是說「這樣」，那是蘇聯式的「自由呼吸」，不論式樣如何，別國當然沒有了。但我還是因其旋律而入迷。這樣看，音樂家是極權國家最有力的幫兇。】

有一女聽眾問：現在開放了，如何？胡認為：現在的歌可分為兩種：商業的和「大歌」。「大歌」必須在中央台播，嚴控。我想，所謂「大歌」，就是涉及政治的吧？所謂商業，你可以黃、可以黑，當然也可以紅，那就有機會成為「大歌」。甚麼顏色都可以，就是不可以「反紅」。

　　胡在答問中，提到《太行山上》。其後，我拿著米高峰說：「剛才提到《太行山上》，我更聯想到冼星海的《黃河大合唱》及他一些別的歌，我感到很榮幸，因為我是冼星海的同鄉，我是澳門人，冼星海是在澳門出生的。」大家竟然鼓起掌來。

　　有聽眾提問時，提到當天報紙上一段消息，很憤慨。有社團聯合舉辦一個所謂、其實是不知所謂的、風馬牛不相及的甚麼「旅加華人華僑　紀念新中國締造者毛澤東誕辰，喜迎 2010 年冬奧之春聯歡晚會」。「…是毛澤東主席，在他晚年時期從戰略高度上，大膽地與世界強國美國建立友好關係，與日本、法國、加拿大等發達國家建交，…為後來鄧小平的改革開放，為江澤民、胡錦濤搭建全球的『中國造』，奠定了堅實的基礎，創造了有利的條件。…來自中國大陸的著名歌唱家、民族歌手等專業人士現場演唱，毛澤東主席詩詞背誦、毛主席語錄背誦、參會人士即興紅歌表演、紅歌卡拉 OK 演出……

　　聯歡晚會由八個華人社團共同主辦：加中工貿理事會、加拿大福建同鄉聯誼會、加拿大大專院校校友會、加拿大泉州同鄉會、加拿大天津商會、加拿大湖南同鄉會、加拿大大連同鄉會、加拿大多元文化交流協會。12 月 26 日在聚湘村

湘菜館舉行。」

　　我不厭其煩的抄錄報紙上的「通告」，就是要讓他們名留氰史。

　　演講會之後，胡發雲起音，與大家合唱了一首《草原之夜》。這歌，我幾十年前就愛唱，1965年我曾將我錄音帶，寄到日本、愛知縣、寶飯郡、足山田字西川、三十四號；送給筆友權田春子。

　　2009年12月22日　追記

做一枝「史筆」

諸位：

前一陣，你們看過拙文〈風光背後的陰暗〉，舉證本地已故（燒炭自殺）畫家黎沃文的，可見韓牧不甘只做個書法家、詩人、藝評家，最高理想是做一枝「史筆」，使「亂臣賊子懼」的正義的史筆。小至個人、社區，大至國族、世界。不惜樹敵，惹大麻煩（接律師信、被告上省級法庭）。

前一陣，「加華作協」辦創會會長盧因八十歲生日會，大家高興之際，曹小莉突然提起甚麼香港幫、大陸幫；甚麼誰排擠誰；甚麼造謠、事實。這與盧因有關嗎？在這幾年才進理事會的、以及理事會以外的文友，都會一頭霧水。

這讓我想起一件誰都不願再提起的、極不愉快的往事。雖然黃腫腳、不消提，但實在是「加華作協」成立以來最大的危機，最重要的、不應湮沒的史實。它曾180度扭轉了「加華作協」前進的方向。事緣：創會會長、創會副會長兩人，首先被巧妙剝奪了投票權及理事的參選權，這是不合法理的，就算一個普通會員，他的選舉權及被選權，也是不可剝奪的。我洞察其奸，接連二十多天，向理事會發出所謂「絕密檔案」的電郵，大膽揭發其糾合親信，逐一清除香港背景者，全面奪權的陰謀，感謝上天，得到眾理事的理解，最後兩位創會會長反而得到「當然理事」的地位，「加華作協」

才得以重回正軌,正如目前大家所見。

　　這史實,當年的理事們都知情、清楚。這史實,韓牧是最瞭解清楚全過程的兩個人之一(另一人早已畏罪退會)。這事之後兩年,我寫了一篇回憶:〈回憶我寫所謂「絕密」的原因〉,作精要的總結。現在找出這篇不能算完整的總結,讓你們開開眼界、也好理解曹小莉那一番話。

　　有些畫家看了拙文〈風光背後的陰暗〉,說「太震撼了!」覺得自己被偽君子騙了十幾年,更可能被騙一輩子。作家朋友看了這〈回憶我寫所謂「絕密」的原因〉,是否也會說「太震撼了」?我肯定。

　　2015.11.1.

赴韓參加學術研討會報告

2016年10月29日，在「加華作協」的月會中作的報告

2016年9月，韓國有兩個學術研討會，一個是「韓中文化論壇」，一個是「世界華文文學」。「加拿大華裔作家協會」的韓牧、勞美玉應邀參加。

第18屆「韓中文化論壇國際學術大會」在韓國千年古都慶州的百年大學東國大學校舉行。到會學者近70人，分屬的大學（含少量文化團體）計韓國24家，中國大陸8家，台灣8家，另歐、美、香港、南洋等6家。

大會分四組：韓中交流、文化、文學、語學。韓牧獲選為文學組一個分課的「司會」，主持會議及討論。9月2日的歡迎晚會上，代表到會學者致詞的有兩人：一位代表韓國本國學者，另一位代表海外學者，即韓國以外的：中國大陸、台灣、香港、馬來西亞、泰國、歐洲、加拿大。「加華作協」的韓牧獲大會選為代表，即席發言（發言內容見另文）。

韓牧提交的論文是《論詩人汪國真》，是這次大會中，唯一研究現代詩人的論文。也許因為汪在中國大陸名氣極大，來旁聽的學者比較多，相信都是中國大陸的。

汪國真（1956-2015）這詩人很特別，極受中國大陸青

年人的崇拜，1990年是「汪國真年」。他刊印詩集動輒幾十萬冊、上百萬冊。連盜版，總數在1800萬冊以上。以在世詩人來說，世界詩史上他是冠軍無疑。不過，大陸最權威的《詩刊》不刊登他的詩，他只有大量的「粉絲」，沒有一個詩人朋友。詩歌界認為他的只屬「中學生紀念冊詩」、「心靈雞湯」之類。甚至被名詩人評為「最壞的詩」。

　　我的論文宣讀完了，自由討論，一位香港學者同意我的觀點。另一位是大陸學者，說中國傳統詩評將詩定為上中下三等，問我汪屬哪一等。我答，若從藝術性的高下來評，汪是下等；若看影響力，汪是上等。至於其影響是好是壞，我論文也有論到。他的確安慰、指導過那一兩代的青年，是他們的導師；但一些詩作顯出豁達、謙讓得過份，會讓人失去鬥志，對不合情理的事，不去反抗，那影響就是負面的。

　　同組的有台北商業大學的林盈鈞，她的論文是《李奎報茶詩的思想與書寫特色》。李是高麗時代的愛茶的詩人。香港中文大學的葉德平的論文是《北宋詩僧釋守卓頌古詩研究》。聖潔大學校的金智英的論文是《趙翼的〈甌北詩話〉》。金是韓國人，論文用韓文寫，害羞的她以為會上可用韓語宣讀、發言。但該組只她一人懂韓語，她說自己漢語說不好，很勉強。我覺得其實是不錯的。她發言既畢，我對她說：「其實你的漢語，說得比我好得多。」以她這樣年青的韓國人來研究趙翼，我已經佩服。雖然我完全看不懂她的論文。我們有條件研究韓國古代的評論家嗎？後來在一次宴會中，我剛巧與她同桌，我和她談〈甌北詩話〉，也談到趙翼最有名的詩：「李杜文章萬口傳，至今已覺不新鮮；江山

代有才人出，各領風騷數百年。」

　　大會把我們幾個安排在同一組，是洽當的，都是關於詩：有中、韓詩人，有古、今詩人，有詩評論。

　　大會把分組的主持人，稱「司會」，想來相當古雅，「司」字，殘留在現代漢語，不多。司機、司儀、司令、司鐸等。我當「司會」那一組，有建陽大學校蕭大平，論文是《疑為南宋劉松年作〈觀蓮圖〉考》。他宣讀畢，我說：我知道，南宋時與高麗有海上貿易，名畫家馬遠、趙孟堅、劉松年都有畫作流到高麗，我還以為是商品，剛才聽蕭老師講，其實是由當時的文人、富商等在中國購得，帶回韓國的。這〈觀蓮圖〉原來早已失傳，蕭老師搜尋大量資料，以圖重現該畫，是很有趣味的。

　　南京大學翟業軍的論文是《論賈平凹改革小說中的男女關係》。講畢，我說：剛才翟老師也談到五十年代初聞捷的詩，其中有一首寫到，大意是女的說，我是喜歡你、愛你，可惜你衣襟上缺了一枚勞動獎章。也就是說她的愛情，是愛獎章。當時我正是青年，在港澳，我對聞捷的詩也很熟悉。我覺得，他的詩，不但影響了大陸的青年，同時影響了港澳、南洋的青年。

　　台南成功大學廖淑芳的論文是《歷史及其疊影：論中國旅加小說家薛憶溈〈白求恩的孩子們〉中的鬼魅敘事》。我說：廖老師是戰後台灣文學的專家，擅長研究作品中的鬼魅，曾研究黃春明、七等生、平路等等，讓我們聽聽她的鬼故事。廖講畢，我又說：原來她的鬼故事並不恐怖。

　　薛憶溈是十多年前從中國大陸移居加拿大蒙特利爾的

小說家，作品在大陸出版，受歡迎。但這本〈白求恩的孩子們〉，大陸禁止出版，原因是：書中暗地批評毛澤東、又寫到文革、寫到「六四」的學生領袖。後來這書在台灣出版了。白求恩自己沒有孩子，這裡所指，應是受他影響的這一兩代青年人。毛〈紀念白求恩〉一文，把白說成是道德高尚的人，但現在西方大量的研究成果相反，例如：他不接受配給性伴侶及臨時夫人，卻愛到民間的妓院。

　　大家討論後，我向廖老師提出最後一個問題：照妳的看法，薛的小說，算是中國文學還是加拿大文學呢？後來我又私下對她說：把薛定為「旅加」小說家，是有問題的。

　　大會選我為此組的「司會」，想是經過慎重考慮的。因為論文比較特別，涉及中國古畫、加拿大。我向大會提供的簡歷及學術論文代表作中，說我是書法家，列出論及書法、中國畫、詩與畫關係的論文。也許大會認為，我對中國古畫，應該比別的學者有認識。我又是加拿大來的，主持對加拿大作家的討論，比較合適吧。

　　我還參加了別的組別的自由討論。印象最深的是一位台灣學者，講完了她的《西方文化對台灣文學的影響》後，一位大陸學者與她爭辯，辯出火藥味來，聽得出是隔海砲戰的統獨之爭。接著我問她對詩人洛夫、瘂弦的看法。

　　在慶州的文化參觀，有佛國寺、石窟庵、雁鴨池等，像回到唐代的長安。

　　「第三屆韓國世界華文文學國際學術研討會」在首爾韓國外國語大學校龍仁校區舉行。因限於華文文學，規模當然比慶州的「韓中文化論壇」為小，到會學者約三十人，但更

親切。分屬韓、中、台、馬、泰、德、加。名單中有日本學者，但未到。

我提供的論文是《從人類遷移史論移民作家的身份與立場》。可惜時間匆促，未及討論。事後我總是找機會，如用餐時、休息時、遊覽時，一一詢問他們對我論文的意見。總的說，具體的意見少。另一方面，我對學者們所論，涉及詩、和論及馬華文學、泰華文學、以至台灣文學的，比較有興趣，因為幾十年來，接觸比較多。

閉幕發言者四人，我第一個講，我說：時間不多，我集中只講名詩人于堅老師。剛才進會場，內子勞美玉指著論文集的〈會議日程表〉對我說：你要作「閉幕發言」呀，我頭痛了，不知講甚麼好。但翻到論文目錄，見到于堅名字，好了，于老師大名鼎鼎，我有話講了。他剛才的論文《新詩的發生》後段說：「我以為百年新詩未辜負漢語，它艱難地接管漢語，使漢語在現代荒原上打下根基，命名現場，招魂，再造風雅，樹立標準，贏得尊重。」這給我們這些寫新詩的人很大的鼓舞。

文化參觀有昌德宮、青瓦台、南山谷韓屋村、明洞等。餞別宴之夜，學者們在主人朴宰雨老師的鼓動下，競相高歌，依依不捨，永難忘記。

【作此報告時，我還出示一些有關照片，並隨時插入解釋、說明和花絮，如下。】

1. 「韓中文化論壇海外學者代表致詞」中說：「韓劇看得多，就知道所謂「代表」，是個地位崇高、人人敬畏的身

份（台下一些韓國學者發笑，包括金善雅教授）。」那種「代表」是現代韓國的大公司、大機構中，老闆派下來監察的「欽差大臣」。

2. 「韓中文化論壇」開幕式中，有三個「基調演講」，一是「歐華作協」高關中的《慶州與西安，文化遺產和交流》，二是建國大學校林東錫《漢語連綿詞特徵、韓國語受容樣態》，三是上海外國語大學、高麗大學校金立鑫的《韓漢體範疇類型及共性》。我對這個演講最有興趣。金立鑫，我一見其名字，就猜到他是上海人，果然。因我也懂滬語，與他多次深入交流，交談甚歡。知道現在的滬語，與我在五、六十年代最初接觸到的，已起了不小的變化。又有一次，他對我說，有一個韓國女學生對他說：「金教授，你很多情！」他給嚇了一跳，臉馬上紅起來，說不出話。回家查字典，原來韓語的「多情」，意同「深情」。不是現在中國人理解的「花心」，向多個對象同時用情。我想，他長於語學，而對中國古典文學，造詣不會很深，否則，就不會失驚了。我對他說：唐宋元明清的詩詞中，常見「多情」一詞，就是「深情」之意。如杜牧「多情卻似總無情」，蘇東坡「多情應笑我」、「多情卻被無情惱」，柳永「多情爭似無情」、「多情自古傷離別」，納蘭「人到情多情轉薄」，數量以千百計。可見，現代韓語還是保持著古漢語的解釋。

3. 我們曾問韓國人，我們的名字，韓牧、勞美玉，在韓語如何唸。所答竟然像我們的母語廣東話，百份之九十以上。廣東話保存了大量的唐宋語音，那麼韓語也一樣保存了。

4. 見韓國的女中學生個個塗鮮紅的口紅；白上衣、棕色短裙，短到膝頭以上半尺。一問，是校服。記得香港女中學生的校裙，都要及膝。此次參會近 70 位學者，姓韓的，除韓牧外，只有一位，是首爾大學的韓瑞英教授，從兩韓的合照看，朋友們覺得她年輕得像個大學生，化妝、服裝，與韓劇中的韓星無異。
5. 此行，我寫了兩組紀行詩：《慶州十九首》、《首爾十九首》，勞美玉寫了《五個韓國女子》一文。

真跡手稿

夢青兄：

　　這兩件，當然已在廣州拍賣行了。若指我其它的真跡手稿，我有很多。多年前，我知道手稿有價值，投稿都是投出複印件，而真跡自己留住。有書刊雜誌要我手稿，為了附印在雜誌、或我書中，我都是給彩色影印本。（給方先生的，記憶中給了原真跡）。我甚至，有一時期，留存我詩的改稿，一首詩，可以有一、二、三、甚至有四、五、六稿。這對初學寫詩者，甚有價值。後來覺得太多了，就不再留改稿了。

　　一氣呵成的《回魂夜》應是最有價值的，我留有此稿，但缺了兩頁。事緣編者陳不諱兄要兩頁印在書上，此議我沒想到，謝謝他。書印好，他沒還我。實在說，那時期，我、和他，都不會在意。若他認真，這兩頁仍在。我現在想起，此書出版後，原甸兄說，應把沈艾荻的照片也印上去。對的，可是當時未想到。約兩三年前，此地一新移民文友，王立，她是從內蒙移來的（後來考得馬來西亞的博士，論文研究唐代的音樂的），她見了《回魂夜》，主動要為我轉成電子版給人上網付費閱讀。當時她要求把沈的照片附上，我當然同意。沈就算不算美人，至少也不算醜。在我眼中，是美的、天真的。還有，我書是繁體字，要改成簡體，出版社不願意。相信是沒有「精通」繁體的人才，怕錯。王立只好代

勞，她打字甚快，不到一天就全書完成了。

真跡也有送出的。如，小思說要我回港時寫出的、懷念舒巷城的《亡友的筆名》，我傳真去，她不要，好像說，看不清楚。後來知道，原來她是要給「香港文學特藏室」的。她真有心。我寫詩懷念香港代表性作家舒巷城，這對香港文學來說，有點意義。幾年前北京「中國現代文學館」說要藏加華作家的手稿，我除了給了兩篇詩稿，也給了《韓牧散文選》的全本書稿，是出版社應我要求，出書後寄還的，其中有手跡、有複寫紙的、影印的、剪報的，……很豐富。

我「加華作協」今年 30 周年，七月，辦「加華文學國際研討會」，我為了寫論文，翻查所有我收藏的、加拿大華裔詩人的詩集，昨晚意外見到兩位大詩人的手跡。《洛夫詩選》扉頁：「韓牧兄存正　洛夫 2013.3.9.」另一件是半個快遞硬紙袋，撕去一部份光滑的表面，寫上：「小女鹿苹詩集《流浪築牆》呈　詩人韓牧先生，敬請賜正　瘂弦」。他倆名氣大，若拍賣，可值點錢的。我記起，80 年代中，從九龍搬到港島，搬家前，送了一箱作家簽名本給市政局圖書館，當時是要求他們接收的。

相識五十年，你留有我寫給你的信嗎？一定可以上拍賣行拍得好價的。不是現在，是 200 年後。

韓牧 2017.3.30.

回憶童年叫賣聲

　　名詩人瘂弦在演講〈聲音的美學：詩詞的朗誦和戲劇對白〉中，強調人聲之美，除了朗誦和對白，還提到叫賣聲。他舉例說，曾聽賣西瓜的叫：「大西瓜，小西瓜，大小西瓜！」叫得有變化，好聽又不容易累。如果只是「西瓜，西瓜。」單調又易累了。

　　多年前回澳門開書法個展，適逢「澳門博物館」開幕，進館參觀，有街頭叫賣聲的錄音，可惜不是早年現場實錄，只是現時「仿叫」，又仿得不像，缺乏抑揚頓挫節奏之美，讀字而已。

　　童年在澳門，叫賣不少（都是粵語），七、八歲前聽過的，現在70年後記得清楚，還可以模仿其聲調，也許是當時常常模仿，當是一種玩意。

1. 豬腸——foon（粉）。
2. 燒——um——（鴨）。燒字，提高，至力竭聲嘶。
3. 吉大——番薯。（大，音帶，此字讀中山音。應是叫賣的村婦不純的廣州話。童年不懂，以為是「吉帶」。吉大，地名，現屬珠海市。）
4. 衣裳——竹！（竹，廣州音，joke。）真是joke，那身形如竹的男小販，一句一句，不斷的叫，我們，頑童，也一句一句的插入：「你老婆用甚麼打你呀？」「衣裳——竹！」

5. 麵──包。（一擔，前面的是玻璃箱。）
6. 酸薑──蕎頭。（酸沙葛、酸蘿蔔最好吃，現在沒了）
7. 缽仔糕──。
8. 有喳窄（口旁）賣，冰花杏──仁茶，芝麻糊──。（賣，低而急收。杏，高昂。糊，急急滑上，急收。）
9. 有──油甘子葉賣 Le ──。（村婦，純中山口音，當中五字極速，一氣呵成。Le，音如國語的「列」。夏季枕頭填充料）
10. 炒香白豆一仙大杯──。（一氣不斷。記得戰時，在「國華戲院」門口叫賣的。相當於現在的戲院賣「爆穀」。花生也是貴的，有吃過嗎？沒印象。腰果？沒聽過。杯，是神茶杯。仙，是 cent，原意是一分錢；一仙，指一個銅幣，有清朝的，有民國的，混用，成為市面流通的貨幣。經常是四仙當一毫〔角〕，有時是八仙，甚至更多，才算一毫。）
11. 此外，有婦人逐戶收香爐灰，用燈芯來換。她有沒有叫？怎麼叫法？忘了。
12. 另外，「收買佬」是不叫的。他兩肩一手，擔著一擔竹籮，另一隻手，挽一塊穿了繩的小鐵板、手指夾住小鐵錘敲打：叮叮，叮叮。
13. 鏟刀磨鉸剪，磨鉸剪鏟刀。

　　我現在想：這些「叫賣聲朗誦」可以附屬於某一次「詩朗誦」裡。甚至獨立，各省各市各縣各鎮各鄉的同胞，各種鄉音百家爭鳴。

寫中國，也寫加拿大

2018年7月7日中午，「加華作協」舉辦陳公仲教授講座餐會：「海外華文文學與加華文學」，講後，與會者競相發言，各抒己見。最後我也加入，次日整理追記如下。

各位：

珠玉在前，沒打算講。但不得不講。我要感謝陳公仲教授，許多年前，是2007年吧，我們「加華作協」舉辦第八屆「華人文學研討會」，我聽了陳教授坦率詳盡而富學術性的演講，受到啟發，即興發言，後來整理成文，名為〈用「國」「族」「文」分類海外華裔文學〉。這種研討海外華裔文學的論文，我從未寫過，這是我的第一篇。這些年不停的寫。感謝陳教授，沒有他的啟蒙、引導，我不會有這方面的成績。

自此，「加華作協」的第九屆、第十屆「華人文學研討會」，以及前年在韓國的兩次、去年在泰國的一次學術研討會，我都積極參與，提交長幾萬字的論文。

這次得悉陳公仲教授再來演講，我很高興。剛才聽了，覺得我沒有高興錯。我再一次受到啟發。印象最深的是，他說，文學創作，不要受別人理論的限制，自己喜歡寫甚麼，

就寫甚麼,自己熟悉甚麼,就寫甚麼。作品主題可以是隱閉性、多義性的。甚至有時越隱閉越好。他告訴我們,中國國內有一種論調:海外作家就寫海外好了,不應寫中國的題材,來搶飯碗。他說:其實限制作家不應寫甚麼,可上升到「人權」問題。

剛才曹小平兄也談到這方面。他從另一個角度看,說不讓海外作家寫國內事,是避免暢所欲言諸多惡評。這不是飯碗而是政治了。

這十年來,我這方面的論文也好,小文也好,都圍繞著一個中心:提倡加拿大人寫加拿大的現實,尤其是社會現實。寫現實是我幾十年來一向的主張,身在澳門時,我就寫澳門,在香港,就寫香港,在加拿大就寫加拿大。外遊時,中國大陸、台灣、港澳、韓國、南洋、美國、中南美洲、澳洲、歐洲,我就寫當地,那主要是紀遊的詩文。

我移居加拿大三十年了,寫詩幾百首。除了紀遊詩,寫加拿大的現實的,佔了絕大的比例。我認為這樣合情合理,因為一天二十四小時,我都被加拿大的現實包圍,耳目所及,都是加拿大。不熟悉也變成熟悉了。剛才聽嚴家炎教授夫人盧曉蓉女士說,莫言所寫,離不開他自己的小村子,這正是重視、熟悉所在環境的例子。有的加拿大文友只寫祖籍國中國,回憶過去或寫其現狀,我們不反對,何況,身居加拿大(或其他海外地)久了,眼光會廣些、立場會改變。寫中國的作品,會與以前自己在中國所寫、與當下中國人所寫,有異、有新意。若然果真如此,而不是為了中國市場大,反而是可貴的。

我沒有反對別人寫中國，我自己也寫。我只鼓勵、提倡，加拿大人寫加拿大。近年聽到一種論調，說自己喜歡寫甚麼就寫，不應想到、提到、或區別國家、民族，因為現代的我們，都是地球村的村民。我認為，我們的身份不是單純的，除了是地球人，關心地球人，我們脫不了、同時是某族的族人、某國的國民，以至是某個家庭的家人。對家人、父母妻（夫）兒冷漠、置之不理的好作家，我想不出有誰。毫不理會、不關心自己國家民族的作家，我也想不出有誰。

　　我認為，作家也是人、是社會人。先天上、情理上，就關心自己所在的社會，否則就是違反自然、矯情、迴避，其意識或可說是「現實環境虛無」，不配做一個社會人。如果不熟悉自己所在的環境，無法寫，可以先去熟悉。

　　如果有人說：我不做社會人，我只做一個單純的獨立人，我懷疑他是否能如願。

　　我的結論是：身為華裔加拿大人，寫中國，也寫加拿大。謝謝大家。

一次圓滿的新書發佈

2018年11月17日,在香港「賽馬會創意藝術中心」有一場別開生面的新書發佈會,是《Finn Slough 芬蘭漁村 溫一沙攝影＋韓牧新詩》,作為2018年「香港國際攝影節」項目之一,筆者有幸參與其盛。

該書是加拿大名攝影家溫一沙與港、加名詩人韓牧的合作。題材是加拿大西海岸僅存的一個百年歷史漁村遺址。這本新書有三個特點:一、攝影作品用的是最新的攝影技術、經過繁複的後處理,效果是超高解像,物像極度精細但不變形。二、它不是單純的攝影集。它容納了與相片數量相當的二十首新詩,使它添加了文學性的深度。攝影與新詩,不是配詩或配攝影,是兩人分別在不同的時間各自獨立創作,彼此不受限制,自由發揮,使得內容特別豐富。三、書中詩文,全部有英譯,方便國際友人閱覽。發佈會場牆上,張貼了一些放得很大的書頁,可說是一個小型的攝影與新詩的展覽會。

當日到會賓客盈門,座無虛設,不少人全程站在後面和兩旁。筆者見到不少香港藝術攝影界中重量級人物出席,如前香港國際攝影節多屆主席、現任榮譽主席高志強、現屆主席劉清平、馮漢紀、黃雲碧等等。

發佈會由出版者 Asia One Books 的劉文邦（Peter Lau）策劃。溫一沙、韓牧原居香港,現在都是加拿大公民了,榮

幸地，策劃人請到加拿大駐香港總領事館對外政策及外交事務領事康德瑞（Derry KS McDonell）蒞臨（總領事適因赴澳門公幹未到）。

劉文邦首先講話，敘述出版經過。初見此書稿時，就覺得內容新穎豐富，詩作又可使讀者深入瞭解該書，有出版價值。但後來又擔心到市場。不過，他一向以「願作文化擺渡人」自勉，立志為人類文化作貢獻，毅然接受出版使命。

康德瑞領事在致詞時表示：高興見到兩位香港移民發佈新書。眾所周知，加拿大與香港關係密切，目前加拿大公民居住在香港的，有三十萬人。兩位回到原居地發佈新書，不論攝影、詩作，都是描畫加拿大的古蹟，可說是加拿大與香港的一次文化交流，很有意義，值得讚賞。

接著由韓牧向來賓介紹所謂的「芬蘭漁村」。他說：一般人所說的「溫哥華」，其實是指「大溫哥華地區」，它包含了「溫哥華市」及其周圍的約三十個市鎮。與溫哥華市南鄰的，就是人人熟知的列治文市，該市華人比例佔百份之51，又是國際機場所在。「芬蘭泥沼」就在列治文市南端、菲沙河出海口處。十九世紀八十年代起，北歐的芬蘭漁民在那裡建立了自己的漁村，現在已荒廢破落了，但它是加拿大西部地區唯一殘存的漁村，有歷史價值。因為偏僻，很少人知道。韓牧接著說：他在2001年一次開車遊逛時意外發現，那些立在水上的高腳屋，很像香港大嶼山大澳漁村的，感到很親切，開始為它寫詩。眼見它完全沒有受到保護，日漸頹敗，終於要湮沒的，於是不停的寫詩，記錄它的變化。

幾年前，在列治文 City Hall 偶然見到一個攝影展，是溫

一沙拍攝該漁村的，於是引為同道，認識後成為好友，促成這一本書。

溫一沙用一組幻燈片介紹這書的內容，觀眾很靜心的觀看、聆聽。其間，屏幕出現過幾首詩，由韓牧親自朗誦、講解，博得了掌聲。溫一沙也解答了來賓的一些拍攝這輯相片的技術問題。

最後的環節，由知名的攝影著作人陳惠芬女士主持，「關於美與醜的對談」。對談者三人：溫一沙、韓牧、高志強。

溫一沙表示：通常，美是人類的一種知覺意識，是在現實生活中以感觀去獲得美感。相信唯美的攝影師大都拍攝悅目的照片，這幾乎是一個傳統。有時候我也十分喜歡這類表達方式。

攝影可以幫助我們在有限的空間去尋找更廣闊的視野，同時展現自己的內心世界。

Finn Slough 不是一個風景區，比起許多風景區，它更似一個廢墟。雖然像廢墟，在歲月不斷流過之中，它的破舊與殘缺又與大自然形成一種說不出的和諧，這是引起我的興趣的一個原因，一個百年的小漁村，經過時間和風霜雪雨的侵蝕洗禮，無可奈何一天一天衰落下去，令人感到十分惋惜。Finn Slough 這個地方，在很多人看來並不美，只是被現代社會遺落的一個小角落。

我認識的攝影可以說是從外在世界去追尋自我的內在世界的一種轉換。有些時候，通過這種轉換，可以將外在世界完全從視覺或記憶中剝離，達成一個更加自我的或者說是主觀的概念。當我面對一個看起來幾乎像一個廢墟的漁村，用

攝影的方法去繪寫不是單純的感觀表像，而是加入了某一些視覺語言和將其獨特和憂傷的一面展現出來。

我們知道，形容人，有外在美和內在美的分別，這亦可以沿用到其他地方。所謂的外在美，會是多數人認同的。但內在美，可能超越一般人的審美標準或者觀念。比如在體育館，我曾看到一些參加籃球賽的殘障運動員，除了殘缺的肢體，身體十分壯健，心中自然會昇起一種敬重和贊美，要知道，這些運動員要克服的心理障礙，比起生理障礙要困難得多！

又如，我們在視頻裡，看到一隻狗仔，不停地用舌頭舔著遇難同類的身體，也會形成一種視覺上的美感。這種美感的獲得，更多是出自於善良和同情。

因此認為，美與醜，是和善與惡有一定的關連。

對於攝影的多元化多角度思考，只是單一的表達，無法形成攝影的全部，只是一個人，如何能夠閱讀和描寫一個世界？

韓牧認為：從不同角度，美都可分兩種：感官的和心靈的；感情的和理性的；現實的和藝術的。後者都比前者高級。就文學言，杜甫詩「朱門酒肉臭，路有凍死骨」無疑醜極，卻蘊涵深刻的詩意，那是另一種美。

像溫兄所攝的殘破髒亂的漁村，客觀上，確實是「現實醜」，那些破屋，誰也不願意住進去。但經過藝術家的處理，那破屋就和我們沒有直接利害關係，而成了另一種成品，藝術品，那是將「現實醜」轉化成「藝術美」了。歐洲近代的雕塑大師、繪畫大師，也愛刻畫老朽醜陋的人物，中國羅中立的油畫絕作《父親》是個眾所周知的例子。那種藝術品不但能夠令人愉悅，有理性的滿足，還可引人作理性的思考，

這美,是「藝術美」,是創造的,而「現實美」只是發現的,所以前者較為高級。

另一層次是:醜也可以引起人的愉悅,例如假山、太湖石,平滑整齊就沒看頭,越醜怪越美,清代美學家劉熙載說:「怪石以醜為美,醜到極處,便是美到極處。」書法中的「金石味」,就是銅器、石頭的破損而成的「滄桑美」。我在紐約大都會博物館中曾見一些商周銅器,銅綠經久,溫潤如玉,這是時間致之,商周人無此眼福。

糖果的本味是甜,但朱古力帶苦,香港人愛吃的「瑞士糖」帶酸,這才更高級。兒童愛可樂,成人愛咖啡,老人愛茶,就因咖啡苦,茶苦,才有成熟的深度,才更高級。

最後由高志強作總結。他說:美醜是沒有一定的、絕對的標準,這要因人而異,每一個人心中都有一把尺,而且有時這把尺也會隨著社會的變化而改變。溫一沙的作品是極度細緻,和具有很多豐富細節。而這次香港國際攝影節的主題展覽是「PROVOKE & Beyond 挑釁以外」,這一批六十年代當年投身日本社會運動的攝影師,他們的作品多是「鬆郁矇」(即失焦、晃動和朦朧)與溫一沙的作品比較可謂「正邪」兩極。高志強又說,假如有一個外星人來到地球,他第一眼看到的是畫廊裡畢加索繪畫的人,然後走到街上,看到真正的人類,一定會嚇壞了。又如,我們看 Ansel Adams 的照片,同 Diane Arbus 鏡頭下的變態人物,我們對美的定義放在哪裡?主要是看藝術家想表現甚麼? Eugene Smith 1971 年名作 Tomoko Uemura in Her bath,淒怨優美,令人感動!溫一沙的這批作品也有讓人覺得淒美的感覺,因此在我看

來,美與醜的定義,是很個人的。

講座結束後,作者為來賓簽書與合照,氣氛相當熱烈。可說是一次豐富、成功的新書發佈會。

改詞唱《花樣的年華》

　　今晚的晚會有幾位朋友演唱歌曲，我被主持人安排唱第一首。我唱的是 1947 年香港電影《長相思》的插曲：《花樣的年華》，范煙橋詞、陳歌辛曲、周璇原唱。描寫抗戰時期，上海成為孤島，民眾的心聲。

　　香港這三個月來的「反送中運動」，演變到現在的情況，不論誰都感到痛心。尤其是座中絕大部份都是香港移民，香港是我們的家鄉。今晚我選這首《花樣的年華》獻醜，因為它的歌詞，和香港的現況很相似。如「蕎地裡、這孤島、籠罩著慘霧愁雲」，我把「可愛的祖國」改唱成「可愛的香港」，盼望「能見你霧消雲散，重見你放出光明。」

　　「花樣的年華，月樣的精神，冰雪樣的聰明，美麗的生活，多情的眷屬，完滿的家庭。蕎地裡、這孤島、籠罩著、慘霧愁雲，慘霧愁雲。啊！可愛的香港（祖國），幾時我能夠投進你的懷抱，能見你霧消雲散，重見你放出光明？花樣的年華，月樣的精神。」

2019.9.12.

從小說聯想到

　　一位文友、詩友、兼歌友,寫好一篇小說,她特意給我這個不寫小說的人看,不知為何。我說,我不但不寫小說,也不看小說,雖然我也有些詩很像小說,不過,你可以傳來過目。我會寫出我的感想、意見。若你能把小說改得好些,那是好朋友的願望。

　　不寫小說的人,也可以成為好的小說評論者,照我所認識,有胡菊人、瘂弦。但是他們不會不看的。我看也不看,正牌外行,照想也提不出甚麼好意見來。小說我確是一篇都不看?想來想去,從回憶的舊 file 裡發現,原來幾十年前,我竟然看過一本小說,從頭到尾一字不漏。

　　當今,最有名的當然是金庸的武俠小說。全球華人,不論左中右、高中低級知識份子、男女老幼,人手一本金庸小說。大陸還入了課本。事緣五十年代中期,澳門有一次為慈善的「吳陳比武」(太極宗師吳公儀、白鶴宗師陳克夫),極轟動。香港《大公報》的領導人羅孚,建議、鼓勵其下屬梁羽生(陳文統)、金庸兩人,在報上試寫武俠小說,結果大受歡迎。不久金庸自立門戶,創《明報》,報紙名的行書題字,我記得是請上海籍書法家王植波題的,甚佳,至今仍用。初期每天出紙僅半張,因有其小說,銷路不錯。我的一個同事每天買,就為了看小說。我拿來看,只看新聞。金庸

小說，一字未看，直至今日。聯想到此地的兩種華文日報，《明報》之外的《星島日報》，香港版與我同齡，1938，報頭題字不知何人手筆，是極佳的楷書，但十多年前，突然不用，改為沒有性格、也未必更能迎合大眾口味的美術字。當時我在《星島》有一個專欄，就在專欄中抨擊。老虎頭上。

梁羽生寫得更早些。我後來在一個文學研討會中認識他的。有點交情。一次，他對我說：同一天內，全球有三十多家華文報紙刊登他的武俠小說。一次，他考我對聯，問我：「韓牧，『金庸』，可以對甚麼？」我語塞，給他考起。他說：「『石慧』嘛！」一次，我給他一個空白扇面，請他題書法，作友誼記念，他一口答應。寫好了，一看，漂亮！他坦白，說，他的字醜，這扇面是請朋友代筆的。梁羽生舊文學、舊詩詞修養甚佳，相反，從金庸偶然寫的對聯，可見他平仄未分，舊詩詞不會寫，也不獻醜。梁羽生的詩詞、文章，我愛看，但他的武俠小說，未看一字，直至今日。

促成金、梁兩位寫武俠小說的，羅孚，多年前我回港，由方寬烈前輩及小思（盧瑋鑾教授）介紹認識。在茶樓一桌七八個人，他與我鄰坐，我倆咬耳朵談，完全不理旁人，從上午十一點，到下午三點茶樓打烊。兩人傾足四小時。傾甚麼呢？從他以羊朱的筆名，每天在報上，寫出有說服力的、深入淺出的社論，到在《海洋文藝》月刊，以筆名吳令湄寫的具藝術意味的散文，我一直是他的讀者。《海洋文藝》創刊不久，我就是它的作者，多年後直至它結束，幾乎每期都有我的詩，所以羅孚對「韓牧」一名，有深刻印象，雖然未見過面。他交遊、知識都廣博，有藝術修養，對溫哥華一位黃賓虹畫的收藏

家也知道。我談到已移居多倫多的蘇賡哲，他也知道，問是做賣舊書的那位嗎？我說最近看蘇的專欄，寫到歷史上，從清代開始，大陸人如何壓迫、出賣台灣人，很同情台灣人要脫離大陸。羅說：台灣自古以來就是中國領土。我回應：古，是古到甚麼時期？他無語。對於他因間諜罪在北京坐牢十年的事、以及他兒子、兒媳，我不便提起，只說希望他趁精力、記憶力還好，寫自傳，我說以他的道德名望，他能寫出來，讀者就會相信。他聽後無語。分手時我說：「我回到溫哥華，要對朋友說，我今天很高興認識了羅孚。」羅孚回應說：「我回到家裡，對自己說，我今天很高興認識了韓牧。」我回溫不久，就收到他寄贈厚厚的、他編的《聶紺弩詩全編》。

　　香港當年，有一個「工人文學獎」，我忝為評判之一。也許我在工廠任職二十年，也算是「工人階級」吧。是一次頒獎禮上，認識了一個得獎者，的士司機，中年，姓劉。他生活體驗豐富，筆極勤快。不久，兩年吧，寫成第一本小說集，請我寫書序。他應該知道我不會寫小說的，但他不知道我連看也不看（除了作為文學獎的評判時，看參賽作品）。這書稿我不得不全看、用心看。序文不得不盡心盡力去寫。因為這書的序只我一篇，出版前後，要在報刊登出，以作推介。不能「倒」人家的「米」。

　　相似的，我友的小說，特意給一個不寫小說的我看。劉君，請一個不寫小說的我為他小說集寫序，真不知為甚麼。我「名氣」不大，只是「口氣」大。

2020.11.28. 烈治文。

談入聲字

　　加拿大華裔作家協會的「文學月會」講座於 2022 年 3 月 4 日晚在 Zoom 視像會議室舉行，主題是「近體詩的格律」，主講人曹小平。講座內容豐富精采，來自加美等地的出席者近 60 人，交流熱烈。因當晚回應踴躍，我的回應只及大概，無暇細表。3 月 5 日補記。

　　小平兄口口聲聲「韓老」「韓老」，其實我還沒老，不算老。剛才陳華英問，寫這些舊體詩，平仄、用韻，應依據廣東話發音、還是國語發音，兩者有無分別。當然有分別。兩者都不能依。剛才小平兄已經一再強調，一定要依韻書，只可以依韻書。他還強調是平水韻的韻書。我認為，如果你依據現今的國語發音，那也可以說是依據韻書，但那只是近於所謂的「中華新韻」了。「中華新韻」正是小平兄絕對拒絕應用的、反對的。其實我對這「新韻」也沒有認識，因為沒有興趣去瞭解它。如果你依廣東話發音，因為廣東話最接近古音，大部份是可以的，但有機會犯錯，例如廣東話的玫瑰的「瑰」、鋼鐵的「鋼」，我們的口語都讀去聲，但其實是平聲。我寫新詩若要押韻，照國語口語就是，不必有韻書。偶然寫寫舊詩時，我用平水韻。

　　剛才小平兄引一例詩，詩中有一「別」字，說是仄聲。

一位朋友立刻插話，說應是平聲。我當時也插一句話，說，「別」，在廣東話是入聲，當然是仄聲。但當時大家搶話，我的話，相信沒有幾個人聽到。後來我解釋：剛才那位朋友說「別」字是平聲，我想她一定是依照國語判定的。國語是第二聲，陽平。所以她這麼說。但在廣東話是入聲。不會方言（不限於廣東方言、廣東話），只會國語的朋友，寫舊體詩詞平仄犯錯，往往在入聲字。因為北京話、北方話沒有入聲。例如幸福的「福」字，在國語是陽平，在廣東話是入聲，那就是仄聲了。四百年前利瑪竇用拼音記錄當時北京人說的話，還有大量入聲。後來因為北方少數民族（包括統治者）的影響，他們學講漢語，我相信他們的母語沒有入聲，入聲難發，導致北方漢語失去入聲。我感到，現在的歌星，母語是國語、北方話的，唱起廣東歌（粵語流行歌）來，入聲難準。

剛才青洋說，她因為懂得上海話、廣東話，比較下來，感到有相近似的發音。她好像意思是，上海話也有入聲。我也懂上海話，她說的全對。上海話有入聲，那是當然的。只有四聲的，是北方話。據我所知，上古無入聲，自從中古出現入聲，就遍佈全境。當今，廣東有九聲，福建浙江有八聲，江蘇上海有七聲，四川雲南有五聲。其中有入聲是理所當然的。

廣東人熟悉入聲，寫起舊詩詞來少犯錯機會，吟誦古人作品，也容易領悟其聲韻，這是好處。但也有壞處：入聲字多，學講國語時，遇到入聲字，就不知道要轉到何處，陰平？陽平？上聲？去聲？無所依從，無所適從。所以常言道：「天不怕，地不怕，最怕廣東人說官話。」

〈台灣糖〉

　　台灣著名詩人、編輯家瘂弦前輩，幼年時在河南家鄉讀小學。我在澳門讀小學。他長我六歲。多年前，大家談起小學時的課文，竟然有相同的，於是一同朗誦起來，興高彩烈。有一篇叫〈台灣糖〉：

> 白糖甜，甜津津，
> 要問此糖何處造？
> 此糖造自台灣人。
> 想當初，鄭成功，
> 開闢台灣多艱辛，
> 唯望後人長保存。
> 甲午年，起糾紛，
> 鴨綠江中浪滾滾；
> 中日一戰我軍敗，
> 從此台灣歸日本。
> 台灣糖，甜津津，
> 甜在嘴裡痛在心。

　　瘂弦前輩說，由此可知大陸多麼關心台灣，可惜很多台灣人不知道。

附件有我小文：〈六十年前的課文〉，寫於 2005 年，也談到這。現在應說「七十多年前的課文」了。

　　2023.2.16.

《冬至沉默》演唱的前言

　　2023年3月26日，「加拿大華裔作家協會」在「富大酒家」舉行會員大會暨新春聯歡會，我唱了我作的一首歌，演唱前講了以下幾句話。

各位朋友：

　　每年「春晚」我都唱歌，今年梁麗芳叫我唱，我不想再唱，說，我退休了。她說，唱歌沒有退休的。我說，我老了，讓位給年青的唱吧。她說，沒有年青的。我自問「辯才」不弱，但辯不過她。

　　我今天獻醜的歌，叫做《冬至沉默》，三年前的冬至那一天，我偶然寫了一首短詩，《冬至沉默》，寫了之後，就覺得它很像歌詞，於是馬上配了譜，成為一首歌。

　　這首歌，我是依據廣東音來配譜的，所以最適合用廣東話來唱。我也知道今天來的一些朋友可能不熟悉廣東話，所以我先用國語朗誦一次，然後才用廣東話來唱。也許唱得難聽，但這是世界首演。

冬至沉默　韓牧詞、曲

　　當吵耳欲聾的蝗群驟降
　　蜂兒嗡嗡　蟋蟀齊鳴
　　我是一隻沉默的彩蝶
　　彩色翩翩
　　是我的心聲

　　當風狂雨暴電閃雷鳴
　　野草迎風　林木搖動
　　我是一座沉默的睡火山
　　在朦朧中
　　睡夢中　欲醒

　　我是一座沉默的睡火山
　　在朦朧中
　　睡夢中
　　已醒
　　2020年，冬至日。

　　【案語】用國語朗誦時，為了讓人容易明白，「驟降」改讀為「下降」，「蜂兒」改讀為「蜜蜂」，「彩蝶」改讀為「蝴蝶」。犧牲了一些精緻，也沒法子了。

《恨不相逢未嫁時》的歌名

　　《恨不相逢未嫁時》，我十多年前也很愛唱。我把「直到我做新娘的日子」，改唱「新郎」（有的人聽了發笑），印象中你也聽過我唱，在夢妮老師的學校。陳歌辛的詞，姚敏的曲配合無間。我曾在《新詩新話》專欄中讚賞過。

　　古詩「還君明珠雙淚垂，恨不相逢未嫁時」，實在令無數人感動，因為不少人都有過這經歷。歌詞的「才開始不提你的名字」，以至「重逢」，是比古詩更深一層發展了故事，有現代現實，因而令現代人感動。

　　現在細想，歌名《恨不相逢未嫁時》是有問題的。

　　古詩「還君明珠雙淚垂，恨不相逢未嫁時」，是男的愛上有夫之婦，贈以明珠。女的也愛男的，但不願背棄丈夫，垂淚還以明珠，只恨相逢太晚。這詩感動過無數有此經歷、以及無此經歷的讀者。

　　時代曲《恨不相逢未嫁時》，從陳歌辛的歌詞，可知情況與古詩的不同，比較複雜。男女在婚前已經相識，男贈詩給女後，一去無蹤。女的年年在等，只好嫁人，「才開始不提你的名字」。多年後意外重逢的情景，歌詞寫得細膩真實：「我們只淡淡的招呼一聲　多少的甜蜜　辛酸　失望　苦痛，盡在不言中」。甜蜜　辛酸　失望　苦痛，是女的感情進展的全過程。這歌的歌詞雖然切合現代現實，但男女的

相處關係是特殊的,也許是男的負心,或有難言之隱。還是古詩的情況較為簡單、典型,讓感情豐富的讀者落淚。

我覺得,歌名不應沿用古詩詩句,應改一字:《恨不重逢未嫁時》,才合情理。

2023.11.14.

妥用成語

最近和一個書法學生通電郵,她說:「老師的幽默感,學生實在拍馬都追趕不上。」她是說了一句廣東話常用的成語:「拍馬都追唔(不)上。」

我說:「『拍馬』?相信不是『拍馬屁』。現代還『拍馬』?應是跑車『踩盡油』。」她答:「原來我不單止幽默感還未及老師,亦未有老師那麼與時並進,真是連跑車『踩盡油』都跟不上了。」其實現代也常見到「拍馬」,在賽馬場。

我常常覺得,廣東話善於誇張,也許是全國方言之冠。例如,形容一個人走(跑)得很快,會說他「走直辮尾」,意思是辮子本來是垂直向地的,因為跑得快,辮子變得與地面平行了。這在漫畫中才能見到。

清代男女都梳辮,這成語應該是始於清代、又流行於清代。「走直辮尾」與「拍馬都追唔(不)上。」大家都用慣了,其實不合現代環境。

成語好用,往往四個字,就有形象,有含義,甚至有故事。但若去深究字義,就會不合實情。我童年時看香港的報紙,老派的《華僑日報》,凡是報導名人出殯,總是「白馬素車,生榮死哀」。其實古代才有的。就算是現在,報紙報導地震、戰爭之後的場面,樓宇倒塌,最常用是「頹垣敗瓦」。現代建築還有用「瓦」嗎?實在的,若要用切合現代

建築的成語，也難找到。

　　最近一位文友給我看他寫的故事，是寫一個西方人的，說他為了甚麼「茶飯不思」，那西方人難道也像我們東亞人「飲茶吃米飯」嗎？他不服氣。我說，我們寫詩的人，最講究用字準確。也不是要說「不思咖啡麵包」，若說「不思飲食」就可以了。

　　廣東成語也有不合理的，如「飲飽食醉」、「朝行晚拆」之類。此外，例如報導生活費用漲，市民難以應付，大家都用「百上加斤」。我想，一百斤加一斤，只加了百份之一，就難應付了？看來，大家有責任創造適合現代的成語了。

2023.11.9.

兩本「微型書」

在家裡的書堆中，偶然見到兩本「微型書」，未見已二十年以上了！

《小學生古詩詞背誦 80 篇》（中華書局，160 頁）、《英語超短句》（吉林文史出版社，500 頁）。小東西僅寸許，趣緻可愛，如何得來？

當年我在《明報》寫一個專欄，農曆新年，春節，《明報》總是請春茗，晚上在酒樓聚餐，這兩本小東西，就是抽獎抽到的。據說是總編輯羅鏘鳴選購的。

我也捐出獎品，就是書法作品。記得編輯丁果對我說：「羅總請你最好也捐出獎品。我知道你的書法集很名貴，不敢叫你捐，你就寫一幅字給我們吧。」於是我寫，隸書橫披〈客心繫國魂〉。記得有一年是梁錫華抽到，有一年是區澤光抽到。我深慶得人。區兄後來當上烈治文市議員，曾獨力辦了一個書法展，把古代名家書法，移到烈治文美術館展出。他倆當時都在《明報》寫專欄。

看來丁果兄對書畫不熟悉。書法，是真蹟，書法集是印刷品，價值如何比較？

由於這兩本小東西，我想起鏘鳴兄，想起我曾寫過一篇懷念文章：〈懷鏘鳴，記永嫻〉，一首詩：〈無形的交流〉，

在附件。若有時間,可以一看。

2023.11.26.

〈生活相〉閉幕了

諸位親友：

　　日前，我的傻瓜相機因為用得太多，磨損厲害，壞了。我也沒有手機，所以不能拍攝。這是相機給我警告。

　　翻查，我做〈生活相〉是從2020年春天開始，平均每天拍十多二十幅傳給你們，近兩年了，數量共有一萬多幅！自己也嚇一跳。人家不厭嗎？

　　我拍攝的本意，就如我在《草色入簾青：韓牧攝影，杜杜題詩》一書的〈自序〉中所說：

> 「遠在加東地區的詩友杜杜兄，她看到我歷年在電視台〈新聞及天氣攝影〉的入選作品，很感興趣，一一配上舊體詩詞，共有200首之多。
> 其實我的那些照片，只是隨處隨意攝得的生活記錄，完全沒有像攝影家的特意拍攝。我拍攝的目的，是記錄詩意的生活，以幫助我寫詩時的記憶，相當於畫家的速寫稿，是為回到畫室創作做的準備。也許因為這些相片都是為寫詩而拍攝的，有點詩意，讓杜杜兄動了配詩的念頭。」

　　近些年，我已沒有把照片寄到電視台，因為寄了許多

年,也厭倦了(雖然不少看電視新聞的朋友,對我說,覺得可惜)。但我還是不停拍攝,又特意加拍些本地街景、食物之類,那是為外地、外國的親友設想,他們說愛看異國他鄉的風情。

　　我現在不能拍攝,好在,我的眼睛經幾十年訓練,漸漸有攝錄機的能力,不靠相機也能記住「詩意」。以後可以不用拍攝了。

　　古人說:「春花秋月何時了?」。又說:「年年歲歲花相似」。我有「狗尾」:「歲歲年年月相同」。相似的東西,相同的東西,即使美如「春花秋月」,看得太多,也會生厭的。

　　因此,〈生活相〉閉幕了,後會無期。

韓牧(思撝)謹上 2024.2.5.

從情人節想到日本人

　　昨午，參加史鎮社區中心的「情人節午餐會」，食物與前日的「農曆新年午餐會」全中式不同，今次全是西式。

　　參加者33人，其中男的只3人（兩白人，一華人，是我），女30人，可見女的較長壽。都是老年，而前日在South Arm 社區中心，中年人不少。33人中，日本裔老婆婆7人，華裔兩人（就是我與美玉），其餘是白人。

　　抽獎獎品，是紙質日本玩偶5個，見製作者姓氏，應是香港太太及其女兒。美玉幸運，抽到「鷺娘」，同桌一白婦抽到「箕被」，問我倆「箕被」何解。我只見到玩偶頭頂一個簸箕，猜想與此有關，但說這漢字是日文，我倆也不明白。主持人把這「箕被」拿到日本裔老婆婆一桌問，但最老的一位也不明白。

　　我想，史鎮是日本人最早登陸加拿大之地，她們雖然八、九十歲了，相信是第二、三，甚至第四代，也許只懂日語，不懂日文。我只好打完場，說這是日本的古文。其實是她們不懂這兩個漢字。若是假名，讀得出來，應會明白。

　　主持人說，她當場拿給日本學校的校長看（這社區中心同時是「加拿大日本文化中心」，附設日文學校，校長在），問回來說：「是掃垃圾的清潔女工」。將「簸箕」放到頭上？我有懷疑。我記起曾看過一種日本舞，用「簸箕」遮面的。

「被」這漢字，就是外面蓋著之意，我猜是這種蒙面舞的舞女。看來校長也不懂這漢字吧。

我倆抽到的「鷺娘」何解？回家查，「娘」解「女兒」，鷺的女兒？美玉說也許是神話故事的人物。五個玩偶中，我最喜歡叫「蝴蝶」的一個。「蝴蝶」就不用解釋了。

今在網上查得：【箕被】「當一位妻子深愛著一生都在創作連歌的丈夫，並試圖戴上簸箕離開以示離婚時，丈夫看到了這一點並創作了一首俳句。妻子回應了一句旁白並和解了。」

【鷺娘】描述在对爱情执著中迷失的少女，幻化成银白雪地上的白鹭精，悲哀的舞出一片凄凉情绪。快速的換装技巧，使变回昔日少女，以华丽伞舞自诉对爱情的憧憬；最后的凄绝之舞沉入受折磨中。

我昨天說：「蝴蝶，就不用解釋了。」猜到嗎？應是名劇《蝴蝶夫人》。Wong 太太和女兒做的這 5 個日本劇紙玩偶，看來都是日本傳統劇的人物，都與愛情有關，她倆對日本文化有認識，真有心思。可惜其餘三個玩偶我們沒有拍攝，否則又可以追尋日本文化了。更可惜，日本人自己也沒有接觸到這些傳統劇，無論是八十、九十歲的老婆婆，以及未足 30 歲的日本文學校的女校長。前者，美玉猜是漁民後代，也許文化不深。我沒有聽到她們交談，說不定用的是英語。華裔的第二、三代就是如此。而後者，例如那位青年校長，因為年輕，對傳統劇沒有認識，就不出奇了。

我想到我們的「晨運會」，有日裔女士十多人，中年的多，老年的兩三個。英語流利的，中年、老年各有一個。她

俩與我有溝通。中年的一位已接近老年,還在學院學漢文,讀唐詩,把講義給我看,和我討論。是函授的。她是寡婦,兒子我見過,很大了。後來她和同是「晨運會」會員的、一位瑞士裔老人結婚,其太太剛在幾個月前病逝。他倆還回日本舉行日式婚禮。兩位「新人」都是我們的好友,我們祝福他倆。

老年的那位日裔婦,永遠是獨自的站在一角,與其餘所有的同胞從不交談。其他日本人卻自成一堆。我問她何故。她說:她們的日本語不標準,難交談。奇怪了!

我猜想:老年的那位雖是最老的,卻是第二、三代移民,英語很好,日語不行。相反,其餘的不論中、老年,是第一代移民,日語當然好,但英語不行。所以同是日本人,也無法交談了!可悲!

2024 年 2 月 15 日

壁畫女

1

　　遠望，原來老人中心的舊建築，已改為烈治文市文化中心的副館。見一亞裔年輕女在升降架上畫壁畫。近年在烈治文曾見過兩、三幅壁畫，畫上大型紅色方形印章，知道女畫家姓陳，但名字忘了。也許又是她。時間關係，沒有走近觀看、更無機會交談。

2

　　幾天後，到靈巖山寺參加浴佛節園遊會，之後，開車去餐廳，中途，經過文化中心，美玉眼利，遠遠見到壁畫正在開工，轉往，我倆這次有時間走近了。女畫家正好從升降架下來休息。不是休息，是下來查察成果。
　　我首先問：「你是 Miss Chan 嗎？」我記得劇院外牆的壁畫，女畫家姓陳。「不是。」她笑容滿面，十分熱情，坦率可愛，面是黝黑的，是長期戶外工作所致吧。她說她名 Laura Kwok（應是姓郭），1985 年生於香港，一歲隨家長移來。不會中文，也不會講廣東話，在家只能聽一點點。美玉向她介紹我，說我寫書法（也寫詩），她指向門內，以

為我是老人書法班的學生吧,天真的女子。美玉說,我曾跟 Master 學,現在我也是 Master 了。她說,陳是她朋友,住溫哥華,也愛書法的。

我問她是否在 Emily Carr 美術學院學習,她說只是自學。我想,她生長在華裔家庭,一定上過大學,也許美術只是她的愛好,另有正職。初見,不好意思問。

這壁畫,要在六月前畫好,還有半個月,我家離這裡只是幾分鐘的車程,幾乎天天經過,不愁碰不到她。

3

兩天後,我找出兩本《何思摶書法集》,準備送給這兩個畫壁畫的女子,要寫中文上款。因為要肯定姓名,中午出車,先經過劇院,拍攝陳的中英文名。Carmen Chan,陳寶雯(印章)上車,在車上寫上款。Chan,可知是香港人,不是大陸、台灣的 Chen。

再到文化中心,幸運,在副館正門外,見到 Laura Kwok 了。她大概正與負責人討論壁畫事。我見到她畫壁畫都是在側門,原來正門的壁畫複雜得多,並已完成。

我說明有書法集送給她,另一本請轉交 Carmen。我請她寫她的中文名,她「跳」起來,尷尬,靦腆,苦笑,搖頭,說不會。讀音是「海雲」或「海韻」,除了英文名,我把這些猜測的中文字也寫到上款去。她父母會中文的,我想,看到書時,會給她惡補中文名。38 年後才補?粵諺說得對:「遲到好過無到」遲補,好過不補。

書法集是中日英三語,她問我是否懂日文。我說不懂,是請 UBC 一位教授朋友翻譯的。她又問我有無開書法展。美玉在旁代答,很多了,城市一一數出來。

　　我一直打開書法集,書中的甲骨文,我選了很多個給她猜,她猜對很多。「虹」字,一般人猜不到的,她猜到。問她為甚麼虹有觸鬚,她不知道,我詳細解釋。

2024 年 5 月。

特別喜歡這個歌星

特別喜歡這個歌星
不是因為她是天后唱歌好聽
慚愧　我沒有聽過她一首歌

不是因為她才華耀眼
作曲　填詞　寫作　編劇
電影　電視　舞台劇　獲獎無數

不是因為她年輕貌美
雖然她的樣貌
正合我的那杯鴛鴦

不是因為她與我同姓
同姓三分親
她是我五百年前的妹妹

不是因為她的名字
正是我最愛的東西：
詩

不是因為她既是香港人
又有加拿大籍
與我是雙重的「同胞」

細想　這與加拿大
是有關係的

她童年隨父母移居這裡
生活在民主自由的國度
深深受到社會風氣的薰陶
對反人性的專權看不過眼
況且這女子有男性的剛強

她說：
「任何創作的功能
是幫助無法表達的人」

她有鋤強扶弱的俠骨
成立為弱勢社群爭取公義的團體
在香港　在台灣
在違法達義的街頭示威中
站在最前列
被警察拘捕時大呼口號

其實我不是喜歡而是佩服

她有　而我沒有的勇敢

俊傑識時務
君子避危牆
喜歡她？佩服她？我不配

我　遠離遺址
於民主的土地
自由的天空　逍遙遊

後記：年來，香港不少的小書店，受不住政府壓力，相繼關門。閱報，一位名歌星在 7 月 1 日前夕，於「見山書店」遺址開網上演唱會，有感而作。

2024 年 7 月 1 日，加拿大烈治文。

有關《當代加華詩選》的一封信

《加華詩人選集》「編輯委員會」大鑒：

閱《加華詩人選集》徵稿函，見有不妥。日前已略略提出過。我對新詩比絕大多數的人都熟悉一些，相信許多人（包括貴委員會）都會同意。我忝為「加拿大華裔作家協會」的「學術」的成員，在外人眼中，韓牧已經失職。

我曾過目的（多人）詩選集無數，我未見過一本，對各入選作者「一視同仁」，規定同樣的首數，同樣的行數。（又，新舊體同樣規定 100 行內，是不公平不合理，前函已說）。因為詩人不但有多產少產之別，又有成就高低之分，詩作更有優劣程度之別，這在選編者來說，應該清楚，否則選編者難以勝任，也是失職。我曾過目的（多人）詩選集，各人的獲選首數，不會相同，是按詩人成就及詩作質量而選，質量高的，選多些，相反選少些。

如果就照目前我認為的、不合情理的規定，請恕我不參加了。我這個所謂「學術」，也算失職，不應繼續「尸位」了。

另外，近年，許多對「中國詩」不熟悉的人，將相對於「新詩」的舊體詩，五律七絕等，稱為「格律詩」，其實不妥。因為新詩中也有「格律詩」，若如此，新舊混淆不清了。

韓牧　上　2023.7.23.

《加華詩人選集》徵稿函內，第三條：「來稿新詩與格律詩詞均限五首之內，總數 100 行之內。」

不合理。舊體詩常每首只有幾行，限 100 行，可以有十幾首到二十幾首。新詩常每首三十到四十行，只得兩三首。稍長的只一首多一點，不公平。若我只能一兩首，不能代表我，我不參加了。

我忝為我會「學術」，有此意見。

韓牧。2023.7.22.

【說明】「加拿大華裔作家協會」在 1999 年出版了《楓華文集：加華作家作品選》之後，至今出版了會員或加華作家的選集許多種，有散文、小說、評論，及論文集。但沒有詩選集。我身為我會「學術」成員，二十多年來一直催促我會要出版詩選集，否則不完全，這缺失也難以解釋。一直到 2023 年秋，終於見到《加華詩人選集》徵稿函出來了，我覺得該函有不妥處，於是寫了一封信給所謂的《加華詩人選集》「編輯委員會」。

其實，這所謂的「編輯委員會」是沒有的，是我虛說的。我會雖然出版了選集許多本，都是個人作業，從來沒有過「編輯委員會」，我覺得不妥，所以才故意這樣寫。於是這詩選的「編輯委員會」，才從無到有。我這「學術」不至被人誤會我卸責。這詩選本稱《加華詩人選集》，後經我建議，既然不打算收入已故作者的作品，就要用「當代」兩字，

於是改稱《當代加華詩選》。

2024 年 7 月。

第三輯　新詩

第三節,描寫舞劍時的情狀。追逐、劈刺,看來只是空虛,其實一定有具體對象的,但看不見,於是我寫其所追擊的,「是會隱身術的　狡猾的頑敵」。

—— 〈觀周孟川舞劍〉

席慕容的樹

　　日前上網，想看看評論台、港、澳及海外文學的論文，偶然 Search 自己，意外見到「青黛」的抒情長文〈蔭蔽情感的三棵樹〉。三棵樹，第一棵，是舒婷的〈致橡樹〉、我是熟悉的。第三棵，是韓牧的〈連理樹〉。第二棵，是席慕容的，不熟悉。依稀，約半年前見過；沒有看書，應是電腦上看到的。美玉也有印象，她有興趣找，昨晚，終於找出來了。

　　原來這詩名為〈一棵開花的樹〉，我的兩篇〈新詩新話〉短文也很慎重，只敢依「青黛」的文章稱為「筆下那棵開花的樹」。對「席慕容」我也是無知的，只聽說她是蒙族人，在大陸很紅，但台灣的新詩界不重視，看不起她。我也沒見過她的詩。

　　昨晚知道詩名，立刻上網搜尋「一棵開花的樹」，嚇死人！七萬九千多條。「韓牧」從上古到現代的小學生、幼稚生；從黃種、黑種到白種人，加起來也不到五千條。這條六字詞條，tw（台灣）及大陸網址的都很多，夾「動漫」，看來多屬青少年的：詩選、朗誦、照片、配畫、感想、改寫，以及我不懂的傳播媒介。想來，這時代，「暗單戀」（杜撰）的青少年，真多。

　　見到有些文學評論，把席慕容（我現在還不清楚，正寫是「容」還是「蓉」，還是兩者都對）與瓊瑤、亦舒同類。是

不是可以說：席的詩，相當於瓊瑤的小說，亦舒的散文、小說呢？我把一些過目的「席詩」，抄貼到「草稿箱」，暇時細看。

我是功利的：瓊瑤的小說、亦舒的散文、小說，一篇也沒看過，因為我覺得對我的文學、藝術創作，無利。當然，有例外，青年時參加廣播劇訓練班時，導師規定，誦材除了曹禺《雷雨》等經典外，有瓊瑤的《七個夢》；就這本，不但要通讀，還要改編。

我是功利的：書聖王羲之的字，只看，不敢臨，因為太漂亮了，只怕愛上了，迷戀上了，終生脫不了。對我有好影響的，我也如此，有壞影響的，當然不看了。

幾年前在西門菲沙大學，講授書法欣賞，我強調要看最好的藝術品，次的，不要看。有一個女學員，姓王，山西人，用廣東話問：「我們看不好的東西（指藝術品），會不會『睇壞眼』？」這句『睇壞眼』，意為因此而弄壞了眼睛。我即時回答一句：「壞了『好耐』了。」（意為：早就壞了）眾大笑。現在想，我也可以這樣回答：「眼不會壞，腦會壞。」

可以肯定，在文學的範圍裡，在愛情的範圍裡，瓊瑤、亦舒、席慕容等，對青少年的影響力是最大的。雖然可能不算病態，也會幫忙她們渡過「困難時期」，卻常與現實脫節。

「青黛」見到我的〈連理樹〉，驚叫「像晴天霹靂」，「顛覆了我的夢想」。其實，對我來說，也是個「晴天霹靂」，我由此才知道：原來有很多人是這樣的。我們不是問題的，在她們是難題。

2008.10.31 夜。

《韓牧詩選》新書發佈會上的發言

今天很高興能見到加東的杜杜,十年前在「加華文學獎」的頒獎禮上,與她是「初見」,今晚,十年後,是有幸「重逢」了。

我從六十年代開始出版詩集,到現在超過十本了,最滿意的就是這本《韓牧詩選》。為甚麼呢?因為它是我的詩的精選,是我自己從1968年到2014年、四十六年間所寫選出來的。有幾本詩集,我只選了其中的一首兩首。可以說:這書是我的詩、到現在為止的代表作了。遺憾的是,因為篇幅所限,有不少得意之作,不能收進去。

詩,我自己選,當然我自己是滿意的,不過,以往的經驗告訴我,不少的詩選、選我的詩,往往是我自己不看重的,例如,香港市政局出版的《香港近50年新詩創作選》所選的幾首,又如最近香港嶺南大學的《香港文學大系・新詩卷》所選的兩首,都是我印象不深,我看輕的;但編者看重。既然被選出來,我自己重看一下,咦?還不錯呀。這就像香港小姐選舉,選出來的冠軍,我們常常會覺得,還不及落選的美麗。可是,經過那麼一年半載以後,再看那個冠軍,咦?還不錯呀。而且會越看越美。我重看人家選出來的我的詩,同樣會越看越美。

這就提醒我們這些寫詩的,不要感情用事,我們的主觀

是有盲點的。自己覺得寫得不好的詩,也不要隨便丟掉。

　　這本詩選是屬於《當代香港詩人系列》十本中,其中一本。主編也好,出版社也好,我原都不認識。也不知道選這十個詩人憑甚麼標準,序文裡也沒說清楚。我只知道,其中多位我是認識名字,也熟悉其詩風;九位都仍然居住在香港,只有我一個在海外,而且離開香港已經三十多年了。這個《詩人系列》在香港作新書發佈會時,叫我回去,我沒空。但是我書面發言,感謝香港文學界、新詩界,沒有忘記我。當然,我,我的詩,也沒有忘記香港。

　　這個系列花的時間不少,我記得我2014年春就交了稿,他們編輯、製作,反覆修改,執行編輯也換了兩個,足足花了五年,到2019年夏才大功告成。最後一次作者校對,是給我們一本訂裝好的完整的書來校,可知他們嚴謹認真,要盡善盡美。這個系列收進我們的手稿(出示),可以從另一角度窺見詩人間相異的性格。

　　序文說:「為了向資深詩人致意,我們特敦請廣告界和藝術界的名家又一山人來為本輯配圖及設計。」他是香港最頂尖的美術設計師,獲獎無數,有國際聲譽。一本詩集就配上幾十幅圖,是依據我們的詩的內容來配的。例如我有一首寫珠江口「十字門」的就配了「十」的圖、「門」的字(出示)。有一首寫中國的,就配了「中國」(出示)。我寫與加拿大的情緣的得意之作、〈自由自在的心〉,就配了「自由」(出示)。

　　相信配圖者知道我是書法家,給我的圖大都是黑白的文字。其餘九位就彩色繽紛。我給你們看看最近去世的蔡炎培

的一輯（出示），有幾幅圖連在一起的，有的紙是半透明的，有的一張紙，面是圖，底是字的。真是大開眼界的設計。

【會後自由發言時，韓國的朴宰雨教授、上海的喻大翔教授，都提到與我的交往，又說見到我精神很好，謝謝他們。這也是雲端會議不限地域的好處。】

2021.11.5. 夜，加拿大烈治文。

瘂弦講〈聲音的美學〉

　　詠華劇藝社與烈治文市圖書館合辦了一次文學講座,著名詩人瘂弦講〈聲音的美學:詩詞的朗誦和戲劇對白〉,吸引了近 70 人參加,同類講座罕見。

　　十多年來,他幾次關於詩的演講,都是內容豐富,妙語如珠。這次講的主要是戲劇,他年青時學的就是戲劇。1965 年在台灣,舞台劇《國父傳》中飾演孫中山,演了 70 多場,並榮獲全國話劇最佳男主角獎。據說,除老總統外,所有政要都往觀賞。

　　他從 12 個方面扼要講述聲音的美學,從街頭叫賣聲、食店叫菜聲、民間說唱,到戲曲、詩詞、新詩、樣板戲,一網打盡。內容太豐富了,現在我只能依記憶所及,零零碎碎的寫在下面;而當場的吟誦,是無法用文字記錄的。

　　中國不同於希臘、印度,自古沒有行數以萬計的敘事長詩,有的是戲劇,都是唱的,民國以後才有話劇。詩能翻譯的,是內容,聲調不能翻譯。許多舊詩詞,如「採菊東籬下,悠然見南山」「揮手自茲去,蕭蕭班馬鳴」,若寫成語體,就詩意盡失,因其詩意在聲音裡,前輩詩人廢名就持此見解。世界上最美的聲音,不在鋼琴、不在小提琴、不在小號,而在人的聲帶。抗日時期,朗誦詩發揮了很大的作用,如艾青、田間之作。現代中國,包括兩岸,一些歌頌政治領

袖的朗誦詩，肉麻，結果兩敗俱傷。而惠特曼用詩來歌頌華盛頓，鄭愁予的〈衣砵〉歌頌孫中山，卻很好。大陸當局竄改于右任的遺詩。瘂弦曾在台灣暗裡收聽大陸電台，一位講兒童故事的，講得極好，影響極大，可惜受限於為政治服務。任何語言，發音都應標準，國語在台灣已淪陷，成台式國語。趙元任名曲〈教我如何不想她〉的旋律，據自述，是仿京曲而已。瘂弦曾分別向台灣、大陸的教育當局建議在學校增戲曲課。我在他講後提問時提到：在香港，粵曲近年已進入小學成為課程了。他最希望能請到老先生出來，教導青年們傳統的朗誦、吟唱。

演講之後是朗誦六首新詩為代表：覃子豪的〈追求〉、余光中的〈車過枋寮〉、商禽的〈鴿子〉、韓牧的〈鷹巢〉、莎士比亞著、朱生豪譯的〈哈姆雷特〉（片段）、瘂弦的〈紅玉米〉。依次由諾拉、張麗娜、韓牧、張馨元、葛逸凡、凌秀朗誦。陶永強徇眾要求，朗誦了他英譯的、瘂弦的〈印度〉。

2017 年

「詩詞朗誦班」周年慶典

烈治文市政府近年在市中心新設立了一個社區中心,其中有一個「詩詞朗誦班」。據我所知,骨幹人物為凌秀、梁娜、楊蘭三位中文教師。2018年3月21日下午,舉辦「周年慶」,我在不同時段,分別獲得三位一再熱誠邀請。盛情難卻,欣然赴會。

準時入場,意外,人頭湧湧。節目單上主要是詩詞朗誦,二十二項中,絕大部份是新詩。名家、名詩不少,如劉半農〈教我如何不想她〉、冰心〈紙船──寄母親〉、李叔同〈送別〉、余光中〈鄉愁〉、洛夫〈寄鞋〉、瘂弦〈紅玉米〉。還有是汪文勤〈麵莊〉、黃冬冬〈詩化台灣小吃〉、韓牧〈鷹巢〉等。英文詩兩首,都是名作:加拿大的約翰・麥克雷〈在法蘭德斯戰場〉(John McCrae: In Flanders fields)、美國的羅伯特・弗羅斯特〈雪夜的樹林邊〉(Robert Frost: Stopping by Woods on a Snowy Evening)。總的說,選材選得很不錯,都是詩人的代表作,也都宜於朗誦。可是,也選了有爭議的政治人物之作。其實沒有必要。正如,紅歌、樣板戲,縱然有其藝術價值,也沒有必須選取的理由。

以上的詩,大都由凌秀朗誦,當天正巧是她87歲生辰。她是戲劇出身,表情動作豐富。個別詩作由梁娜、周雙福、黃河、李玉琪等朗誦。李玉琪朗誦〈送別〉,聲線清、有感

情,可惜沒有接近咪高峰,音量太小,聽不清楚,是經驗不夠而已。

　　有兩首是朗誦班成員的作品,由作者自誦:吳雪松〈媽媽是我一生的家〉;孫雪峰〈我的故里〉,都感情真純而樸實。這兩首詩,出我意外,因為比不少詩人之作還要好。集體朗誦只有一首,放到最後,是韓牧〈全人類的頭髮都是白的〉。之後,韓牧應邀出來朗誦。

　　【此文下半,從現在起,變換立場角度,由客觀記述改為韓牧主觀自述】

　　剛才凌秀朗誦了我的〈鷹巢〉。主持人梁娜女士在開場時有一段話讓我意外。她作「民調」,說,講粵語同時懂國語的朋友,請舉手;講國語同時懂粵語的朋友,請舉手。當然是後者少得多了。我想她是在鼓勵朋友們學懂粵語吧。我覺得她這話特別有意義。這些年,在國際上,好像國語要吃掉方言的樣子。上海土生土長的小孩,不會上海話,廣州的,不會廣州話,說重些是中央清洗地方,國語源自方言,那就是「子弒母」。大漢民族主義,已經把滿族同化得八八九九了。懂滿語滿文者寥寥,清宮大量檔案無法整理。除了旗袍、薩其馬,還剩甚麼呢?有時電視上見到藏族人穿著藏族服裝,唱藏族的歌,但唱的卻不是藏語,而是漢語,那是遷就漢族,寧可失去原味。用字幕不可以嗎?現在許多人,一見到各國的外國人用漢語唱中國歌,就興奮起來,又是甚麼心態呢?現在,在蒙古國,蒙文只在小學才教,中學就沒有了。蒙古國的書籍雜誌報紙,全用俄文字母拼音,可悲!近年,UBC(卑詩大學)開設了粵語課,在大學是罕見的。

是可喜，還是可悲？一個在小學做做樣子，一個在大學去挽救。此外，最近 UBC 也開了香港文學的課，我的文友任教，全用英語授課，學生佔百分之六十是不懂中文的，有華裔，有非華裔。學習的是香港的中文文學，連中文「香港文學」這四個字都不會認，如何學？但也不得不佩服他們的熱情和勇氣。

　　我說：我響應剛才梁女士的號召，朗誦剛才凌秀用國語朗誦過的〈鷹巢〉，我用粵語。先說個小故事。七十年代後期，一次到黑龍江旅行，在哈爾濱認識一個新朋友，是當官的，他見我從香港來，問我認不認識一位小說家叫「海辛」的，他很喜歡看他的小說。我說認識，還是好朋友。他說有機會到香港，想見見他。我口說沒問題，心裡擔心。不見更好。因為海辛寫的小說雖用國語寫，但不會說國語。見了面不能交談，要我翻譯，尷尬，不見面更好。為甚麼不會說又會寫呢？你們北方人寫作時，就用口說的話去思維，我們寫作時，用作思維的話，在空氣中是不存在的。奇怪嗎？我們從小學習的，書籍、報紙，也一樣是國語寫的，發音卻用廣東音。寫詩作文，思維就是用這。不但發音，有時語法、用詞也是廣東話化的。等一下我用廣東話朗誦我的詩，你們可以窺見（聽）到，我寫這詩時，腦中的思維。

　　我又說，到底粵語與國語差別有多大呢？粵語近古語，近唐宋人所說。歷史上，北方多戰亂，與西北的、東北的少數民族交戰，語言受影響，單從語音上說，失去入聲、閉口音，而加了捲舌音。南方無民族戰爭，北方人民避難到南方，與本土語混融，以致現代粵語近古。例如，用國語唸東

南西北，北（我用粵語唸），極短促，是入聲，北方話沒有。南（我用粵語唸），閉口，北方話沒有。我想到，現代粵語聲調豐富，有九聲。例如誰都知道的國際級足球明星，David Beckham，國語譯為「貝克漢姆」，但香港用粵語，譯為「碧咸」，懂粵語的都清楚，讀起來，逼真到極點了。「貝克漢姆」，拖泥帶水，英語的第一音節是入聲，第二音節是閉口音，此二者，北方話沒有。

我有一個朋友，是澳門大學中文系教授，研究語音的，他對我說，如果今天，李白、杜甫到了北京，雞同鴨講，互不明白。如果他們到了廣州，他們講自己的話，廣州人講廣州話，就有七、八成明白了。

我又說，因粵語近唐宋，喜歡寫舊體詩詞的朋友都知道，許多唐詩宋詞，用北方話、國語來讀，應押韻而不押，用粵語就押韻了。最簡單如「床前明月光」、「白白依山盡」就是。〈長恨歌〉「養在深閨人未識」、〈琵琶行〉「江州司馬青衫濕」、〈滿江紅〉「壯懷激烈」等等，都是入聲韻。懂粵語有個好處，是寫起舊詩詞來，聲韻不容易錯。這方面，以啟功先生那一層人湛深的舊學修養，也偶爾會錯的。幾年前，我在這裡認識了一個北方來的新移民朋友，她研究唐代音樂，博士論文就是寫這。我勸她，這裡有粵語環境（據去年政府統計，烈治文華人講國語和講粵語的，各佔一半，粵語仍稍多一點點，但其勢逆轉），學學粵語，對研究有好處。我另一文友在泰國的，寫舊詩詞，想學但沒有環境。我說，你們那邊潮州人佔百分之九十九，學不成的。若你住在廣州、香港、澳門，甚至溫哥華、三藩市、馬來西亞檳城、南

非首都，就容易得多。另一個文友，是北京人，但讀的大學是「暨南」，也就是說，起碼在廣州四年了，可是沒有乘機學廣東話，真是可惜。雖然懂多一種語言當然好，但如無需要，我也不鼓勵別人學粵語，因為太難，學外語也許更容易。

記得八十年代，我在澳門大學的研究院學習時，有一次負責接待廣東作家代表團。廣東作家們對我說，很多北方作家看不起廣東，說自古是南蠻之地，文化低。有一團員是詩人，對我說，他們說廣東自古無好詩。那詩人反駁：《唐詩三百首》看過嗎？第一首是誰寫的？

近年，在一些朗誦會上，我往往用國、英、粵三語朗誦同一首詩，時間不許可時，我就放棄國語，時間只許朗誦一種，我就粵語。反正有字幕，或者人手一份誦材。好讓聽眾「懷舊」，聽聽「唐宋人」怎樣朗誦現代的新詩。也可說是「嘗新」。有一次，我在用粵語朗誦前，偶然說了一句話：「I always read my poems ／ using my mother tongue ／／ The reason is ／ I love my Mom」（我常常用母語朗誦我的詩，理由是：我愛我的母親），大家立時笑起來，我也不知為甚麼會笑。也許覺得不成理由吧。（回到家裡我又想到，它像一首詩，還押了韻。）

〈鷹巢〉這首詩，也算是我得意之作，感謝她們選上它，這詩，幾年前我也公開朗誦過，用國語和英語。我說，這次用粵語了。散會後，有聽者說，她是第一次聽到用廣東話朗誦新詩，覺得很新鮮。臨散會前，主持人梁娜女士心血來潮，臨時提議全場的人一起朗誦〈全人類的頭髮都是白的〉。這詩又淺白又短小，竟然掀起了高潮，朗誦時，你指

我,我指你,氣氛歡快熱烈。原來這種詩是最「煞食」的,我不但得到鼓勵,也上了一課。

2018 年 3 月 24 日補記。

韓牧介紹《她鄉，他鄉》

各位朋友：

《她鄉，他鄉》是葉靜欣、韓牧合作的新詩攝影集，葉攝影，而配詩是兩人分擔。葉，1986年生於廣東江門市，澳門大學新聞與公共傳播學士，2009年移居溫哥華。曾出版攝影集及詩文集，屢獲詩獎。

《她鄉，他鄉》有攝影42幅，澳門、大溫哥華各半。

葉與韓，一個是「80後」，一個是「30後」，年齡相差半個世紀，可說是「加華作協」一百多位會員中，最年輕和最年長的會員，竟然能夠合作出書，出人意外。其實我們兩人有不少共同點：都是酷愛大自然以及藝術的詩作者和攝影者，都是在文學與藝術的邊界上徘徊的雙重國籍人。同是「加華作協」的成員、澳門大學的校友。

兩人也有不同點：她有才華，我沒有，她像今天的主持人青洋女士一樣，生得漂亮，我生得醜。在配詩期間，也曾有過不同意見。她認為應該選擇美的形象給人看，而破落的貧民窟、寂寥的墳場，是不必去配詩的。而我覺得，社會低下層、不愉快的場所，縱然不美，卻往往蘊含另一種詩意。杜甫的「朱門酒肉臭，路有凍死骨」，不也是很難看嗎？我私下曾想過，如果她堅持不讓我配這兩幅，合作拉倒。好在她給我說服了。

這書很薄,但可看的東西很多。不愛看中文的,可看英文,全書中英對照。不愛看新詩的,可看文章。我們兩人都有一篇豐富的長序。你們知道中國第一本攝影畫報是哪一本?1926年在上海創刊、風行全國的?(座中的攝影家溫一沙兄答:《良友》)。不錯是《良友》,它是我童年時見到的第一本雜誌。《良友》1984年在香港復刊時,我蒙編者賞識,讓我預先翻看攝影稿件,選出能感動我的,配上新詩。我的長序都寫了這些,還對攝影與詩的異同、畫意與詩情的關係,表達了我自己的見解。

　　好了,文章也不愛看的,可以看照片。照片也不愛看,可看美女(出示書中葉的個人照),連美女也不愛看?可以看帥哥(出示書中韓的個人照)。太老了不能稱「帥哥」,可稱「帥公」,公公不雅(陳浩泉插話:「帥翁」),稱「帥爺」吧,仿范冰冰的。

　　這書設計、印製精美,是澳門基金會資助出版的。我書不多,只有100本,今天帶來小量給新書發佈會,散會後就不賣了,不願多賣。因這書漂亮,是我出版過二十多本書中最悅目的。我留來作禮物用。好像前一陣「加華作協」名譽會長貝鈞奇請我們吃名貴的乳鴿、龍蝦、象拔蚌、皇帝蟹、魚翅,我無以為報,更絕對回請不起,我就送他一本無價的《她鄉,他鄉》。

　　2019.9.15. 夜,補記新書發佈會上的發言。

雲上雜談詩

前言：2022年1月7日晚上7時，「加華作協」主辦，陶永強主講「英文詩的閱讀、欣賞和學習」，在Zoom視像會議室舉行。講畢，聽眾有些問題，永強兄示意我作答。我藉此詳述我所知。次日依印象補記、應有遺漏的。但也補了一些時間所限未能盡吐的話。當晚我講得急燥，更滔滔不停，佔去後來者發言的機會，想來內疚。

我首先說：陳浩泉兄剛剛所說一大段話，也許因為他和我都是寫新詩的，我基本上同意。例如新詩有讀（聽）的和看的兩種，看的或內容較深、甚或有歧義，聽朗誦難明白，不為朗誦而寫，不大需要韻律。等等。

剛才曹小平兄問，現在我們的「新詩」，是否學自西洋的詩。一般都認為是，我也同意，是百多年前學自西洋的詩，廢除舊詩詞韻律、包括平仄、整齊等限制。不過，就我所知，中國古代的詩也有不押韻的。小平兄對舊體詩詞有研究，相信知道。這點也是值得深入探討的。其實，不只西洋；東洋、印度，也有影響。當時不少人也仿日本的「俳句」，現在有所謂「漢俳」。冰心的《繁星》、《春水》學自印度泰戈爾，這大家都知道。

剛才，關於詩的「用韻」討論了不少。它也是一般人所認識、最普遍的音樂性。我從十幾歲一直寫新詩到現在八十四歲，回想起來，我對於「用韻」，可分三個階段：第一階段，自我要求押韻，但不熟，押得勉強、不自然，也要押。第二階段，押得熟了，不要它來，它也來，韻太多了，不是小提琴、鋼琴，像大鼓，咚、咚、咚、咚，像大鑼，龐、龐、龐、龐龐，單調重覆，討厭。詩的初稿寫了，要把韻一個個刪掉，只留下少數。第三階段，大概上世紀七十年代開始，沒有立心去押，讓它自然，無韻也可以。韻，有時來，有時不來，我讓它自由，詩就比較自然。一直到如今。相信是最後一個階段了。

有許多人認為，詩，一定要有音樂性。否則就只是分行的散文，這我同意。不過，不少人以為音樂性，在新詩，就只是押韻。我覺得，押韻，對不起，是最低級的音樂性。平仄高一級。有比這更高級的，其中有自然的節奏。越明顯的音樂性，越低級。鑼鼓、管弦、以及自然界的天籟：蟲鳴、鳥語、松濤、雨滴、流水、浪潮等等，一級級高上去。我寫新詩追求的音樂性，是近於大自然的節奏，其特點，相信也就是「自然」。我常常覺得，藝術難有人人同意的標準。若有，就是一個「自然」，其精神是不造作。

因為談韻律，剛才大家也談到「十四行詩」，明顯是仿照西方，英國、意大利的傳統詩體。中國人第一個寫十四行詩的，是聞一多。但從二三十年代一直到現在，寫得最好的，公認是馮至。魯迅生前曾說過，馮至是中國最好的抒情詩人。馮在抗戰時期寫了不少十四行詩，四十年代出版詩

集,書名就叫《十四行集》,這些作品,我覺得,自然、有詩意、有感情、有思想、有哲理。不過,他並不是謹依西洋十四行的格律,因格律太嚴,依足,就寫不成詩了。西洋詩人寫十四行,也有不依足的,都沒有影響它成為好詩。

今晚永強兄主要講的是中英詩的對譯,我好像離題了!(也許因為譯詩的朋友少,所以很多人都離題)我也勉強說一說翻譯。八十年代末從香港移民到這裡,為了瞭解這裡的環境、生活,尤其是如何用詩寫這裡的生活,我參考了一些本地白人及華裔詩人的詩集。把一些自己喜歡的,試翻譯成中文。並投稿到在《大漢公報》的〈加華文學〉發表。當時很有興趣,但自知英文程度有限,沒條件譯得好的,前途有限,不應浪費時間於此。往後,只譯過一兩首,就放棄了。我自己的詩呢,請永強兄、守芳兄、肇玲兄、王健教授、李盈教授,甚至叫勞美玉代為英譯好了。

剛才永強兄談到余光中,我六十年代就注意他。我對他和他的詩,是有瞭解的。看他的書,聽他演講,一同參加會議、朗誦會等。他在香港中文大學任教十年,很多學生學他,被稱「余派」,甚至連他的書法也學,他的詩確是迷人的、值得學習。我初次看到黎玉萍兄的詩文(她現在在座),感到有余的語言風格,就斷定她學余,她承認讀過不少余的作品。我也記得當台灣鄉土文學興起時,我曾在長詩中批評過余的為人。又曾化名寫了篇不短的評論文章,批評他一首壞詩。總的說,我認為他的詩受歡迎,是因為「大眾化」。新詩根本是小眾的,怎麼會大眾化?我意是在知識份子圈中大眾化,不像有的現代詩人的,太主觀,語言晦澀,與讀者

隔、距離遠，所謂離地。他文字精簡明朗，有古典詩詞味，有知識份子典型情懷，幽默，「玩字」高超，我用這個「玩」字，不是說他輕薄，我也沒有輕薄、不敬，我只是想不出更適合的動詞。

我發覺他晚年有些詩，特意寫得整齊又押韻。我估計，他是為了讓音樂家便於配譜成歌，以達到推廣的目的。畢竟，唱歌的人比朗誦詩的人多得太多。幾十年前，我也曾如此，希望讓作曲家看上。這情況南洋很普遍，但香港沒有。我等了幾十年，一首也等不到。前年冬至日，突然醒悟，我愛唱歌，甚麼歌都會唱，我不可以自己配譜嗎？於是一個月內，就作了七、八首歌。有為自己的詩，也有為大詩人戴望舒的詩、填詞人林夕的詩，配譜成歌。

我們現在寫的「新詩」，大陸叫「詩歌」，台灣也有這麼叫。香港的詩人，就叫「新詩」，或「現代詩」（不指「現代主義」的詩），我們否定「詩歌」這個詞，相信大陸同行想不到的。自《詩經》開始，到「宋詞」，本都是歌詞，但民初「新詩」突起，詩與歌早已分家，為何還把詩稱為歌？白居易曾用「歌詩」一詞，也許還有些道理。今晚多談詩的格律，我又想起很奇怪的一件事：大概十多年前開始，人們（大陸、香港）把「舊詩詞」（或稱「古典詩」，這詞很好，印象中是余光中先說，佩服），改稱「格律詩」。大誤！需知，新詩也有格律詩、自由詩兩體。如此一來，新舊混淆了。

陳浩泉兄問陶永強兄，是韻律重要呢，還是形象、詩意重要？（陳的原句我記不清，也許不是「形象、詩意」）我猜陳的意思，是韻律較不重要。我同意。而陶的答話說，不

能說誰重要過誰，是同等的，不應說，某詩有格律的就低一等，或者，某詩無格律的就高一等。

時間所限，否則我首先會問：人的內在美重要、還是外在美重要？詩的內容重要、還是形式重要？應該是前者吧。甚麼押韻、平仄、整齊，是屬於「形式」，而不是屬於「內容」吧？

會散，大家不願走，話題轉到舊詩詞，主持人梁麗芳不滿有的人用現代國語押韻、辨平仄。這是曹小平一向極反對的，言詞激烈。我說這些廣東人先天勝。恩師羅慷烈是宋詞專家，他曾私下對我說，啟功往往平仄搞錯，又舉例子。我說現在此地即使甚麼詩詞學會會長，也如此，如福字，當平聲，其實廣東人都知道，是入聲。民初晚清推上去，粵籍大詩人極少，只一個黃遵憲，但北方詩人都沒搞錯這些，而且當時，不但文人，連理科、科學家，只要是知識份子，都會寫舊詩，不會不合平仄韻律的。因為他們自小有訓練，又勤力。曹小平說，這些，勤查這類工具書就可解決，他們就是懶。

後記：講座之前，眾友許多好久未見，交談甚歡。我見青洋，讚她年輕了。見廖中堅，說他老了，因為一頭黑髮變了一頭白髮。大家談白髮，梁麗芳她開始有，我豎大拇指，現在才開始！青洋曾屢次說過，羨慕我一頭白髮，這次又說。我說，你不會有一頭白髮的，因為白的一多，你就會染。曹小平等人討論一夜白頭的真實性，我說，我二十來歲時開始有，家母去世後幾天，同胞兄姐發現的。有人提到有詩是寫白頭髮的，我沒聽清楚，不知道是否指我那首得意之作。

開講不久，陶粵語朗誦劉長卿詩後，即時收到王立致所有人的文字，意說聽其粵語朗誦舊詩，悅耳。記得多年前初認識王時，知道她是研究唐音樂的，我建議她若有條件，學學粵語。

　　青洋曾問陶，西洋有無（專）寫情詩的詩人。我想當然有，她也應該知道有。她這樣問，應是見到陶未舉情詩作例。我一向知道，陶是自己喜歡的詩才去譯的，合情合理。

「好詩」多磨

> 2022年8月5日,「加拿大華裔作家協會」新書發佈會上的發言,次日補記。

我這本詩集《愛情元素》應當在十幾年前就出版的了。現在才出,可見,它的出版並不順利。它的主題詩是一首長詩,也就叫做〈愛情元素〉,在要發表的時候,就先遇到困難。有一句成語「好事多磨」,現在是「好詩多磨」了。

停了詩筆十年後,我在2001年秋天寫成詩,寄給我相熟的詩刊,香港的、澳門的、南洋的,但都石沉大海。過去幾十年,這些詩刊都歡迎我的詩,我投給它們的,都讓發表,沒有過退貨。為甚麼都不用呢?我想,是內容破格。怎麼個破格呢?詩裡面有三十多行,是性交的描寫。

我常常跟瘂弦前輩通信,在一次通信中,我偶然提到了這首詩,他讀了以後寫信來讚許,說:「讀了你的長詩〈愛情元素〉十分感動。此詩顯示出詩人內心的最底層,慾的激發(牧案:情慾的慾)與靈的昇華交替敘寫,非常深刻有力,我極喜歡、佩服。這是你近年創作的大收穫。標題也好,將來出一詩集,就可以用「愛情元素」,用此長作當全書的主題詩了。」他又說:「詩中有慾、有靈、交纏、矛盾、鬥爭,最後得到辯證的統一,把慾化為靈,把獸性變成神性,

最後體現出被維納斯征服的美。詩人失敗了，維納斯勝利了，而也當然，真正的意味是詩人的詩勝利了。」

瘂弦前輩這樣大力讚揚，大概恐怕我不相信，又寫了一封信來，說：「我對大作的賞析是真誠的，絕對不是胡亂的誇讚。如果你認為有必要，〈愛情元素〉將來收入集子出版，可以把我給你的信，錄在詩的後邊。」

後來，瘂弦前輩把我這首詩，介紹給台灣的詩刊發表。不過，發表是發表了，出版詩集，同樣遇到困難，難產，所謂「紅顏多薄命」。

說到詩集的難產，甚至胎死腹中，我記起來了，我起碼有過兩本詩集，遇到過原因不同的難產，胎死腹中。上個世紀七十年代，香港一本我長期投稿的文藝雜誌，要出一套叢書，計劃中有我的一本詩集。可是，一位高調的老詩人，恐怕我冒起的鋒芒，掩蓋他頭上的光環，極力阻撓，他影響力大，最後書出不成。另一次是在八十年代後期，北京一個很大的出版社，要為我出版一本詩集，萬事俱備，就等印刷，連新書出版預告的廣告，都在報上登出來了，但因政治風雲突變，又是胎死腹中。

我沒有把瘂弦前輩的兩封信「錄在詩的後邊」，而是放在書的最前，作為序文。全書分五輯：第一輯〈情緣〉。第二輯〈宇外〉，就是宇宙之外。第三輯〈藝感〉，是對藝術品的感受。第四輯〈浮遊〉，是紀遊詩。第五輯〈貓悼〉，是對家貓的悼念。總的來說，都是我自己滿意的，藝術水平比我以前的詩集，要高一些吧。

饒宗頤唯一新詩

　　香港的大學者饒宗頤四年前逝世,享年百歲。有稱他「國學大師」、「漢學家」,其實未妥。曾有人把他歸入「新儒家」,他不滿,對我說,他的眼睛不是平看的,是向上看的。實在,他也精通佛學、敦煌學。他的研究領域十分廣博:古文字學、甲骨學、敦煌學、古學、金石學、史學、詩詞學、文學、藝術學、簡帛學、宗教學、楚辭學、目錄學、方志學、中印關係史、西亞史等。

　　他曾對我說,某年到日本開會,填表要填是甚麼學家,他不知怎樣填,只好不填,他笑說:「我無家可歸。」有一次,他問我,知不知道廣東話的「Hum Bang Lang」是甚麼意思。我當然知道是「全部」之意,但不像漢語,不知來源。他說,一次到歐洲開會,回程經中東某國,街上聽人們交談,常常聽到「Hum Bang Lang」,問起,原來就是「全部」的意思。又一次,他參加北京大學隆重的周年校慶回來,很高興的對我說:邀請作演講的兩個人,季羨林之後,是他講。我想這是當然的,學術界本來就有「南饒北季」這句話。

　　聽他「中國文學批評史」的課,我有一個深刻印象,他認為,注重內容與注重形式,兩派是爭論不休的,此消彼長、彼消此長,是不停的循環。我印象,他很欣賞駢體文、而輕視語體文。他說,白話文誰都會寫,沒甚麼價值。不過,

他也寫過一首新詩,題材是詠史的。

　　上世紀八十年代,我在澳門大學當研究生,隨饒宗頤、羅慷烈、雲惟利三位教授。一次,雲教授對我說,饒教授剛寫好一首新詩,他給謄正了,託我帶到香港,交給我相熟的文學雜誌發表。我驚喜,饒教授也寫新詩?我回港後,立刻走上《文學家》雜誌社,他們當然萬分歡迎。饒公的新詩,就在《文學家》第一卷、第三期,1987年11月11日發表了。這讓不論寫新詩的、寫舊時的,都覺得意外。這詩名〈安哥窟哀歌〉:

安哥窟哀歌／饒宗頤

　　一隻喝醉的船
　　正朝向著帝門島駛去,
　　那裡據說是巴比侖洪水時代
　　沉淪不去所剩下來的陸地。
　　好像蜻蜓圍聚於舢板上,
　　流浪者在偷生的罅隙裡
　　找到瞬息的恬靜。
　　帶著苦笑地各個人拿起筷子
　　去度量他們剛嘗過的辛酸。
　　他們喘息才定,
　　面對著蒼白的旻天,
　　不敢向施羅盤的舵手
　　叩問他未來不可思議的命運。

月影沉沒在昏瞶無明的大海，
烏雲吹來片片黑暗，
在做他尚寐無吪的靈夢。
周遭像差點把人蒸熟了的蒸籠。
奔向一條渺無際涯的如火長流，
一躺下便入睡了。
在無限與有限之間，
在羯磨與達摩之間，
在呼籲與緘默之間，
在騷動與寧靜之間，
在頌讚與咀咒之間，
生命只是一團
焚燒而無休止的焦炭，
軀體只是一襲
破舊有待於拋棄的爛衣。
拖著辮子的藤蔓代表神像
托著不計年月的鬍子
正擁抱古廟的門扉死纏不放。
為無情的歲月
注射了一點「歷史心靈」的慰藉，
門外的翁仲殘骸在樹陰下
尚鏤刻著古代戰爭的恐怖。
掛在荊棘上未乾的露珠，
誰人能夠證明，
它是前朝宮女的淚痕。

離枯旱愈近的灌溉愈難，
對爭鬥愈強的塵劫愈甚，
去現代愈近的摧毀愈易，
執權柄愈堅的崩潰愈快。
天已被割裂而織成
九宮格式的網羅，
心已不能更吐出
乾糞橛式的話句。
溼婆的監視下無法阻止
甓壁上細菌的蔓延。
可憐的朝聖者，
捧著理想的骷髏，
活像被牽著鼻子的駱駝。
他們以億兆人的血肉，
換得一句阿門，
一堆泥土。（完）

　　饒宗頤教授這首新詩〈安哥窟哀歌〉，當年給文壇一個震驚，饒公也寫新詩？寫舊詩者驚奇，寫新詩者驚喜。日前，我偶然翻閱故紙堆，意外發現關於這首詩的舊稿、舊信，重見已忘了的三十多年前的發表過程。

　　雲惟利教授給我這詩時，在詩末附了他寫的精彩的「編者按語」，對瞭解這首並不顯淺的詩，很有導讀的作用：「饒宗頤教授長於舊體詩文，為今之大家。一九六三年曾遊安哥窟，所作詩篇俱收錄在《佛國集》中。數年前，見大批越南

難民逃離故土，有感而寫下這首《安哥窟哀歌》，是他至今所作的唯一白話詩，風格獨特，可以從中看出他的詩詞和駢文的素養。」

可是這詩在《文學家》雜誌刊出時，主編林真把這段「按語」刪掉。他卻刊出自己寫的「按語」：「饒宗頤教授精於律詩和古風，很少寫新詩，但他的新詩卻寫得很好，相信讀者們會喜歡他這首新詩的。」這話說得空泛而錯誤，饒公只「精於律詩和古風」嗎？他「很少寫新詩」嗎？跟本未寫過。「新詩卻寫得很好」，如何個好法？對照一下雲教授的「按語」，就可見其劣拙，不懂裝懂。為甚麼有好的「按語」不用要自己寫呢？相信是要顯示自己的權威，我才是主編。誰知反而出醜。

為了發表這詩，當時雲教授曾給我幾封短信，錄下，可知其過程：

第一封：「何先生：饒教授最近寫了一首白話詩，十分難得。我替他整理了，再湊上兩首（我的），題《詩三首》，想寄給《文學家》，以表支持。但該刊所登作品多是特約的，恐未必能容納，可否請你先給主編通個電話，詢問一下，如不能登，就請代轉給《文匯報》的《文藝》版吧。無論《文學家》能登否，都請代向主編祝賀，該刊確是編得很好。附寄詩稿三篇，代為轉寄，謝謝。　雲惟利　七月廿七日」

第二封：「何先生：饒教授的《安哥窟哀歌》略有修改，現再影印一份取代舊的那份，煩再轉寄《文學家》主編，（附按語一段給編者參考）。雲南之行可有收獲？　即問暑期好雲惟利　八月六日」

第三封：「何先生：饒教授的詩又擬改兩個字，只好麻煩再轉寄一次了。專此　即問　近好　雲惟利 8 月 21 日」

　　從上面的信，可見雲教授顧慮到《文學家》不登，其實是過慮的。能刊登饒公唯一的新詩，是莫大的榮耀與幸運。還可見到，饒公對此詩，一再修改，是十分認真的。他如何改，對寫作人是會有啟發的。我現在根據原稿和改稿，列出饒公修改的痕跡。

　　「周遭像差點把人煮熟了的蒸籠，」（逗號改為句號）

　　「拖著一條緲無際涯的如火長流」（「拖著」改為「奔向」）

　　「焚燒而無止境的焦炭，」（「無止境」改為「無休止」）

　　「尚鏤刻著古代戰爭的恐怖，」（逗號改為句號）

　　「去現代愈接近的

其摧毀愈易，

執權柄愈堅牢的

其崩潰愈快。」改為：

「去現代愈近的摧毀愈易，

執權柄愈堅的崩潰愈快。」

　　「乾糞概式的話句，」（逗號改為句號）

　　「氄壁上的細菌蔓延，」（逗號改為句號）

　　「活像被牽著鼻子的駱駝，」（逗號改為句號）

　　饒公這詩，既「詠史」，同時又寫「時代大事」，格局、氣魄都是宏大的。

2022 年 8 月，加拿大烈治文。

方言詩歌朗誦會

　　2022年11月5日，下午7時，「加拿大華裔作家協會」在 Zoom 舉行「方言詩歌朗誦會」。當晚，參加朗誦的文友有十三人，除來自加東魁北克的作家董岩意外用國語朗誦外，方言有：粵語、滬語、客家語、粵北客家語、台山話、潮州語、順德話、中山話、閩南語。我朗誦的主要是粵語、部份順德話、中山話、國語。在朗誦前，作一段說明：

　　我素來對方言、方音很感興趣。每一種方言，都有自己的特點、優點。很多年前、十八年前吧，我就寫過文章，建議辦「國音、方音詩歌朗誦會」，我說：「各地方的方音都有不可替代的優美處，國音不能總括。⋯用國語、粵、滬、豫、湘、閩、台山、中山、順德、客家等語，也就是用各省各縣各鄉的方言，朗誦同一首詩，以顯出『多元文化』之美。」

　　今天晚上這個「方言詩歌朗誦會」，可說是初步實現了我的理想，所以我特別高興。

　　我本來只準備用我最熟悉的廣州話（粵語）來朗誦我的一首詩，但主持人希望我用鄉音、鄉下話。所以我也會先用我父親的家鄉，廣東順德縣的順德話，以及我母親的家鄉，廣東中山縣（孫中山先生故鄉）的中山話來朗誦這詩的第一節，然後用廣州話朗誦全首。

　　順德話，只是我童年時聽到祖母與同鄉長輩的交談（家

父也不會講），我完全沒有講的機會。中山話，也只是童年時聽到母親和她的父母、弟妹、也就是我的外祖父母、舅父、阿姨們的交談，我同樣完全沒有講的機會。但因為聽得多了，會收藏在腦子裡某一個角落。世紀末我首次到順德尋根兼個展書法，奇怪，從來沒有講過一句順德話，沉睡了四、五十年的音調竟然可以突然蘇醒，一口流利的順德話，每天與同鄉們對答了十天，甚至糾正年輕人的發音。同鄉們不知情，都讚賞說：「離鄉這麼久，也沒有脫掉鄉音！」多年前，舅父從東部魁北克來探我，我興到講了幾句中山話給他聽，他讚許，說我悟性很高。其實中山話與廣州話雖然大不相同，但隱隱有對照的規律；我還發現，它句子音調的高低，竟然和國語很接近。

順德話特別低沉，像老人聲。相反，中山話特別高而尖，像女人聲。我不知道全國無數的方言中，有沒有比它倆更低沉、更高尖的了。我現在用順德話來講「順德話」這三個字，接著用中山話來講「中山話」這三個字，請大家細心聽聽：「順德話，順德話。中山話，中山話。」是不是很低沉、很高尖呢？

我現在要朗誦的詩，不短，叫〈鉛灰色的急雨中〉。這詩特別，它雖用通行的「語體」來寫，但夾在其中的那幾句對話，是用純廣州話寫的。這是我選用它來朗誦的原因。這詩寫於1984年，是我的新嘗試，當時獲得詩友們的讚賞。內容是寫那個早晨上班途中，在九龍佐頓道渡海碼頭廣場突逢大雨，一途人來傘相遮，引起我忽古忽今、疑幻疑真、又傳說又現實的奇想。附說一句，這朗誦會名稱叫「方言詩歌朗誦會」，可能有人以為是朗誦「用方言寫的詩歌」，是

不是可以考慮改為「詩歌方言朗誦會」或「用方言朗誦詩歌會」之類呢？好了，現在開始朗誦。

鉛灰色的急雨中／韓牧

　　突如其來十萬枝射地的急雨
　　避無可避了
　　渡海碼頭的廣場上只有我
　　我飛奔

　　鉛灰色裡
　　一點蔚藍亮起是赫赫的衣裙
　　從左方開過來一朵雨傘說：
　　「我遮埋你喇」

　　淡妝
　　淡藍的眼線一個白圓臉
　　我的白球鞋顯得太年輕
　　一聲「唔好意思」
　　它　總算說了一句客氣話了

　　右邊是急雨
　　左邊肩對肩　腰對腰
　　緩緩前移妳我合成最窄的空隙
　　我左手的早報已縮到背後去

右手那一袋「麥當勞」早餐移到面前：
熱辣辣一個蘋果批
伴著
凍冰冰一杯鮮橙汁

居然一路上一眼也沒有看那關鍵的
雨傘　從童年到如今
誰會記得湖邊那油紙傘是甚麼顏色？
隱隱記得一位白娘子
婀婀娜娜一身蔚藍天
在鉛灰色的急雨中
未及細看只粗粗一瞥的
一圓淡妝的白日　有淡藍的
斷橋一樣的眼線
熱情而冷靜
難以翻譯的那第一句話
是問題又是答案　是請求又是命令
出自厚厚的還是薄薄的嘴唇呢？
櫻桃的紅還是桃花的紅呢？

蔚藍天問：
「你係唔係去碼頭呀？」

「係」
我的白頭髮只說了這一個古方音

就算這個早晨是民間傳說吧
這滔滔的海港是滔滔的西湖
南高峰就在對岸
我姓許　名仙
而妳
也不該有姓氏和名字

「唔該晒妳勒」
向雨傘道謝的
是碼頭的簷

人叢中
一圓白日轉身成黑色
雨濕了左肩的蔚藍天正走進記憶
不必尋找
在越來越白的鏡中的白頭髮
與垂頭時
越來越灰的白球鞋之間
有一條蔚藍的皮帶　攔腰纏住我

橢圓的金屬扣是個蛇頭
用唯一的牙　咬緊了自己

1984 年 5 月 18 日，晨。

註：詩中有五句對白，都是廣州話，大意是：

「我有傘，一道走吧！」（雨傘說）

「不好意思」（白球鞋說）

「你是不是去碼頭呀？」（蔚藍天說）

「是」（白頭髮說）

「謝謝妳了」（碼頭的簷說）

評王立〈白卷〉詩

　　王立的短詩〈白卷〉，題材獨特，前所未見。短短九行，坦率的、勇敢的寫出自己的苦惱，同時也是當今有良心的華裔詩人作家共同的苦惱。

　　在創作自由被扼殺、檢查處處的大環境中，詩人作家可分三類：第一類為求自保，噤若寒蟬，不再寫作了。第二類仍然寫作，但避談社會、政治，只談風月。第三類無懼險惡，如常寫作。他們具正義感、有使命、負社會責任。王立，就屬這一類。

　　在此地報章的新聞上，我們常常見到她參加、以至領導社會運動，示威爭取公義，為弱勢社群發聲，這可見她身體力行，言行一致，有別於一般詩人作家。

　　上文說「如常寫作」，我是說過頭了。其實並不能「如常」，因為如果暢所欲言寫出作品、出版書籍，就會被檢查、封殺、下架，起不了作用，等於白寫。

　　如何能夠完全表達心中所想，而又可以順利發表、出版，這是第三類詩人作家的苦惱、要解決的難題。

　　　　敲下字符又刪除
　　　　幾番更改
　　　　哪個字都敏感

用甚麼詞都是暗示

　　為了應付檢查,只好先行「自我檢查」,一再改用字、用詞,避開所謂的「敏感詞」。曾見過一位加拿大詩人的一首短詩,就名為〈敏感詞〉,首節說:「都是加拿大華裔寫作人／但發表不限於加拿大／都關心所謂的『敏感詞』」。末節說:「將來我們的詩文／都有專家來作註解／我們榮幸」,由此可見作者們為了避開「敏感詞」,語焉不詳,費解。說「榮幸」,實在是無奈,苦中作樂。當代人看不明白,當代的專家也不敢解釋,作品起不了作用,其實有違發表初衷。
　　為了通過檢查,不能直寫,只好用「暗示」,但檢查者常是過敏的,「用甚麼詞都是暗示」,導致作者難以下筆,交白卷。

　　暮色蒼涼
　　情緒晦暗

　　即使不停自我檢查,還是寫不出來,在「暮色蒼涼」中,詩人「情緒晦暗」了,要哭泣了。
　　這裡牽涉到文學技巧、手段。我在年青時就悟到:如何用隱晦的詞句,繞過檢查,把意念準確地傳遞給讀者,是高級的技巧、手段,應該屬於文學藝術的範疇。
　　上世紀七十年代,香港有兩本文學月刊,都暢銷南洋各國。但入口時都要檢查,著眼於政治和宗教兩方面。《海洋文藝》的主編,警覺性強,他善於修改詩文中的一兩個字、

一兩個詞，迎接入口檢查，無往不利。《當代文藝》有一期，刊登了我的詩友的一首詩，主編不察，觸犯了該國的宗教政策，不得入口，血本無歸。

在魯迅時代，一些人批評政府，罵官員，結果成為烈士。魯迅同樣批評政府，罵官員，為何可以善終？因為他不但善用文字，而且沒有直接罵最高領袖。二十一世紀的香港，有一家出版社，沒有向魯迅學習，結果成為烈士，成員外逃台灣。

用詞過於隱晦，有時可以通過檢查，但讀者看不明白，不能領悟，甚至向反方向理解，適得其反。在最黑暗的年代，任你的隱喻如何高超，遇上過敏的檢查者，寧殺錯，不放過，就無能為力了。

歷史證明，因為詩人比較熱情，社會運動、社會改革、革命，詩人總站在最前列，因而首當其衝。最近香港的中文文學雙年獎，新詩組的三位得獎者，一同被取消，獎項從缺。該三本詩集，也一同在圖書館及書店下架。

　　連哭泣都不便
　　怕沖了別人的淡忘

照我的理解：在「暮色蒼涼」的環境中，作者無法寫作，「情緒晦暗」，欲哭欲泣，為甚麼會「不便」呢？因為會影響到別人。許多人已經習慣苟安，做順民了，把不自由的痛苦淡忘了。你一「哭泣」，就會沖走他們的淡忘，挑起痛苦的回憶，揭起了傷疤。

窗外，嗩吶聲依舊

這單獨成為最後一節的一行，很妙。嗩吶聲是最高昂響亮吵耳的。它與窗內的「蒼涼、晦暗」對比強烈。窗內的作者為正，窗外的嗩吶聲為反。

嗩吶聲有一特點：大喜大悲兼具。嫁娶賀壽用它，喪禮出殯，也是用它。這一行詩，可理解為，外面環境歌舞昇平、歌功頌德依然，而在大喜的同時，也是大悲的。好的詩，常具多義性。不同的讀者有不同的理解。原來還可以同時有「正義」和「反義」的。在窗外來說，是大喜，在窗內聽來，是大悲了。

詩題〈白卷〉，作者坦誠吐露自己的、同時也是無數正義的詩人作家們的苦惱，意義不可謂不大。王立在詩中述說自己交了白卷，她在詩外，向我們交了一張亮麗的成績表。

2022 年 11 月 10 日，加拿大烈治文。

〈鮮黃和紫藍〉詩

　　去年 2 月俄軍侵烏開始，我對烏克蘭國旗的黃藍兩色，特別敏感。好像觸目盡是黃藍兩色，盡是烏克蘭國旗。

　　日前偶翻舊稿，我在 50 年前寫過一首詩，詩名竟然是〈鮮黃和紫藍〉，是寫甚麼的呢？完全忘記了。（見附件）

　　這詩是組詩《店之輯》其中一首，後來收入詩集《急水門》中。急水門是香港通往內陸最重要的水道。這書在新加坡出版，是我的書中「唯二」的簡體字版（另一本《裁風剪雨》，也是新加坡出版）。題簽是我用箱頭筆隨意寫的，當時年輕，真夠膽。

　　書寄到香港時，一位朋友說有事即將去北京，會見到美學大師朱光潛，說要為我帶一本給他，真是求之不得。那時朱已年過八十了，竟然回贈給我他的一本書，從題字中，可知他誤會韓牧是新加坡的詩人。

　　封面是請我的畫家朋友林信設計的，我很滿意。書中有一首詩是寫他的畫的，詩名〈林信竹筆人物畫展〉（見附件）。失聯幾十年，不知林信現在怎樣，這些天，總是想起他。沒辦法，只好一次再次重看這首詩吧。

2023.3.24.

見到了詩人楊煉

由「加拿大華裔作家協會」等主辦的「2023 世界華人作家溫哥華聯誼會」，7月13日中午在「富大酒家」舉行，筵開十席。我講話後，當天整理內容如下：

今天很幸運，見到很多位來自歐、美、亞、澳各大洲前來的同道。

我是韓牧。我來了加拿大三十幾年了，是89年從香港移民來的。我喜歡寫詩。七十年代末八十年代初，大陸出現了所謂「朦朧詩」，北島、楊煉、顧城、舒婷，以及梁小斌、江河等等，他們的詩我都看過。其中，我最喜歡，讓我佩服的，是楊煉。他與眾不同，歷史、文化比他的同輩詩人都深厚。「朦朧詩」的代表人物，像舒婷、顧城他們，也都在香港見了面，有交往。而楊煉，今天是第一次見到。

錢鍾書說：吃了雞蛋，覺得好吃，也不必去看那母雞。這話我不同意。當然，這只是他婉轉拒絕和一位讀者見面的理由，只是他的幽默。我認為，這雞蛋，並不是3D，AI搞出來的，是某一隻母雞生出來的，兩者之間，甚至與某一隻公雞，有著血緣關係。我們看雞蛋、母雞、以至鴨子、麻雀、燕子、加拿大雁，隻隻一樣，但牠們自己，父母子女都是分得清清楚楚的，可以證明，每一隻都是獨特的。

何況，文學藝術作品，是創作品，是作者的心血結晶，與作者的出身、性格、經歷，以至外型、風度，絕對有密切關係，所以，今天，我能見到楊煉，相隔幾十年，相隔幾千里能見面，這是我前生修來的緣份吧。

　　楊煉的詩，歷史、文化內涵深厚，是史詩型的寫作。讓我來形容，是「雄健，壯麗」。當然，他出國以後，更為廣闊、更具國際性。但在我，印象最深刻的，還是第一印象。

　　中國詩人我心中最崇拜杜甫。這一點，給前輩詩人、台灣的瘂弦 先生看出來了。有一次在公眾場合，他說：「我想韓牧一定很喜歡杜甫的。」我知道楊煉同樣崇敬杜甫，除了杜詩高超的藝術性，相信與杜甫被稱「詩史」有關吧。

　　楊煉的詩一般都很長，四年前我偶然見到他一首只有九行的詩，雖然短，從內容說，我覺得可以稱為「迷你的史詩」，詩題是〈致香港人〉，我是香港人，很有同感。相信在座很多朋友沒有讀到，讓我在這朗誦一次吧。

致香港人／楊煉

　　　你們是星，我們是夜；
　　　你們點燃，我們熄滅；
　　　你們是漢，我們是奸；
　　　你們淚熱，我們心死；
　　　你們赴死，我們偷生；
　　　你們走向街頭，我們縮進沙發；
　　　你們為明天而流血，

我們為今天而苟活；
你們珍視愛的寶貴，
我們死守命的價錢；
你們三十年前還沒出生，
我們三十年後已經腐爛。

　　後記：我講話初時，不少人還在忙於合影、傾談。後來，慢慢靜下來了。到朗誦詩時，鴉雀無聲。朗誦畢，意外爆出全場最熱烈的掌聲，原來海外作家們，還沒有「心死」。

談石君〈雁群〉兩行詩

　　兩天前，我說，石君扇面寫的〈雁群〉詩中，我認為有一句不妥，哪一句？請你們猜。王立兄回應：「韓老雅興！等您揭曉啦。吉祥如意。王立　謹上」。凌亦清兄回應：「我不明白最後一句」。都沒有直接去猜。

　　最後一行是「一同去啄起一線地平」，實在有點費解。這末行看來是與首行相呼應的。首行「藍色的圓舞台」，應指地球。太空人見到的地球，既圓形且藍色。以地球為舞台，氣魄很大。末行雖然費解，但此詩氣魄大，是其優點。

　　現在我試試解釋：「一同去啄起一線地平」的前兩行，是「而後向前　於（以）雷鼓節奏／萬里扶搖啊」，說雁群聲勢壯大，向著弧形的地平線，勇往直前。以雁眼的角度看，不停的前進，地平線就不停的改變，像不停向上移動起來。雁的飛姿，是盡力引頸前伸，嘴最前，時而張嘴鳴叫，所以說：「一同去啄起一線地平」。若把這行「詩」翻譯為「散文詩」（？），就是「一同去啄起一條條地平線」。

　　我說不妥的一句，是「刷羽於黑色噪浪」前面的一行：「棲息於光的枝椏」。「光的枝椏」，可解為實在的，「落盡了葉子的光禿禿的枝椏」，也可解為虛幻的，「光線的枝椏」。但這「光的」，顯然與上一句的「黑色噪浪」的「黑色」相對，意為「光亮的」、「明亮的」，那就是實在的枝椏了。

雁這水禽，不論加拿大雁、雪雁或其他，只游水、飛天、步陸，絕對不去「棲息」於「枝椏」的。這是我幾十年來生活在這裡得出的體驗。相信作者只見到天上的「雁過也」，說不定還沒有見到過「人」字、「一」字的雁陣。只在圖文見到，那是「二手資料」。我自己著重「一手資料」的觀察、感悟。

　　我甚少寫舊詩詞，但在 1977 年，寫過一首〈答石君〉，小序說：「詩集《綠苔》作者，新加坡詩友石君來函，嘆題材缺乏，戲擬一絕答她。」詩曰：「誰言石上只生苔，我道紅橙黃綠開，眼是陽光心是土，秋來無處不詩材。」實在的，如果能隨時細意觀察，就會滿心詩材。觀察的對象，大致可分三：大自然、自己、社會活動。

　　附件是《綠苔》書影。又有一段我與她交往回憶、摘自我長篇論文〈港澳與南洋文友的情誼及「澳門文學」的覺醒〉。又《新馬華文作家群像》一書對她的描述。這書 1984 年 1 月出版，只寫到 1983 年。我記得石君比我年輕兩歲，即是 1940 年生。她這扇面寫於 1982 年，距今四十多年了。我們應該想到，這四十多年，她一定有不少進步，不少成就的。

2024.1.16.

觀周孟川舞劍

「加拿大華裔作家協會」2024年的新春聯歡會上，有舞劍表演。觀後，我寫了首新詩。古來寫舞劍的詩，最好的當推杜甫的《觀公孫大娘弟子舞劍器行》，該詩著意形容舞劍者技術高超，氣勢雄壯：「爠如羿射九日落，矯如群帝驂龍翔，來如雷霆收震怒，罷如江海凝青光」。詩的後段慨嘆由盛轉衰的世情。我崇拜杜甫，他值得我學習，但我不能沿襲他的寫法。我有意無意的避開他。我寫詩，著意創新，起碼要有點新意，是我自己的發現，別人沒有說過的。

觀舞劍

2024年3月9日，觀周孟川舞劍，於加拿大溫哥華。

下弦月漸漸隱去時
旭日圓睜
一人持劍獨立

是個帶嬌氣的男孩
還是帶英氣的女子？

突然
人劍糾纏　光影一團
凌厲的劍光到處翻飛
上天　下地　入水
在追擊著甚麼呢？

不是空氣　不是空虛
是會隱身術的
狡猾的頑敵嗎？

依稀
遠方傳來沸騰的人聲
一切突然停頓
還原為本來面目
都在屏息聆聽

看清了
是公孫大娘千年後的弟子
手握鍾馗的七星降魔劍
準備繼續追擊
那條二十一世紀的毒龍

　　此詩共五節。首節的「旭日圓睜」，是特別的，成語有「杏眼圓睜」、「虎目圓睜」，可以想到，是將「旭日」比喻為眼，「下弦月」也同樣比喻為眼。這兩行，描寫了舞劍

者眼形、眼神的變化,情緒的變化。眼與日月互喻,同時表達了時間的推移,從黑夜轉為白晝。第二節兩行,是寫其面貌、體態的特點,似乎雌雄莫辨。第三節,描寫舞劍時的情狀。追逐、劈刺,看來只是空虛,其實一定有具體對象的,但看不見,於是我寫其所追擊的,「是會隱身術的 狡猾的頑敵」。第四節,詩筆一轉,一切暫時停頓,正在「光影一團」的,「還原為本來面目」,讓人能看清楚。第五節,用「歷史人物」舞劍至高手公孫大娘,暗示舞劍者舞技和武術高超;用「神話人物」「鍾馗的七星降魔劍」,暗示劍舞者矢志不渝追擊邪惡的志向。此詩,寫的是當前現實,卻用上「歷史」以至「神話」的人和劍,希望能加深內涵,讓讀者聯想。

左冠輝尋韓牧

有左冠輝者,筆名韓山。託人找我,輾轉兩三個人,傳來短信,說:「韓山,他一定記得。他有一首長詩《回魂夜》,我在報上寫過一篇評論,後來和他見面,在金鐘統一酒樓吃午飯,相談甚歡。大約是八十年代中的事,那首詩是他寫給去世的第一任妻子的,非常感人。」「韓牧現在何方?他的長詩《回魂夜》十分好,闊別近四十年矣!」

他說「韓山,他一定記得。」實在說,我不記得,連寫過評論、酒樓午飯,都無印象。只是對「左冠輝」一名有印象,是近年報上見過文章,視頻見過訪問。於是我上網查,原來是香港中文大學的講師,是有學問的。於是立刻回信,請來人再輾轉傳去。如下:

冠輝同道如見:

因一首詩,對四十年前舊友未忘,真性情中人也,自嘆不如。我對前事早已淡忘,統一酒樓午飯,有印象,但模糊。若非我兄提起,我完全失憶。你的評論若有保存,我希望留有一份。

你說:「韓牧現在何方?他的長詩《回魂夜》十分好,闊別近四十年矣!」

我答:1989年冬離港移加,知道靠寫詩只能吃早餐,要「過午不食」,馬上轉軌道,不做詩人了,做書法家,可以

收學生、賣字。九十年代整整十年，未寫一首詩，專心學習書法，尤其是只有幾十年歷史的甲骨文書法，好在 UBC 有全加最豐富的中文藏書。回港探親時又得饒公繼續指導，自喜獨行於無人之境。踏入廿一世紀，重拾舊歡，寫詩作文不絕，編成好幾本書出版。還有幾本待編輯。附件是我簡歷，可知大概。

　　知你在「中大」教書，我有時在報上見你文章，視頻中見你受訪，想必豐盛忙碌。唯望暇時多予指導賜教，不負朋友。祝

　　闔府安康

　　韓牧　頓首 2024.6.25.

第四輯　書畫

意外見到自己的少作「竟然」上了拍賣行，我「喜悲交集」。「喜」是自己的少作也達到「上」的高度，有更大的「展示」「流傳」。「悲」是為中國書法悲。我一向認為，當代書法是愧對古人、前人的。目前許多稱為「書法家」的，水準不及清末、民國時期的普通人。我這少作可以「上大檯面」，是個人之喜，是時代之悲。

——〈藝術家的願望〉

寫我心經書法——明心見性，清淨圓融

　　《般若多羅蜜多心經》是大乘佛教精髓，傳世譯本九種，以唐玄奘所譯流通最廣。全文二百六十字，文約義豐，歷代傳寫不絕，敦煌寫經中存有多本；我遊北京房山雲居寺時，見逾萬石刻經版中，有《心經》廿餘種。古來名家所書，曾過目者，楷書有歐陽詢、蘇軾、傅山、弘一等；行書有懷仁集王羲之字、趙孟頫、董其昌、劉墉等；草書有吳鎮、傅山等。日本書家所寫，多為楷書。

　　我最早寫的一幅，用甲骨文，一九九五年冬寫成，九七年一月，獲加拿大卑詩大學（UBC）主辦首展，學者譽為首創，加拿大國家電台作海外報導。半年後，香港志蓮淨苑為建仿唐木構佛寺，來溫哥華籌款，我應邀獻出甲骨文《心經》三幅競請。需求漸多，每幅鈐編號印。去春應澳門政府邀，作港澳書法個展，其中甲骨文《心經》有九件，包括金箔本及微型手卷，獲甲骨學者饒宗頤，及馬國權、羅慷烈諸教授讚賞，《亞洲周刊》及《美國之音》電台專訪，楷書名家何叔惠前輩認為甲骨文《心經》手卷自跋中所書小楷「入魏晉」，既喜且慚而不敢當。今年佛祖誕，香港恭迎佛牙舍利作瞻禮時，我所書《心經》四屏獲邀為佛教文物附展，實在是意外的榮寵。隨後又得加拿大東蓮覺苑贊助，作《心經》書法小品展覽。

古人寫經可分兩類：一類是「經生」所寫，整齊清楚實用。因必須快寫，往往健毫尖鋒直入，驟起急收，易單調輕浮。長年如是，顧不到作配合文意的變化。另一類是書法家所寫，藝術家本色，若逞才氣，會失自然。吳鎮、傅山草書《心經》，恣意狂揮，抒情多於虔敬。曾見張旭狂草，輕浮入俗，當是偽託。

近年來，覺得可以擴展至其他書體，於是廣觀古人所書，構思筆法、字法、章法、幅式、用紙等等。

我把寫《心經》作為走向明心見性的途徑，希望用圓穩疏朗的筆墨，表現清淨圓融的理想形態。確實，越寫越心平氣靜，甚至忘我。目的和表現原來會互相促進的。隸書之作，我以典雅的漢隸為本，融入秦簡漢帛的舒徐。楷書我以魏晉為本，融入隸筆和周金文的形格，都是希望獲致自然的古意。這和魏晉南北朝的寫經，因正值隸向楷過渡而出現隸楷融和的情況偶合。行書，最無牽掛，用最自如自在的寫法。草書，我不寫；也不寫大字、大幅，因為與恭謹靜穆的書寫態度相悖。這矛盾，我還未能克服。反而，趁目力未退化，寫一些極小幅，字小如黑豆。

幾年來不斷寫《心經》，使我悟到：重覆，不一定走向單調。重覆可導致純熟，純熟可導致自如，自如可導致忘我，忘我可導致本性重現。

何思摶　一九九九年六月，加拿大烈治文，美思廬。

賤格下流的黃金時代

　　昨天閱報，見到一個消息：一個中國大陸的代表團到台灣開學術會議，有成員叫薛翔的，是南京藝術學院考古學副教授，曾任電視台鑑定團的專家。

　　他在台北圓山飯店一樓的男廁所裡，見到鏡子旁邊有四幅古代名家扇面書畫，其中三幅他不說甚麼，但王寵寫的五言詩那一幅，他發現是真蹟，估計時值一萬美元，合台幣三十三萬元。他說可以用他的學術名聲、地位作賭注，保證是真蹟，並且暗諷台灣的行家不識貨。

　　圓山飯店，又大又高級，約十年前我也去過，是世界何氏宗親在那裡開全球懇親大會。一樓的男廁我沒有進去過，否則應有印象。王寵，江蘇吳江人，明代的大書畫家，我想，江蘇人對他會有更深瞭解，是理所當然的。我也相信是台灣的鑑賞家走漏眼。

　　今晨在圖書館偶見《世界日報》，說：這事引起台灣書畫界的注意，名書法家陳宏勉特地去看，說：「一看就是假的。」首先是規格不對，真蹟大過它三份之一到四份之一。廁所的是銅版紙印，質感差，真蹟的墨色有光澤，印章的厚度也有異（擬按：印色及厚薄常會露出馬腳）。圓山因為要留位給鏡子，裁去五言詩的首七行。其它三個扇面也同樣被裁短。

故宮博物院就此召開記者招待會，澄清王寵此真蹟仍在故宮博物院，是泥金紙本，以前曾公開展覽過。圓山的是二十多年前據此複製，出售，每幅台幣五十元，早已售馨。

　　薛翔居然有膽、有臉回應，是沒有承認錯誤的，回應：「如果不是真蹟，也是很精的複製品。」

　　【按：本來我打算寫如下一段作收筆：報上見到薛翔的照片，年紀不大，意外的，留了一頭比「及肩」還長的頭髮，像個其貌不揚的新潮音樂家，一點不像個考古家，更不像個書畫鑒定家。上周我認識了一個新朋友，江北人老鄧，他極力勸我剃光鬍鬚。我說：我是書法家，可是，面口生得嫩，十多年前就扮老了。中國書畫家、中醫、看相的、看風水的，靠經驗。你有病看中醫，一個七十二歲，一個二十七歲，你相信誰？老鄧一句大陸口吻：理解，是工作需要。】

　　但我忽然想到，此信可以有另一個「版本」的收筆，如下：

　　薛翔的不承認錯誤，「不承認得」很巧妙。但還不及一兩天前四川的教育部門的最高級官員說得「巧妙」：「地震倒下的校舍，沒有證據證明是因豆腐渣而倒下的。」

　　海外建築的，沒有一間倒，你建的，沒有幾間不倒，起碼是大量倒，那不是豆腐渣是甚麼？妙！你以為既然倒了，「天」幫你毀屍滅跡，再也無法檢驗是不是豆腐渣，就不是豆腐渣。

　　最賤格下流的中國人！污辱了「中國」，也污辱了「人」。

　　2009.5.8.

藝術家的願望——一封與文友討論藝術的信

　　五十年前書法習作，寫給同學留念的，美玉網上偶見，竟然有人拍賣。我說「竟然」，其意是「意外」。朋友們的反應不一。有說「恭喜」；有說「望拍出高價」；有說「字漂亮」；有說「可見你有名氣」。

　　你與眾不同：「天啊，那您这同学还在世吗？可能是后人做主想賺钱吧？否則，这同学……，」
　　看來你對拿出來拍賣的人不以為然。我對60年代初、五十年前的這件事，完全忘了。對此書作和上款的「志平學長」毫無印象，現依書作內容，他是我同學，是否他移民我寫贈？這幾天我苦苦思索，翻查一些舊物，相信是書法同學馮志平，雖說是同學，但上課不同時，見面機會極少。記得他是攝影家，老師有一本書的個人照，註明「生 馮志平敬攝」。他長我幾歲，半個世紀沒聯絡，生死未卜。
　　謝謝你，你讓我較全面的整理思緒。不指上述，指下述。
　　我覺得，藝術家創作，除了自娛，願望是「展示」。就視覺藝術家（書、畫、攝影、雕塑等）來說，達到一定程度就熱中展覽，再進一步，是「入」，作品獲美術館、藝術館、博物館「入藏」，永久珍藏，才能在百年後、千年後向人「展示」。

「入」之外，是「上」。能上拍賣行，有商業價值的同時，表示達到一定的藝術質量（或有歷史價值）。能「上」，也是一種「展示」，拍賣行印刷的目錄正是。藝術品，當然是真跡最可貴，但范寬、畢加索等大師的真跡，一般人難得見到，反而，起作用、具影響力的是複製品、印刷品。書聖王羲之的真跡，世間早已絕跡，但王的影響力極大，可以說，王以後有成就的書法家，百份之九十受到其影響。這是題外話。

「入美術館」勝在「永久留傳」，「展示」機會雖然有，但不多。「上拍賣行」是「廣為流傳」，成了商品，增加了「展示」。如果不是馮同學或其家人拿出來拍賣，我自己「嬰兒時期的照片」就沒有機會重見。感謝他們讓我有個美好的追憶。當今的拍賣還上網，其「展示」是全球性的。不誇張，如果我今天寫好一幅書法，送人、或賣出，明天就上了拍賣行，我更高興。

以上兩處，我認為是藝術品最好的歸宿。

至於涉及金錢，真正的藝術家孜孜為藝，能有溫飽也就可以。除非生活費無著，或創作、展示的成本缺乏，才關心到能否賣錢、賣多少錢。費盡心力的應是自己藝術品的質量、能否永存。別人給我永久的或暫時的「展示」機會，也應讓他們藉著我的藝術品賺錢，甚至大賺。

某年在中國大陸某城市個展，當地收藏家協會一位成員，看後提出要將全部 100 件展品收購，與我商議。要知道展品中最便宜的、只寫兩個甲骨字的一件斗方，也要人民幣 2000 元（名副其實一字千金？），一個手卷就不知多少倍

了，100件，確是一筆大數目。一般人買一幅兩幅，是自己收藏，或裝飾家居，或送人禮物。

　　100件拿來做甚麼？做生意。他見我名氣不大，定價不高，但潛力夠大吧，將來「炒」起來，大賺。可惜，價錢不合告吹。對他對我，都是可惜。

　　我感謝他的意圖。他企圖大賺是顯然的，我絕不介意，此舉促使我的作品「展示」「流傳」，推高我的名氣和作品的商業價值。

　　意外見到自己的少作「竟然」上了拍賣行，我「喜悲交集」。「喜」是自己的少作也達到「上」的高度，有更大的「展示」「流傳」。「悲」是為中國書法悲。我一向認為，當代書法是愧對古人、前人的。目前許多稱為「書法家」的，水準不及清末、民國時期的普通人。我這少作可以「上大檯面」，是個人之喜，是時代之悲。

　　2013.6.18 夜

「燒賣」・猜甲骨文

　　日前，列治文中國藝術聯誼會的聖誕聚餐，有兩事值得補記。

　　市文化中心負責人 Christine，是歐裔白人婦，當「燒賣」上桌，她輕聲說了標準的廣東音：「燒賣」，我坐她左鄰，聽得清楚。其實她是不會廣東話的。她不知道原意，我給她解釋：是「燒」和「賣」的意思。

　　幾年前我到南洋開會，與一位中文教師談到「燒賣」，她一直和我辯駁，她不懂廣東話，但堅持應寫「燒麥」（在國語，賣、麥同音），她說課本（大陸出版的）就是寫「燒麥」，不會錯。可笑！可憐！課本是誰編的？應打屁股五十大板，因為「誤人子弟」，再加五十大板，因為「誤入老師」。

　　聖誕聚餐，有抽獎，我帶了幾本書法集去。抽中的人很開心，紛紛邀我合影，要求簽名。我凡簽名都加上款，「某某同道雅正」。Christine 是行政人，我只寫她的名。因我的題款是草書，恐怕他們看不懂，於是一一解釋。後來 Christine 知道了「同道」的意思，說她也是藝術家，要我把「同道」加寫上去。

　　她不停翻閱，先看〈自序〉，對我的甲骨文很有興趣。我翻給她看與她有關的一個橫額：〈烈治文文化中心美術館

廿五周年紀念〉,她驚喜。我又選了一些字讓她猜,她猜中半數。猜不中的,我解釋。燕、夢、藝、鹿、虹、馬、魚、雨、星、美、花、火、十。

這書法集出版於二十多年前,現已絕版。美玉偶然上網,見美國有三家舊書店有賣,每本189-200美元,有我簽名的。奇怪,有我簽名的一定有上款,誰拿出來賣呢?真想郵購一本來看看,但太貴了,作罷。

學畫買畫賞畫記

　　我愛欣賞繪畫。不論中西，寫實抽象都愛。但我不會畫畫。上個世紀六十年代，我二十來歲，是個書法學生，當時有人勸我也學繪畫，說甚麼「書畫同源」，會書法用筆，學國畫容易。我聽了，也就跟隨一位老師學國畫。老師名「何之」，擅米家山水。學了兩三個月，就放棄了。老師說，他從廣西教畫教到香港，我是悟性最高的兩個學生之一，放棄可惜。但我學書法的時間排滿了，無暇兼顧。

　　學國畫一定要同時學書法，因為要題款。但學書法就不必學繪畫。二十一世紀初，我一次到美國三藩市開書法個展，遇到著名女書法家呂媞，她是林千石老師得意門生。她對我只學書法很是贊同。她對我說，她年青時，也有人勸她學畫，說：你只學書法不學畫，將來沒有飯吃的。她答：沒有飯吃不要緊，我吃麵包。

　　我不但愛欣賞畫，還對鑒賞很有興趣，但沒有經濟條件買畫，不能當鑒藏家。不過，回憶起來，我也買過三幅畫。上個世紀六十年代中，在香港，吳昌碩、齊白石的條幅是港幣1200元，扇面是400元，價錢長期固定不變，而當時是沒有他們的假畫的。可惜我買不起，只好買便宜的。當時程十髮在四十歲左右，據說已是上海畫院的院長了。他擅畫少數民族人物，我買過他兩幅。一幅是小中堂，150港元，畫

少數民族牧羊少女。程的畫不少，為甚麼我買這一幅呢？他的畫一向不題詩的，這幅不但題，還是他自己作的詩。開首是：「禿筆一枝紙半張，畫羊不似費思量⋯⋯」，另一幅是小幅，90港元，畫一個藏族女孩，頭上頂著一個玻璃缸，缸中有一條金魚。這幅我送了給朋友。

我買的第三幅，是豐子愷所謂「漫畫」的人物畫，有水漬的，很便宜，忘了多少錢了。一位懂書畫的好友看了說：假的。他說就在香港，已經有三家專做豐子愷假畫的（忽然想到，我寫過很多甲骨文對聯，那是不能假的，因為每一對的旁邊，我都寫了幾十字的小序，行草，是最顯性格最難假冒的書體）。一家在新界元朗，另兩家在某處、某處。我說，我覺得這畫畫得很好，以我的程度，我看不出是假的，我喜歡，又買得起，就算是假的，也無所謂。其實古來許多名畫，都是仿品，假冒，《清明上河圖》就是，王羲之《蘭亭序》及其他名帖，也都不是真蹟。只要藝術性高，假的同樣有其價值，包括歷史價值。

以上三幅畫，都是上個世紀六十年代在香港買的，至今五、六十年，我沒有再買過。

沒想到日前我買了第四幅。在參觀「泉城宋文玫書畫展」時買的，是她女兒邵靚附展的一幅古裝美少女。這畫，第一眼看到就吸引了我。後來我妻美玉說：你看這幅畫看了很久。

這畫，屬於所謂「仕女圖」，畫一個古裝美少女，畫題《淚花打夢》，詩意得很。相信源自湯顯祖《牡丹亭還魂記》中的一句：「淚花兒打迸著夢魂飄」。

細看，她身上似乎披了很薄的輕紗，若有若無，右手托腮，雙眼上望，若有所思，坐在竹樹旁，左腳斜伸向後。顏面、眉目，是用古人傳統的勾線，用筆極細極輕，又極流暢。古人的美人畫，就以明清兩代工仕女畫的名家說，沈周、仇英、唐寅、陳洪綬、崔子忠、焦秉貞、冷枚、任熊、任薰等等，以至近代的傅抱石、張大千等，一般只畫頭部，而頸肩、身軀、手臂、腿腳，都為衣裙遮蓋（張大千的時裝女子一般也只露出肩臂），但邵靚這畫若有若無的輕紗，若隱若現的身軀、臂腿，同樣用極細極輕又極流暢的線條勾出，這是古人仕女畫中未見的。明清所畫美人，多纖弱，且絕多為立姿，而坐姿已少，但此畫的坐姿，是現代人才有的、自然隨意的姿態。

畫中少女的臉型，是相同於傳統仕女畫的、中國人審美習慣認為最美的瓜子臉，櫻桃小口。傳統的眉目是幼眉幼眼，邵靚此作仍是幼眉，但畫眼就有突破，有現代感。雙眼向上望，不但大而明亮，最妙的是輕輕幾筆的眼睫毛，使雙眼更加明亮有神。眼睫毛是現代女性所重視的。我只見到過傅抱石偶有一幅畫了眼睫毛，張大千畫了不少現代婦女，甚至印度婦女，都沒有畫上。

我印象，明代仕女畫總風格是清雅，而清代是富麗。此作淡素、輕盈、清新、健康。全畫只用兩、三種顏色，人物及輕紗勾勒，用極淡極幼極活的墨線。頭髮用墨；用筆輕活的幾杆竹子，是墨竹。背景隨意點上淺淺的灰藍，幾個題款字，畫題及簽名，也是用淺淺的藍灰而不用墨，斜放在左下角，是為了不要奪主，這也是反傳統。

後來據說，這畫竟然是二、三十年前、她少年時期所畫的，大出我意外。她在電郵中說：「我在 16-18 歲時還在國內上高中，那時只迷戀畫國畫美女，經常夜深入靜時熬夜的畫，你買的那張畫就是那個時期畫的。」

　　少年就畫得這麼成熟，題款字同樣成熟，流暢悅目。幾方印章也是自刻，有方有不定形，有朱有白，有篆有隸，字形章法還有創新。她說當時沉迷畫這些畫，除了母親的薰陶，基本是自學的。

　　我想，這畫畫得像速寫般自然，用傳統筆墨，畫出的人物、眉目、神情、健康的體態，以至全畫的章法，都是現代的，古人所無的。她做到了古今結合無間。這應與作者的性別、年齡、心態有關。難得在「少女情懷總是詩」的期間，書畫筆墨就已成熟。詩人就常會有一種苦惱：青少年時感情純真，但詩技未成熟，不能存其真；等到詩技成熟，可惜感情也不夠純真了。

　　有一事令我更感驚奇。據她母親說，她看了我老妻在展覽場中被拍攝的照片，估計我妻年輕時一定很漂亮，而且，樣貌像這畫中的美少女。

　　相信她說的不是恭維話，因為她二十歲移居此地後，就專門畫碳筆人像，畫得極為逼真，並以此為職業，可知她善於「觀人於微」。也許她有一雙慧眼，法眼，一雙銳利到可以穿透時間的眼睛。

　　2023 年 2 月，加拿大烈治文。

三位領袖的墨寶《奮鬥》

　　與文友電郵閒談，談到我童年時看過的一齣粵語片《海角情鴛》，由美國趙姓華人辦的大觀製片廠，在和平不久的1947年，在美國拍攝。全片彩色，是第一部全片彩色的粵語電影，當年很是轟動。該片的主題歌叫《人生曲》，我印象深刻，至今還記得清楚，可以唱出：「人生何處不是家？任你去到天涯海角，楊梅到處一樣花。愁莫掛。往事如煙，請放下。前程錦繡，莫負大好年華。君須奮鬥，為國為家。」

　　歌的末句是：「君須奮鬥，為國為家。」那個時代愛說「奮鬥」，我見過三個不同時期的中國最高領袖：孫文、蔣中正、毛澤東寫《奮鬥》兩字的書法，我將這三件墨寶順便傳給文友欣賞。

　　文友回應說：「看墨寶，吾兄可有評論？」我說：那我就隨意說一說吧。

　　孫文、蔣中正、毛澤東三位都是寫《奮鬥》兩字，而且都是寫最能表現性格的行書，正好比較。孫、蔣兩位寫的是「行楷」，即帶端正的「楷書」形態的行書，毛的不受楷書所限，也不避左傾，斜左，要倒的樣子。

　　從筆墨來源看，我認為，孫文學（宋）蘇東坡；蔣中正學（唐）歐陽詢；毛澤東學他的同鄉（唐）懷素，又稍參（清）鄭板橋。三人學得名家技法，卻沒有掩蓋了自己的性

格。孫字隨和、渾厚，蔣字相反，嚴整、銳猛，毛字自由，我行我素。

細看，孫「鬥」字第一豎有力，又有彈性，接觸「王」字第三橫後即轉向左，如武術馬步，使全字不致向左倒。末筆的豎勾也妙，不但起筆高出，又與「王」離開，讓起筆的筆意可見，讓「鬥」字相似的兩邊有變化。勾夠飽滿，又與左豎相當而平衡。落款位置、款字大小，以及用印大小、位置，都很適當。此作「奮」字筆道粗過「鬥」字，但「鬥」字旁緊貼四個不幼的款字，可平衡之。

蔣此「奮鬥」兩字，十分勇猛，筆筆力勁，「奮」字的撇，像捺般勁，反常有新鮮感。當中四小橫甚均勻，其間「白處」及其下「四」字「白處」都均勻悅目。「鬥」字左豎及右豎勾，起筆筆意顯露，悅目。右豎勾起筆，與「王」首橫有銜接意，尤妙。此作多「飛白」，筆力筆氣顯露無遺。最後的豎勾，墨渴仍猛進，可見膽。

毛〈奮鬥〉二字，與蔣分處兩個極端，想他握筆不低，吊起來，用筆甚輕，從容自在，自我娛樂的樣子。「鬥」字的兩個「王」，若聚實散，如果獨立看，就看不出是「王」字，而整體看，有其妙處。但與左豎及右豎勾完全脫離，他夠膽。最後一筆不妥，相信他寫這一筆時心中有疑惑，從筆道的猶疑可見（這也使此勾痿弱得不成勾，實在是敗筆）。向左？向右？都不妥。向右嗎？當中的空間太大了，向左嗎？字要倒了。也沒辦法，因為寫了「奮」字之後，「鬥」字第一筆落筆太左了。他還算聰明，用寫得最熟、寫得最好的簽名，寫得斜一些，讓右邊的「奮鬥」兩字，與左邊的「毛

澤東」三字，成英文字母「V」狀，也算是平衡。其實寫得不好，他可以撕掉另外再寫的。但他自信心強，不再寫。

「奮鬥」兩字，我應該沒有寫過，不然，也可以「示眾」，自評，與最高領袖攀比。再想，其實是寫過的，但不能比，因為我寫的是甲骨文，那是在《國父遺囑》的一句裡：「及聯合世界上以平等待我之民族，共同奮鬥」。我就附在下面。「鬥」字很形象，像兩個人在打架，打到頭髮都亂了。甲骨出土甚晚，甲骨文書法歷史極短，只有幾十年，我無古人可學，憑己意寫出而已。我批評別人太多了，請大家批評我。

文友又覆郵，說對此很有興趣，於是我繼續談，我說：

上郵我說我寫的甲骨文，：『「鬥」字很形象，像兩個人在打架，打到頭髮都亂了。』一看就明白。前賢創字高明，不由你不佩服。「奮」字呢？可以見到有一隻小鳥，在田上奮力起飛的樣子，形象同樣十分明顯。至於字的外圍，為甚麼有一個「衣」字呢？文字學家至今還未作到合理解釋。

現在回看我們的「簡體字」了，寫作「奋斗」。小鳥奮飛的形象不見了，只見一幅「大田」。兩人相鬥這生動的形態不見了，變成「升斗」的「斗」，不但字形變醜，連聲調都被逼變得不同了。

我懷疑，我相信：那個決定、審批「奮鬥」的「鬥」字，法定改寫為「斗」的文字學家（？），一定有神經病。要十幾億人，連同子孫，跟他去「顛」（粵語）。

幾年前到韓國開國際學術會議，認識一位來參會的大陸年青學者。問其姓名，說姓「代」。此姓我未聽過。再細問籍貫、民族，原來本是姓「戴」，因簡化，改姓「代」。一

向只知道,姓「葉」的改姓「叶」,字形醜,而且字音變得不同。算不算「數典忘祖」呢?我說:算!

2023年2月,加拿大烈治文,美思廬。

絲巾的金文

「春午」之後，四人坐「不順風車」回陳華英的家，入內歇歇。見周孟川的絲質領巾有古文字，請她打開看看（見附件），我為她們解釋，是金文：「古代鼎文永寶用」，但字寫得不好，還有兩個字的字形不對。

金文，主要是指商周時鑄在銅器上的文字，銅器以鐘鼎為代表，所以舊稱「鐘鼎文」。沒有說「鼎文」的。現在所見的甲骨文，與金文在時間上有交疊。我雖專於研究甲骨文書法，對金文也應有相當的認識才可以。

巾上有「代」字。其實金文、甲骨文都未見「代」字，「代」字，在春秋時才出現，巾上的寫法，是依當時的寫法，因時代接近，還可以。巾上的「紋」字，金文、甲骨文沒有，這寫法時代更後，我認為不妥。

金文和甲骨文有「文」字，與現在我們寫的楷書形近。最早的字形，「文」字中央還寫有圖案（後來簡化，不寫），代表著一個人胸口上的「紋身」，所以「文」的原意是「紋」（身）。所以我認為，巾上的加了個「繞絲邊」是畫蛇添足。

「永寶用」一詞，在金文中層出不窮，都在全文最後，附件中我隨意影了十幾件，語句略有不同。我選其中一些作了釋文，你們看了，其餘的，我不去作釋文，你們也一定看得懂。這算是上了一堂「金文課」（一笑）。紅色的字（用

括號括住），是異常的，或當時的書法家的誤寫。

　　588 無疆克其子孫永寶用

　　589 天子顯命子子孫孫永寶用

　　591 酉其萬年子子孫孫永寶

　　594 其萬年子子孫孫永寶用

　　604 子子（孫）永寶（享）用

　　606 其萬年眉壽永寶用

　　607 眉壽子子孫孫永寶用（之）

　　592 萬年無疆永（壽）用（之）

　　609（孫子）其永寶

　　567（孫孫子子）永寶用

　　571 子子孫孫其（萬年之）

　　581 眉壽萬年永寶（用於宗室）

　　583 其（萬年用）

　　600（孫子子）永寶用

　　皿上的銅器叫「匜」，是洗手時澆水之器。

　　皿的左下角那小小的，像「鼎」但不是「鼎」，是「甗」。是一種炊具，分兩層，上層可蒸，下層可煮。

　　美術設計者缺乏銅器知識，既說「鼎文」，應當配一個「鼎」。為甚麼不先去請教文字學家呢？

2023.3.28.

「香港市場」的月曆

　　「置地廣場」見超市「香港市場」，勾起我一段回憶，是 30 多年前的事了：

　　1991 年春夏間，華東大水災，我除了撰寫了一對大篆聯《血濃於水；重如情義》（見附件），參加溫哥華藝術界的義賣，還在新建成不久的「香港仔中心」（後來擴建成新廈，即今之「時代坊」），設義寫檔口。可接寫任何書體、任何尺寸、任何文句，都隨意樂捐，「生意」不錯。

　　印象難忘的是一對父子，要我寫隸書「香港市場」四字，那分明是商號名稱，商業用途，這店就在「香港仔中心」內。可是該父親投進箱子的，竟然只是一張 5 元鈔票。那是當晚所有捐款者中，最少的，特別少的。後來我見到我寫的這四個字，用在這店每年印刷的月曆上。

2023.7.30.

趙蘭石書陸游詞

　　日前，在烈治文「加拿大殉道聖人天主堂」仲夏賣（舊）物會中，見一書法小中堂，行楷（近楷體之行書），錄放翁詞，用筆用詞都十分文雅，章法妥貼，當非時人作品。我第一眼見到就要買，先拿在手裡，是恐怕別人搶先。看定價，30元，我順口問，可以便宜些嗎？答：也要25元。我應：我買。

　　作者「蘭石」，細看印章，趙姓。趙蘭石，沒聽過。後來回家查出：廣東番禺籍，秀才，清末民初人，擅書畫，大陸的拍賣行有他的作品。他沒有很大的名氣，否則，這書法作品也不會流落到這慈善賣物會，不會流到我這幸運兒的手裡。

　　趙蘭石雖然名氣不大，但有學問，有著作出版，書法雅麗灑脫。照我現時所得有限的資料，當時上海的一些出版社，重印古籍，喜歡請他題簽，以至請他寫序文。例如：為《明聖經》寫序，為唐《篆文論語》、唐《孫真人備急千金翼方》、清《金聖歎批、王戀公註才子古文》題簽。

　　「聊社詩鐘」是粵派詩鐘，1928年成立於上海，他是成員，1932年，他編輯出版了《聊社詩鐘》一書。有資料顯示，他曾參加台灣大陸同鄉會在上海舉行的文藝聚會，這樣看來，他是長居上海的。他曾校正《白香詞譜》出版，可知他對宋詞有研究。《白香詞譜》是清代舒夢蘭所編，與蘅

塘退士所編的《唐詩三百首》一樣，影響極大。我童年時最早接觸到宋詞，就是家裡藏的《白香詞譜》。

我買到的這書法作品，寫的是陸游的詞《好事近·溢口放船歸》：「溢口放船歸，薄暮散花洲宿。兩岸白蘋紅蓼，映一蓑新綠。有沽酒處便為家，菱芡四時足。明日又乘風去，任江南江北。」。

這闋詞，與我們熟悉的、今年剛滿百歲的葉嘉瑩教授，在《迦陵說詞講稿》中說：「該詞具含了花間詞之深微幽隱富含言外意蘊的特色」。

這裡談談這作品的年款。「辛亥四月」，到底是哪一年呢？我常常勸告書畫家朋友，不要用干支紀年。我說：20世紀60年代，我當書法學生時，用傳統的干支紀年，見到「一九……年」，不喜歡。不久就覺悟到，用干支，人家不知道是哪一年，要計算。許多年後，更猜不到。如清代，有約300年，我們見「甲子」，也不知是哪一個「甲子」，清人要寫「第二個「甲子」之類，實在讓後人添麻煩，所以，我的書法早就改用公元紀年了。

這個「辛亥」，是「辛亥革命」的1911，還是六十年後的1971呢？我現在還不清楚趙蘭石的生卒年，只好推算。他是秀才，清代科舉終於1906年，假設他是1905年最後一科，當時二十歲，那麼辛亥年他是二十六歲。如果是下一個辛亥，1971年，他已八十六歲了。此作用筆，與上述各個題簽的嚴謹鋒利有別，雖然題簽寫的是楷書，此作是比較自然的行書，但還是顯出有點老態。我認為是他老年時所寫的。

由此可見，他得享高壽。

2023 年 9 月，加拿大烈治文。

談匾額

　　日前傳過給大家看，為小思老師（盧瑋鑾教授）寫的甲骨文齋額《睡貓居》。她愛搜集「睡貓」，記起我曾送給她兩隻「睡貓」碟。一隻是在日本店買的實用品（見附件）。另一隻我忘記了。美玉記得，是烈治文一個製陶家的創作品。

　　我為自己寫的，我大門上的《美思廬》（古隸）；客廳的《三虎居》（甲骨文），題款「主人主婦均肖虎，家貓亦虎子也」；書房的《環多角》（甲骨文），是「環保多元角」的簡稱，題款「不伐竹木，可謂環保；不除雜草，才是多元」。這三個甲骨字甚妙，正正是美術基本造型的：圓、方、角。三個匾額，都是木板刻字。附件我文〈虎字匾額〉有解釋其內容。

　　嶺南畫派第二代的代表之一楊善深老師為顧小坤老師寫的《楓葉山房》，是我往訪時拍攝的。兩位年前都已作古了。請看，「山」字寫在極高處，很搶眼，看來是受伊秉綬影響的。

　　伊秉綬，是清代書法大家。我們吃的所謂「伊麵」，我童年時稱「伊府麵」，就出自其伊府廚房。我這裡影了幾個隸書匾額給大家欣賞。他寫的隸書匾額，存世不少。目前拍賣成交價，甚高，都在人民幣2000萬以上。依我對其隸書的認識看，假的多，真的少。經常，國內外四、五個拍賣行，先後成交的「相同」的一個匾（同一內容，題款或有不同），

可以都是假的。但買家都當成真蹟，踴躍買。

　　有人說：「伊秉綬隸書題匾，五百年來第一人」。這話沒有錯。但說得太泛。「五百年」，是個熟語。人說于右任的草書，也是「五百年來第一人」，張大千的畫，也是「五百年來」。其實，伊秉綬的隸書題匾，如果是清代「三百年來第一人」（我同意），那麼不但「五百年來」，說「一千年來」也是合符事實的。

　　我佩服他，三十年前曾撰一隸書聯自勵：「青主寧醜拙；墨卿隱鋒芒」（見附件。伊秉綬，號墨卿）。

　　2023.12.10.

我與扇面

日前「加拿大華裔作家協會」開理事會，見到李敏儀兄，她告訴我，烈治文「大華堂」舉辦一個「溫哥華名家扇面展」，即將開幕。我見參展者名單，其中多位是我藝友：書法家劉渭賢、古中，篆刻家陳維廉，國畫家趙行芳、張恆，西畫家司徒勤參，雕塑家程樹人，於是決定去捧場，參加開幕禮。「大華堂」無活動久矣，它在市郊，蒙尤碧珊兄開車、接送我與美玉，我熟路，由我指路。

看了這個扇面展覽，讓我回憶起三件舊事，都是與扇面有關的。

細細思量，此生第一次買的繪畫，其實是一個扇面。那是上世紀六十年代，我二十來歲。為甚麼我選購這個扇面呢？因為它題材特別：除了花枝上有幾隻精緻的草蟲，空中有一對黑蜻蜓在交尾，頭尾相接成一個橢圓圈，用筆極為細緻。買了之後就收藏起來，沒有再看。

六十年後的現在，我從鐵箱底找出來，是用一個「上海文物商店」的大紙袋套住，商店地址是上海的廣東路。但這扇面我是在香港的書畫商店買的。現在細看，扇面裱綾成「斗方」，扇面左上角穿一細白線，通到背面，兩個線頭封以火漆印，印文是：「鑒定滬3」，以證明是真品。背面右上角有一小貼紙：「光緒　陳康侯畫　花卉40元」。

我立刻上網查得:「陳康侯(1866－1937),揚州人,晚清海上名家。工山水、人物、花鳥,筆致秀潔。尤擅畫草蟲,常捉小蟲置瓶中,觀其動態,並直接引入西洋畫透視關係,以形寫神,栩栩如生。……」,現在的拍賣行,經常拍賣他的作品。原來是名家。40元,也記不起是人民幣還是港幣,總之太便宜了。

第一件舊事,就是這扇面,是我此生首次買的畫。第二件舊事,是說我此生首次賣出的書法,也是扇面。

也是在上世紀六十年代,書法恩師謝熙先生,與我們作師生書法展,於香港大會堂展覽廳。那次,我展出兩個扇面,上下相疊用紙裱成一個立軸(窮學生,用不起綾來裱,用紙)。當年我沉迷舊詩詞,硬性規定自己,每天要背熟一首。所以扇面寫的就是我很愛的兩首舊詩詞。

裱在上面的一個扇面,寫唐代張泌的詞〈蝴蝶兒〉:「蝴蝶兒,晚春時。阿嬌初著淡黃衣,倚窗學畫伊。還似花間見,雙雙對對飛。無端和淚濕胭脂,惹教雙翅垂。」這詞柔情,細膩,我寫行草書。下面的一個扇面,寫的是唐代王昌齡《從軍行之四》:「青海長雲暗雪山,孤城遙望玉門關。黃沙百戰穿金甲,不破樓蘭終不還。」這詩雄壯,豪氣,我用隸書。當年自覺還寫得不錯。

我只參加了書法展的開幕禮。因為要上班,那天下班後趕到展場看看。謝熙老師對我說:剛才有一位參觀者看中我的扇面,要買。謝老師為我拿主意,賣了給他,五十元。當時我想:我自己滿意這扇面,五十元賣了,可惜。接著又想:吳昌碩、齊白石的扇面,是四百元,相差太遠,但我只

是一個書法青年學生,與大師同樣相差太遠,絕對不能比。更不必說我的是字,不是畫。

　　我現在又想到,我曾同樣在這展覽廳,見到過譽為「五百年草書第一人」的于右任的草書條幅,佩服、喜歡,想買,但猶豫。回到家裡再想,決定明天去買它。次日到達時不見了,被人買走了!那條幅也只是一百二十元。一般說,扇面的價錢是條幅的三份之一(吳昌碩、齊白石的畫,條幅,是一千二百元),我的扇面五十元,不是比于老的更貴嗎?

　　第三件舊事,是我在上世紀八十年代初,到書店買了幾十個空白扇面,請我認識的老師、文友、藝友,寫字或作畫,留個紀念。其中,著名的有:書法家:謝熙(恩師)、區襄甫、吳羊璧(雙翼)、區賢威。畫家:陳迹、歐陽乃霑、林信。篆刻家:卓琳清。作家:梁羽生、吳其敏(恩師)、舒巷城、金依、凌亦清、李鵬翥(澳門)、韋暈(區文莊,馬來西亞)、石君(新加坡)。民間文學學者:譚達先(老師)。歌唱家:周文珊。旅行家:郭嵩。等等。現在,這些師友,正是「知交大半零落」了。好在,面對其扇面,就如見其面。

2024年1月9日,加拿大烈治文。

志蓮淨苑來溫籌款

閱早報影視版，見李琳琳、姜大衛消息。最近，李主演的《從今以後》，在柏林獲獎；姜剛獲金像獎最佳男配角。幾十年前，他已是「影帝」了。

記起多年前他倆未回流，在溫哥華，我看過姜演舞台劇，扮司機，神似。後來有機會見到，我讚他，他靦腆，謙虛回答。

那一年，香港志蓮淨苑為建造世界最大仿唐木構佛寺建築群，來溫籌款。岳華請我捐出書法拍賣，我寫了三幅甲骨文小字《心經》，裝裱好送出。

當日在「香港仔中心」（「時代坊」前身）拍賣。從中國大陸送來的一大批書畫，岳華是主持人，所謂「拍賣官」，出盡口才，雖然便宜，但一張也拍不出去。他當場生氣，出言難聽。誰都知道，岳華此人很有修養，從來不發脾氣的。我為他保不住「晚節」難過。

最後輪到我的三幅，每幅底價 1000 加元，熱烈，最後都以起拍價的兩三倍拍出。李琳琳拍得一幅，要合照留念。她叫：「阿 John 呢？」姜大衛走開，叫人找他來，才一起合影。附件相片四人，第四人是這次籌款的統籌，據說是嘉禾電影公司的老闆娘。記得「大公仔」關菊英、黃淑儀也在拍賣場，關有參加，黃沒有。

其它兩幅的拍得者，據說一位是霍英東的外甥女派來的代表。第三位雖曾合影留念，但就不知何許人了。

事後，老闆娘要買，請我再寫一幅給她。黃淑儀知道，也請我寫一幅。但她說：「如果貴，我就買不起了。」她與我可算熟朋友，她在加拿大中文電台主持節目，請過我幾次到電台作嘉賓，講書法。我也知她節儉，就說：「就給你半價好了。」

好心得好報。幾年後，「何氏宗親會」成立周年晚宴，我捐出一幅甲骨文小品，作為抽獎獎品。寫〈愛心〉兩個字。幾百人裡，竟然是給李琳琳抽到。

我回香港，老板娘特意接待我去志蓮淨苑，戴了頭盔，參觀建築中的佛寺。又指給我看，一位工作中的義工，就是譚詠麟的太太。

拍賣同日，志蓮淨苑另一籌款項目，是與觀音合影。由名模琦琦（任達華之妻）扮觀音（長時間全身、表情都不能動，模特兒才能做到）。慶功晚宴，她再扮一次，我們工作人員，一一免費與觀音合照。

上文我提到的演藝界中人：岳華、李琳琳、姜大衛、關菊英、黃淑儀，五位，後來都回流香港，重做本行。好在，全都獲香港人喜歡，沒有一個不成功的。身為「溫哥華前街坊」的我們，感到安慰。

2024.4.19.

梁羽生的新詩和扇面

　　記得多年前收到香港快郵寄到的新書《統覽孤懷：梁羽生詩詞、對聯選輯》，「天地圖書」出版。真巧了！作者梁羽生、編者楊健思、題簽者饒宗頤、作序文者鄺健行、羅孚，五人我全認識，是我的良師益友。

　　誰都知道梁羽生是現代武俠小說大家、鼻祖。一九五四年一月十七日，在澳門「新花園」有一場轟動的比武，太極派掌門人吳公儀對白鶴派掌門人陳克夫。當時我是澳門一個中學生，記得陳鼻傷出血；這場簽了生死狀的比武突然喝停，結果判為：「不勝，不敗，不和」，不了了之。

　　三天後，香港《新晚報》刊出第一篇新派武俠小說《龍虎鬥京華》，作者梁羽生；是總編輯羅孚倡議他寫的。就這樣一直寫了三十年，寫成武俠小說《白髮魔女傳》《七劍下天山》等三十五部，共一千多萬字。

　　梁公的古典詩詞、對聯造詣極深，在他的小說中常見，《統覽孤懷》書中，除了〈少年詞草〉及〈劍外集〉兩輯外，都是小說裡的詩詞和對聯。

　　令人意外高興的是，編者還編入梁公的現代詩歌，共十首，說「因能反映梁公創作生涯的其中一種面貌」。下面我錄《七劍下天山》中一首〈牧羊女阿蓋的傾訴〉，可見梁公詩，古今皆擅。

一切繁華在我是曇花過眼，
眾生色相到明朝又是虛無，
我只見夜空中的明星一點，
永恆不滅直到石爛海枯。

那不滅的星星是他漆黑的明眸，
將指示我去膜拜，叫我去祈求，
這十多年來的癡情眷戀，
願化作他心坎中的脈脈長流。

歡樂的時間過得短促而明亮，
像黑夜的天空驀地電光一閃，
雖然旋即又消於漠漠長空，
已照出快樂悲哀交織的愛念。

我與梁公不能算熟，只見過幾次面，記得有一次，他得意的對我說：就在今天，同一天內，全球有三十多份報章，同時刊登他的小說。又有一次，是 1985 年 10 月，在香港大嶼山的文學交流營。他要「考」我對對聯，說：「韓牧，金庸，對甚麼？」我想了一陣，說：「我對不出。」他說：「石慧嘛！」

我愛書畫，記得我上世紀八十年代初，到書店買了幾十個空白扇面，請我認識的老師、文友、藝友，寫字或作畫，留個紀念。我也請梁公寫，不久，他就託人送來了，寫的是草書：

陶潛詩喜說荊軻，想見停雲發浩歌。
吟到恩仇心事湧，江湖俠骨恐無多。

　　錄定庵詩以博
牧兄一粲　壬戌潤四月　羽生

　　這個扇面，幾十年來，我當為「家寶」，一直保存在一個大鐵箱裡，縱使家中失火，也不會被燒燬的。

2024年5月，加拿大，烈治文。

第五輯　社會生活

台灣太太說：她自己也有原住民的血統。她立刻捲起衫袖，給我看上下臂接連的手肘的內側，在下臂，離肘約一寸半之處，很明顯有一條長長的橫紋；左右手皆然。我的沒有。她說，這是原住民的血統的標誌，一般人不會知道的；她的哥哥是人體檢驗、鑑定的專家，才知道。

我記起來，但沒有機會說：真正的廣東人手腳上有兩個特徵，屢試不爽，我們就有。無名指上兩節，向外彎，離開中指。腳小趾是「重甲」的，不是平滑的一隻趾甲的。

──〈與土著混血〉

風光背後的陰暗

諸位益友：

　　本來今天準備談的是家父家母，但昨晚偶然在文稿堆中看到一個畫展的請柬，就從這個請柬，談這個畫家吧。

　　「謹定於 2007 年 10 月 20 日（星期六）下午 2 時，在溫哥華卑詩大學亞洲中心展覽廳　舉行　雪韻風情：黎沃文眼中的加拿大畫展　開幕儀式　恭請光臨」

　　就是今天，就是現在，現在是下午 3 時零 3 分，那邊一定很熱鬧了。很隆重，很光彩，因為這是一個偉大的巡迴畫展的「總結展覽」。

　　加拿大華裔藝術家從來沒有過的榮譽、榮耀。照請柬中的註明，主辦者是「溫哥華西門菲莎大學林思齊國際交流中心」，協辦的更厲害：加拿大駐中國大使館、駐上海、廣州、香港總領事館。共同協辦：文化更新研究中心、大溫哥華中華文化中心。

　　從 2006 年 10 月 2007 年 8 月，在中國，北京中國美術館、上海美術館、廣州藝術博物館、廣東嶺南會展覽廳、東莞博物館、香港大學美術博物館、江門美術館，加拿大卡加利中華文化中心展覽廳、多倫多中華文化中心美術館，展出。

　　上面一些一級的美術博物館，溫哥華的藝術家，黎沃文的一些藝友們，不要說「個展」，就是「聯展」，展出自己

的一張畫,恐怕也沒機會。為甚麼他有此殊榮?是他的藝術造詣比同伴高嗎?我的益友,一般是作家,不是藝術家的,不知道。我要解釋,你們也難明白。學者教授,不是藝術界的,不知道,社會大眾,不知道。但是,畫家都知道。

不談藝術了,談個人道德,容易明白。我今天先談他兩件事,都是我親歷的,親見的。很巧,都與溫哥華中國領事館有點關連。要聽嗎?第一件,很多畫家知道,第二件,少數畫家知道。發生在十年前,新移民畫家,不知道。

一、重嫌毀滅中領館的電傳

本地著名女畫家張秋俠,也是「青雲藝術中心」畫廊的主人,那年回台灣,遊美國後回到溫哥華,急急的給我們電話,說一個驚人消息:北京主辦一個全世界華人的書畫展覽、比賽,美國的書畫界,誰都知道,還有十幾天就要截止報名,為甚麼只有溫哥華不知道?我們幾個,馬上一一個別通知同行。我們,有的是「溫哥華華人藝術家協會」的理事,有的是創會會員,比較熱心。張秋俠從美國的同行得知,是當地的中領館傳達的,就去問溫哥華中領館,回答說:幾個月前已經通知了。用甚麼通知?用傳真。傳到哪?你們「藝協」。

「藝協」沒會址,一直以來借用黎沃文的「雲城畫廊」的地址、電話、傳真機。黎也長期當會長。他當然說沒收過啦。有人當時就查看黎自己寫的簡歷,發覺某年某月,他參加過北京一個公開展覽,又得了獎。為甚麼我們大家都不知

第五輯 社會生活 233

道?大家認為,如果將傳真公佈,大家自由參加,黎沃文就會落選了。畫得比他好的人是不少的。

那次時間緊迫,又要準備作品,又要買匯票(參加費),很少同行能夠參加。

二、毀滅同行的畫冊

本地國畫家李澤文中西畫兼擅,曾在英國學油畫。出版了畫冊,要送一本給西門菲莎大學的王健教授,因為王健曾說喜歡他的畫,李答應過,出了畫冊就送去。李,偶遇黎沃文,黎主動說,不必麻煩寄了,他常常見到王,過兩天就見了,可以代送。

一周以後,李在唐人街見到黎,問起,原來還未送去,黎說畫冊丟失了。李說不要緊,車上有,於是再給黎一本。李太天真了!

兩三個月後,李澤文的一個學生,是位台灣商人,還是甚麼商會的會長,到李澤文家上課,說,前兩天在中國領事館有一個聚會,見到王健,說起老師的畫冊,請人代轉送,但王健說沒有收到。奇怪!李澤文是個隨意又有點怕事的人,此事不了了之。

大家覺得,黎如果將畫冊代送去,後來到西門菲莎大學教畫的,可能不是他,而是李澤文。

傷害同行,踩人而上位的畫家,我不跟他握手、講話,更不看他的展覽。

曹小莉鼓勵我多寫身邊熟悉的人物,今天就寫一個文質

彬彬的君子,偽的。

韓牧　2007.10.20.

與土著混血

　　昨天訪問了兩個「第一民族」（印第安人）保留區，樣樣新鮮，要記的很多，還醞釀了一組短詩。慢慢寫吧。先寫「混血」的事。

　　今早八點走進晨運場地，一位天天見面但未通姓名的台灣太太，立刻問我：「昨天的旅行怎樣？」「很新鮮，一言難盡。原來很多原住民有華人血統；約有三份之一的人有。」我說，大概因為那時的華工窮，白人女子不肯嫁，印地安人才肯嫁。

　　台灣太太說：早期的台灣也近似，不少人與原住民通婚。我說：因為窮囉。她說：那倒不是，是因為沒有女子。那時沒有客船，從福建渡海去台灣，都是自己開帆船去的。

　　她接著說，她自己也有原住民的血統。她立刻捲起衫袖，給我看上下臂接連的手肘的內側，在下臂，離肘約一寸半之處，很明顯有一條長長的橫紋；左右手皆然。我的沒有。她說，這是原住民的血統的標誌，一般人不會知道的；她的哥哥是人體檢驗、鑑定的專家，才知道。

　　她皮膚白，又長得高大，誰都不會想到的。台灣人就有這種坦率。其實我和她見面才幾個月，交談不到十句話。

　　我記起來，但沒有機會說：真正的廣東人手腳上有兩個特徵，屢試不爽，我們就有。無名指上兩節，向外彎，離開

中指。腳小趾是「重甲」的,不是平滑的一隻趾甲的。

　　我說:我沒對人說,我可能有黑人的血統,不是非洲,是南洋,婆羅洲之類的小黑人。並且說了家鄉廣東順德的一些有黑人血統的族人。她居然肯定的說:「你一定有,你一定有!」是由於我的面貌、外型的特徵嗎?

　　「一九七八年春,在企嶺南腰尋覓祖墳;記於一傘山松之下」的長詩《崑崙》,有幾行說:「矮個子　黑皮膚　圓頭　闊面　厚厚的翹唇」。我詩的最後幾行如下:

　　　如果有誰炫耀純淨高貴的世系
　　　炫耀一本珍藏的族譜
　　　在破落的祠堂
　　　這五尺的黃黑就忽然站起
　　　像一尊驕傲的石碑　說
　　　「海內崑崙　海外崑崙」

2008.10.3.

寫所謂「絕密」的真因

我說：「我一定要盡吐我心中所想」。大家應該記得，最厲害的「上吐下瀉」，在前年秋天，一連二十幾篇的所謂「絕密檔案」，臭氣薰天、地。挖自己也挖人，「因而」，我最要好的文友L女士與我絕了交。其實，在這「吐瀉」之前，她就無緣無故的不要我這個朋友了。

美玉曾說：你這樣傾吐，連最好的朋友也成了仇人。你不怕好朋友一個個離你而去嗎？我說不怕。我說：有一位同情L的新任理事當眾說：「你這樣寫，以後還有人敢和你說話嗎！」我答：「我寫的每句話都據實，如果有人說了話準備不認帳的，在我面前不要說話好了，其人也不配做韓牧的朋友。」我心裡說：「做韓牧的敵人，也不配。」

當時我就事先在電郵中說明：誰不喜歡看我的電郵的，來郵，我就不傳給他。結果沒有一個人說不看。有人說我挑撥離間，打擊別人。我要她們提證據。我說過的數以千句計的話，白紙黑字俱在，有誰能找得出一句、不實的謊言、謠言嗎？沒人回應。

我請美玉放心，L的個案特殊，甚或涉及政治。現在她早已退會，連「作協」的會員也不做，屢勸都婉謝。外間傳：是大陸幫與香港幫爭權，分裂。理事會不承認。現在事過情遷了，以我的理解，其實就是如此。

香港移民組織的團體，同鄉會、同宗會、同學會等等，以及作家、藝術家的，不好鬥爭，不搞分裂的。反觀近兩年，由大陸新移民組織的幾個重要團體，都搞分裂。像「溫哥華老年人協會」就分裂成兩個。我們去年的新書發佈會上朗誦表演的演員之一，是舊會的會長，被新會告他貪污斂財，現已回流北京。「中國大專院校校友會」「旅加北京聯誼會」等，都內爭鬧分裂到出面。有人笑曰：這是革命輸出。

　　「加華作協」如何？L女士，原是我最好、最尊重的文友。最，不必「之一」。這些年，我努力慫恿她、推她當會長。結果，當了會長，她為了要引入大量的大陸新移民進理事會，用口才、用法子，成功將創會會長P擺了上神檯，清除出理事會，剝奪其參選權及投票權。成功了，又用原法加上說壞話，把創會副會長F同樣擺上神檯。P和F是來加幾十年的敦厚樸實的舊移民，沒看出事態的內情。好像樂於接受。

　　這些舉措都得到理事會通過，我也無力挽狂瀾於既倒。但我到底不及上海人的精明蠱惑，也沒有想到，精明蠱惑之外，還有毒辣。我怎麼會想到，正副創會會長之後，還有第三個，竟然是我！我也精明蠱惑，不清除我不成。

　　就在我發第一篇《絕密》的前一天，「作協」在時代坊的「雲祥茶莊」開理事會，會上，她提出：有的理事年紀大了，也沒有甚麼事好做，自己也應該退下了。下次改選，應有百份之三十的舊理事換出。

　　我白鬚白髮，除了她，年紀是我最大，大家偷看我的表情。當時陳浩泉、陶永強大概見我難堪，說了兩句好像打完場的話。

不是會員的意思，不是合法的，就罷免我？剝奪我的競選權？這是中國式的非民主「協商」，我當然生氣，但我一言不發。

回到家裡，氣難下。我正學懂、熟練的使用電腦了。就馬上寫電郵給理事會同人，稱為「絕密」。用電郵為武器，奮力抵抗。因為她沒有直接的提到「韓牧」一名，我也不直接說她要排擠任何人，只是把她和我十八年來的交往、友好，盡量詳細的回憶、記錄，以尋求我不明白的：為甚麼她在前一陣的時候，突然的不要我這個朋友。她專權、要齊退而她獨進、垂簾、簾後操控、一人推翻理事會已定案的議決等事，我用曲筆、影射。

一路挖下去，就挖到了人性的底層，陰濕骯髒的角落，誰都不願意不看我的電郵。可以想像她的難堪。有兩位理事同情她，但我所說的是鐵一般的事實，無人可以反駁。最後，我知道她受傷、受不了，為了人道主義，我從聽朋友的意見，停寫。後來，她要退會了。

梁麗芳等人是天真的，她們希望好像黑社會的解決方式，擺「和頭酒」，兩人握一握手。其實，她要清除我，我頑抗，這是不可解決的矛盾。她們請我兩人都尊重的瘂弦作為和事老，我同意，在理事會的一次開會時，我說：三個人吃一頓飯嗎？有甚麼不可以呢？我贊成。

當時我就料到：L是不會來的。因為此事擺明是她要清除香港背景的會長、副會長、理事，被瘂弦知道，已經感到羞恥，怎可能再坐下來握手呢？談甚麼呢？當然是我兩人之間的矛盾，我不斷發電郵「打擊」她。但為甚麼我要「打擊」

她呢？原因不能說，一說，（她）就太難為情了。不找瘂弦，還可以少一個人知道。

　　不出我所料，瘂弦答應後，打電話約她，她不同意。此事就此不了了之。

　　此事，此次，是我把十八年來的交往，點點滴滴詳述。還有許多、更深入的、更陰濕骯髒的我還未說，她已經受不了。挖她同時就是挖自己，我要證明、也因此而證明了：沒有做過虧心事（的我），光明磊落，不怕被人挖到最底層。沒人挖我，我自己挖給大家看，以證明我的坦誠。

　　2009.2.18.夜。

鄉村博物館渡國慶

　　「七一」加拿大日當天,我與美玉、婉慈,坐上三哥三嫂的車子,到本那比市,一起參加在 Burnaby Village Museum 舉辦的慶祝國慶活動。

　　這個博物館在湖畔,佔地很大,散置著舊建築物約二十座:蒸氣車站、教堂、民居、學校、電影院、各種商店,包括中藥店,整體顯示出二十世紀二十年代的器物和本那比居民的家庭、社會生活。講解的人全部穿上當年的服裝,甚至電了當時的髮型。

　　這個博物館我和美玉沒有去過,連聽也沒聽過,據說平時要收入場費的,但當天免費,人山人海,同時擠上了近千人。

　　當日節目有小型的巡遊、老爺車展(1928 年的)、管樂隊、雜技、戲劇、劍術示範、兒童遊戲、畫臉、當場做生日大蛋糕及分發同吃等等。

　　比較特別、值得一記的:當年的唱機所用的「唱片」不像現在圓而薄的碟形,而是圓筒形。灶頭的餘熱,用來做熱水。乾衣機,用手搖滾筒乾衣,如搾甘蔗汁焉。木板廁所是並排雙座位的。見到一個商店的「磅秤」,頂上後側有一面鏡子,原來是讓顧客監視,以妨店員用手作弊的。

　　有一種兒童賽車遊戲,從斜路滑下,沒有機動,沒有 Brake。好像已失傳了,兩周後,有示範表演。

並排兩個放映機，一個放映的是二十年代拍攝的不斷行進的活動的街景，馬路上行人冷落，有馬車，有狗；另一個放映的是最近拍攝的，用同樣的行進速度，走同一條路線，當然是汽車、高樓和熙攘的行人了。同時比較，很有趣味。

　　最感到新鮮、意外的，是真人扮銅像，頭髮、肌膚、衣服鞋襪，全都漆上古銅的顏色，加上扮演者的表情、動作，最初把我們都騙了。一個是本那比市以他為名的 Robert Burnaby，他原是一個政府工程領導人的私人秘書；另一個是 Won Alexander Cumyow，是個中國人，他是用西人的姓嗎？

　　這個「銅像」開口用台山話介紹自己，他出生於 1861 年，是出生於加拿大的第一個中國人。

　　後來知道，他名「溫金有」，原籍客家人，大學讀法律的，但當時華人沒有公民權，不能當律師，於是做法庭傳譯員，是加拿大首位擔任政府公職的華人。他能操多種中國方言，以至原住民語。孫中山幾次來溫為革命籌款，溫金有都盡力達成。

　　美玉說：當天見到很多嬰兒、兒童（大部份是白人，也有華人、菲律賓人、印度人、中東人、黑人），每一個都很美麗、可愛，看了感到愉快。我也有強烈的同感。

　　她說，這裡的父母尤其是白人，對兒女，是不省錢的，因此都身體健康，打扮光鮮。我想，還有，當天陽光燦爛，天氣清涼舒服，嬰兒、兒童在野地上自由活潑的遊玩，還加上是國慶，我們大人，玩免費的遊戲，也玩得開心。因此，覺得這些「國家未來主人翁」，每一個都很可愛。

　　當天，我與美玉，拉住一男一女兩個皇家騎警，由三哥

持機,四人合照,側光下,男警威武,女警如劉嘉玲白人版,紅衣黑褲、棕色馬靴童軍帽。四人都笑得很自然,這一張,是我們近年最滿意的照片。

2009.7.10.

從姓名歧視說起

月前，卑詩大學經濟學教授 Philip Oreopoulos 公佈了一項研究結果，他在去年精心設計了六千份簡歷，向大多倫多地區二十個職業類別中的二千個中小企業招聘職位應徵，每一份都寫明申請人有學士學位，又有六年的工作經驗。

結果發現，使用 Jill Wilson, John Martin 等英文姓名的人，比使用 Sana Khan, Lei Li 等外國姓名的人，獲得面試的機會，要高出百份之四十。

而用混合型的姓名，如 Vivian Zhang，面試機會則較使用純外國姓名的，要高出百份之二十。這些歧視，就像在美國白人和黑人姓名間存在的歧視一樣。

Oreopoulos 教授認為，加拿大雇主這種有意或無意的對姓名的歧視，已違反了《Human Rights Act》，人權法案。

姓，是家族的名字，不會更改的，最多是在寫成英文時，寫成同音或近音的英裔的姓，如 Mann 之類。而名字，就有不同的處理。日本人一般堅持不用外國名，只用日文拼音，雖然使人覺得又長又難記。韓國人也一樣，雖然使人覺得難讀。中、港、台的人，大都另取一個英文名。

這裡有一個最出名的老邁的中國書畫家，有一個常用的英文名，想是方便對西方人的時候用的。我有一個華裔移民朋友對我說，她的兒子，中學生，絕不向別人透露自己的中

文名,好像有一個中文名是一件羞恥的事。

　　文友梁麗芳,長期在大學教中國文學,用的是 Lai fong Leung,二十年來,我(們)一直以為她沒有英文名的,近年,她的一個同學向我「告密」,原來她學生時代叫「Randy」的。我想,她既然教中文,不用英文名是聰明之舉。饒宗頤教授也是據中名拼音,沒有英文名的。

　　我也一樣?誰都以為我沒有英文名,其實在年青時我也曾為自己取了個英文名,我不是沿用現成的,我自創。但只在我的三個表弟妹(舅父母的兒女)之間用了一個極短的時日。二十年前來溫之初,又另取了一個英文名,也是自創的。因為幫人打理一間畫廊,還把該英文名印在名片上。

　　不久,決定以中國書法家為職業了,就打落冷宮,甚而毀屍滅跡,有點像我那朋友的兒子,他以有中文名為恥,我以有英文名為恥、的樣子。當時,我申請「港澳同胞回鄉證」,向「廣東省公安廳」申報的職業,就是「書法家」,寫在回鄉證上。至今,我的英文名,就一直用 Ho See-fai,以示中國特色。

　　二十年前到了這裡不久就發現,很多華裔舊移民,喜歡將自己原來的名字簡化,省去第一個字,作為自己正式的名字。老書法家謝琰,原名謝瑞琰;老攝影家何桐,原名何樹桐;老同學徐偉,原名徐頌偉,不知何故,我也沒有問他們,是為了讓西人容易叫、容易記吧。

2009.7.12.

兩三個怪名字

　　剛寫了〈從姓名歧視說起〉，記起一周前出唐人街，應邀到中華文化中心文物館，參加一個書法展的開幕禮。是北京來的書法家「怪夫子」的「甲骨文書法展」。

　　書法家姓宋，但他的名片只寫「怪夫子」，外文名也只寫「Guai Fuzi」。全部的展品的下款署名，也都只是「怪夫子」，不署其它；可知他只喜歡用這來自稱了。

　　只用別號本也不必奇怪，怪就怪在他的別號。「夫子」，除了《論語》中專指孔子，是妻子尊稱丈夫、學生尊稱老師、人們尊稱年紀大有學問的人，全是尊稱，沒有自己尊稱自己的。

　　「夫子」之前冠以「怪」字，人們就想知道如何怪了。據展覽場刊中，王涵的序文《解讀怪夫子》說：「怪夫子，『怪』在他既是甲骨文學者，又是物種專家。」其實，這又何『怪』之有呢？我常常覺得，作者自取的「筆名」、「藝名」、「別號」，也是作者的作品，可以分為「大方」和「小家」兩種的。

　　這個展覽會，是所謂「世界藝術家聯合會」和北京幾個企業共同主辦的。這個會和這些企業的領導人，看來是個「女強人」，也來主持開幕剪綵。

　　會場入口有兩張長、闊達幾尺的大海報，分別印上「怪

夫子」和「女強人」彩色的「大頭像」，兩個頭，都大到兩、三尺，大影星、大歌星都比不上。

　　從該海報上的介紹得知，「女強人」英文名「Celia Zhang」，也算正常，可是中文名竟然是「西利亞・張」。一位本地的老書法家對我說：「她是純華裔，為甚麼不是叫『張XX』？她的父親沒有給她取中文名嗎！」我答：「是在扮鬼婆騙中國佬嗎？」

　　從名片得知，「怪夫子」是「世界藝術家聯合會」的「執行主席」，「西利亞・張」應是更高的領導。這個會，有北京、卑詩省維多利亞市兩個地址。妙在其會徽當中，是「五星旗」加「楓葉旗」。中國加上加拿大，就算是「世界」？

　　2009.7.12.

2010年溫哥華「冬奧」火炬手

　　溫哥華「冬奧」將於2010年2月12日開幕，昨天是2009年2月12日，渥太華、溫哥華、威士那、烈治文等有關城市，進行了熱烈的倒數儀式。

　　烈治文的「奧林匹克速度滑冰場」（Richmond Olympic Oval）去年底建成開幕時，隆重之外，滑冰表演之外，有很多全國一流的歌舞、雜技等表演，歡迎任何人免費進場，可惜當時有雪，我們沒有去。那一段期間，滑冰免費。

　　這速滑場的建造，耗資一億多元，但政府把它附近的一些地皮賣出，也就得了一億多元。近年，我省松林甲蟲為害；環保，這建築物用的木料，就用上甲蟲蛀食過的原木。

　　我們開車經過它的門外無數次了，最近才進去參觀，當然是美麗而現代化的。室內有一個漂亮的雕塑，是速滑手的造像，用現成的金屬機器零件廢料併成的，動感、現代感、又是環保。見告示：中國新年，滑冰免費兩天。

　　從這速滑場，到整個溫哥華「冬奧」，讓人們感到的是：這是全國民眾一起參與的盛事，最明顯的是火炬的傳遞。

　　聖火將於今年10月30日，在省府維多利亞開始，途經全國1020個社區，總長4萬5000公里，是奧運史上最長的境內聖火傳遞路程。一連106天，於開幕當天抵達溫哥華GM Place體育館，點燃聖火台。

火炬傳遞命名為 A Path of Northern Lights，普遍經過全國的城鎮社區，包括極北，也就是全世界最接近北極的永久社區 Alert，及北美的最東端、紐芬蘭省的 St. John's 的長矛岬 Cape Spear。加拿大全國人口的百份之九十，即 2900 萬人，都住在離聖火傳遞路線一小時車程內，就是說，住得最遠的人，最多開車一小時，就到達聖火所經之處。途中，有慶祝點二百多個，當地民眾將向世人展現其風土人情與多元文化特色。

　　聖火傳遞的交通工具，有飛機、渡輪、汽車、雪撬，空中佔一萬八千公里、水路一千公里、陸路二萬六千公里。

　　共需火炬手一萬二千人，我省佔 6850 人，從少年到老年，歡迎任何人申請參加。必需年滿十三歲，接力手要求手持火炬，或跑或走，完成大約三百公尺的行程，往返在指定的火炬接力集合點。

　　這真是一個全民的歷史盛事，看到招募火炬手的條件這麼寬鬆，我躍躍欲試，但一想到我的肩傷未癒，算了。

　　2009.2.13. 夜。

　　附記：我們新建準備明年「冬奧」用的「烈治文速度滑冰場館」，月前榮獲體育館建築金獎。是由國際建築權威機構「結構工程師學會」頒發的。主辦者讚賞它的「木浪形設計」，創新使用了我省遭甲蟲蛀食的松樹木材。它擊敗了英國的溫布頓中央球場、哥本哈根大象屋等等，以及北京鳥巢。

聖誕聯歡晚會嘉賓致辭

　　基督教培英中心聖誕聯歡晚會，當晚致辭嘉賓約有二十位之多。阿濃兄正在致辭的時候，主事者對我說，接著是林欣姐，之後就輪到我。我對通知者說：「沒準備、不知道講甚麼。」她說：「你就說恭祝聖誕，新年進步就可以了。」我想，若出此行貨，會英名盡毀。這次考急才了！

　　各位：剛才很多位嘉賓講了許多有內容、有意義的致辭，珠玉在前，我不知講甚麼好。剛才市議員區澤光兄講的，給了我提示、示範、啟發。他是講與「培英」、進而與「培」字的關係。（他說他在香港的第一個居住地址，是「培」正道三號。）我與「培英」的關係呢？有兩個：第一個，我、太太、的弟弟，是讀「培英」的。（眾笑。出我意外）

　　第二個，我與鄺忠源先生、的太太、劉鳳屏女士，早就認識，但她不認識我。六、七十年代，在香港無線電視的《歡樂今宵》，每兩晚、每三晚就看到她演唱。我也是「嬌嬌女」的「粉絲」，當年叫「歌迷」。

　　去年，我們「加華作協」新春聯歡晚會，請到她來演唱助興。我心矛盾。能請到她來，意外高興。多年來的「春晚」，我都唱歌獻醜，但她來，就醜上加醜了。結果我還是

選唱了兩首、我自覺唱得最好的,《花樣的年華》《星心相印》,這才有機會讓她來指導、改進。唱罷,她讚我唱得好。

　　我沒有照單全收。一、初見未熟,二、我一把年紀,三,她是成熟的人。心裡覺得不好,客氣,也要說唱得好。今年的新春聯歡晚會,同樣請到她來,我唱了周璇的《交換》。她覺得我學過聲樂,我說其實沒有。她說想與我合唱,只是酒樓的音響不理想。我聽了這句話,這句實在的讚語,開心到我照單全收。正如我們書畫家,聽到張大千說希望與自己作兩人聯展。當晚我整夜睡不著,失眠。但只是一天,第二天就沒有失眠了。因為我睡前吃了一粒安眠藥。沒甚麼再講了,講完了。(眾笑)

　　在我敘說中途,劉鳳屏老師在台下席上插話,說我沒有說謊。她聲音小,我把她的話向大眾轉告,然後我說,在你面前當然不敢說謊了。(我後悔,當時應當走下台去,把「咪」交給她,讓她多讚我兩句,又可以「執起雞毛當令箭」了)。

　　後來她趁抽獎的空檔,走到我座位旁坐下,唱起《交換》來,我也同唱。雖然環境實在太吵鬧,互相聽不清楚,又沒有音樂,歌又不完整,只唱了一兩段。但我可以自豪的對人說:張大千曾經與我雙人書畫展,又可以寫進自傳中了。

2016 年 12 月 4 日補記。

諸家辯論韓牧詩〈國語粵語之辯〉

建議：
　　牽涉活人，一笑了之！
　　（理由是：咱們從「文人相輕」的詩詞裡走來，好不容易建立起作協會員文友相親32載，還要繼續堅持下去不准熄燈。那麼，請不要給幾個字打斷文人美好情緣才好。畢竟，文人都像我一樣——玻璃心呐！）
　　——小妹　拜讀

　　你說：「牽涉活人，一笑了之」。我不做是非不分的「鄉愿」，我要做不畏強權的「史筆」。附件，就是「牽涉活人」一例。請看我的「史筆」，開妳「小妹」的眼界。

　　韓牧　謹覆

　　先生好！诗读了。我完全站在您这边。这是一种尊重问题。常识啊。任何场合都应该尽量使用大家都明白的语言交谈，尽量不要把任何一个人排除在外。举个例子，加拿大政府部门是英语、法语双语制，开会时如果讲法语的人参加的多也是不可以用法语来开会的，有一个与会者不懂法语，主持人也需要用英语来主持，或双语主持，因为英语是所有说

法语的的人都听得懂的，而讲英语的人卻很多法语不过关。我身边有很多人在联邦政府工作，法裔势力在渥太华地区是比较大的，用什么语言说话非常敏感，即便非正式场合下如果一圈人里只有一兩个人不会说法语，大多数人说法语，说法语的人也会很礼貌地讲英文，让讲英文的同事沒有疏离感，更不用说正式场合了。话说回来，如果我参加你们这次晚会，我就听不懂广东话，即便这次不表示什么，下次也懒得参加了。甲方学不学或学不学得会粤语是一回事，甲方被不被乙方用语言隔离在外，是另一回事。兩码事。事实是双方都最好学会对方的语言。可学习语言并不是对每个人都容易，沒有语言环境想学也难，听不懂就是听不懂。我的粤语朋友见了我都和我说国语，如您所说，大部分说粤语的都会懂会说国语，有些说的慢、有些用词不妥，但大多都能说。我也就从来沒有机会学粤语。

　　我觉得您有心意识到这个问题，真是好体贴，能为少数人著想的人，不从自己角度自私地看待问题，无疑闪烁著善良和尊重的人性光辉。

　　谢谢分享您家里的诸多照片和片段事迹，好棒。体面兴旺的一家人。还有那么多可圈可点的人物！珍贵！

　　又到周末了，先生周末愉快！

　　杜杜

杜杜我兄如面：

　　你說：「我觉得您有心意识到这个问题，真是好体贴，能为少数人著想的人，不从自己角度自私地看待问题，无疑

閃爍著善良和尊重的人性光輝。」言重了！我想起前些時，已回流香港的書法學生曾偉靈，說，對別人禮貌的稱呼，只是童年時、家庭和學校的基本教育，但現時卻被稱讚，「實在是現今世代的悲哀」。

記得四十多年前，1978，我的文友，未見過面的一位美國華裔女作家首次來香港，住在我家，我在酒樓辦了一桌，請了我要好的詩友文友共九人（香港的酒席不同加拿大，每桌是十二人。加上客人、我和我妻艾荻），歡迎、介紹她。誰知席上的九個人，不停講廣東話。他們非粵則閩，也有上海人，但因生活在百份之九十幾都是廣東人的香港，廣東話都是流利的。但我的客人，出身台灣南部，方言只會台語。都是執筆之人，斯文人，想不到見識、禮貌若此。韓牧的朋友就是這個層次？（客人的文學成就、名氣，比我們任何一個都高得多）我生氣，忍無可忍，說：「朋友千里而來，要尊重，聽不懂你們的廣東話，你們是在說她的壞話嗎？你們不會講國語嗎？」一時鴉雀無聲。我也忘記如何「收科」（收拾殘局、善後），總之接著就一律講國語，除了與鄰座竊竊耳語。香港人，未見過世面，畢竟眼光短淺。

韓牧 2019.3.21.

韓牧老師；
　　謝謝傳來您的〈國語粵語之辯〉。
　　如您所言，在什麼場合使用什麼語言，要看在場的大

第五輯　社會生活　255

多數人聽不聽得懂，是公共場所的一種基本禮節，和語言的優劣毫無關係。不過，在加拿大認識許多以粵語為母語的朋友，說起國語也都十分流利，讓我很佩服。反之則不然。這或許是因為粵語真的比國語難學，除非能長年居住在香港或廣東。

在中國有位眾人皆知的加拿大人大山，和王健一樣曾任加拿大駐華文化參事。他在 2019 年北京春晚上表演了一段獨口秀，主題是：北京人說不了廣東話，讓人捧腹大笑。不知您在 YouTube 上看到過嗎？以下是網絡連接：

https://www.youtube.com/watch?v=tK51dlpqpSE&feature=share

或許從這個中國話說得比華人還好的加拿大人口中，我們更能感受到語言差異的趣味。

守芳

守芳老師：

你說粵語難學，是的。粵語，人說是「鳥語」（近作拙組詩《文友爭鳴》就寫及「鳥語」「蛇語」，詩附上），其實近唐宋古語，所以難學。如果李白、杜甫，今天到了北京，各講各話，互聽不懂。但若南下廣州（或香港），起碼互懂百份之七十。這是我一個學者好友、澳門大學中文系教授的研究。

感謝傳來大山今年「春晚」那次「粵語」表演，主題是：北京人說不了廣東話（記得溫哥華「冬奧」他任宣傳大使，我有幸在天車站遇見過他），雖然看過，但只是節錄，沒頭沒尾。今得你傳來全本，多謝。我可以廣傳了。他為了娛樂

性，風趣，加上動作，發音太誇張。這個語言天才，國語沒話說，其實他的粵語很不準確，我在幾年前一個飯聚中（那次是龍應台來 UBC 演講，「加華作協」辦了一桌歡迎），我就說大山在電視的廣東話汽車廣告，第一句我完全聽不出一個字來，當時王健聽了，說，他說得「瀟灑」，我對身旁的陶永強說：我學到了，不準確可以叫「瀟灑」。

　　外省人說廣東話最好的，是鄧麗君，她到香港不出一個月，就可以用廣東話在台上對答（見拙組詩《那土黃色的蝴蝶》，詩附上），唱歌準，不難，因為音調為曲譜所限，不能不準，不會不準的。但講話有類於清唱，比清唱更無所依傍，完全靠自己。難得在她的廣東話，不論唱歌、講話，發音之準，達到百份之九十八。而那百份之二，與廣東標準音有異，但我無法指出異在何處，奇在，比標準音悅耳，是廣東話為母語的人，發不出來、學也學不來的。我自問對我的母語廣東話，認識比別人深得多，電視粵語新聞報導，主播人說不到第三、四句，我可以判定：他／她是香港人還是廣州人，還是澳門人。

　　許多人問過我，我這香港人怎麼會講國語（因為以前，廣東人佔居民百份之九十幾的香港，絕大多數粵籍的都不會國語。在香港、在溫哥華，都有電台的、報紙的負責人，懷疑我不是香港人），我的回答出其意外：「因為我年紀大。」抗戰勝利次年，1946，我超齡入學，澳門勵群小學每星期有一、兩節教講國語，課本〈基本國語會話〉（那一課的名稱是甚麼？幾十年來，我從香港問到溫哥華，沒有人猜中。我現在賣關子），從注音符號、拼音開始，然後甚麼「未請駕」

「台甫」等等。學是照標準音學,雖然老師也未必準;初中時好些,老師是河北人,從大陸逃難來,那是1949年以後的事了。學歸學,一離開課堂,完全是廣東話的語境,就完全沒有練習機會,完全不流利。在香港,「改革開放」以後,香港成為兩岸及南洋、海外作家的中轉站,我才有機會說國語。我在香港,除了一點英語、其他方言,如上海話、中山話、順德話不算,講廣東話機會佔百份之九十五,國語百份之五而已。

　　我說我年紀大,所以會,因為後來我的小學、中學也取消了這一課。記得勵群小學的招牌上,有「僑委會立案」五個字。幾年前,一位來自台灣的朋友告訴我,這種僑校有國民政府的津貼,津貼何用?想必是開此教講國語的課了。我現在會、比一般港澳人會講國語,實在要拜國民政府之賜了。

　　在澳門出版的詩影集《她鄉,他鄉》在海運中,手上只有兩本,明天見面送你一本。全部中英對照,以我僅有的程度,也看出一些誤譯、不妥,與你差得遠了。明天見!

　　韓牧 2019.3.25. 夜

紫荊與洋紫荊

　　都說香港市花是「紫荊」,《基本法》也這樣說,有所謂「大紫荊勳章」、「金紫荊廣場」,是不妥的。詩人余光中寫於 1984 年的名詩〈紫荊賦〉,同樣是不妥的,他所詠的是「洋紫荊」。其實香港的市花,回歸後沒有變,是「洋紫荊」(又稱「豔紫荊」)。

　　「紫荊」原產於中國,它是清華大學的校花。「洋紫荊」原產於香港,是香港的市花。兩種植物千差萬別。

　　在香港,「洋紫荊」滿街都是,當然見得多了。我第一次見到「紫荊」,是在廣州的「中國園」,時維 1983 年秋,只見又矮又亂的一叢心形的乾葉,未見花,想來是落盡了。當時寫了〈中國紫荊〉一詩,以抒情。

　　三十五年後的 2018,在溫哥華的中山公園發現兩株,才見到它紫紅色的豆花,寫了〈花的名〉一詩,是組詩《數典》其中一首,以辨正。

　　周前在烈治文醫院的正門處,又發現一株,全拍攝之:幹、枝、葉、花、莢果(它屬豆科),以至地上及水珠中的落瓣。

2019.5.17.

神倉晴美

　　日前談及到「史鎮」（Steveston，Richmond）懷舊，現在記起一事：我主理畫廊時，我賣出一件最貴的非洲木雕。為老闆賺到錢，但我有內疚。因為，也許是欺騙了顧客。

　　那天，一位中年女士進來，我認出她是本地最有成就的日本畫家，Joyce Harumi Kamikura，神倉晴美，她是1942年在「史鎮」出生的。比我小四歲。二戰時，相信進過集中營了。

　　她對一個高約三英尺的木雕人像端詳了很久，問：這作品只有一件嗎？我答：是。問：多少錢？我猶豫了一陣，答：800元。

　　她立刻買了。後來我才想到，她說的「只有一件」，應是指「全球只有一件」，我是指「本店只有一件」。她是把工藝品當藝術創作品買了。在非洲原產地，相信有幾十件。800元，我出價太貴了，非洲人工極低，這件木雕的成本，相信連8元也不到吧。

　　2023.5.23.

2023年的國殤日紀念會

11月11日晨，到達「先僑紀念碑」廣場，感到氣氛大大不同了！

往年的紀念會，白人的加軍，零零落落只見幾個，華裔的少年軍、童年軍，有幾隊。會場開放，部長、市長、各級議員，站著。前排椅子坐滿了華裔老兵，蘇格蘭風笛手也會是華兵。大會語言英語，也有華語。朗誦詩亦然。六個團體聯合主辦：中華會館、中華文化中心、中僑互助會、加拿大華裔軍事博物館、加拿大海陸空老兵會、華商會。其中華裔團體佔了五個。

今年，看來好像純由加拿大海陸空老兵會主辦了，軍人有幾隊。但華裔少年軍、童年軍，沒有了，前排坐了部長、溫哥華市長等政要。華裔老兵甚少見到，風笛手是白人（今天我碰到舊相識的華裔風笛手，合照。我問今天不是你吹嗎？答曰，我沒氣了——那是說笑），大會語言、朗誦詩，純是英語。

會場裡面放了一排排椅子，每張貼上嘉賓名字。白繩子圍著會場，外人不能進入。（我不管，走進去攝影一直影到散會。後來在巴士站等車，一位乘巴士的，要用助行車的、戴了軍帽的華裔女兵生氣，向我訴苦，說她是加拿大派到印度去的兵，大家都是兵，卻不准她進會場。）

以前獻花圈，都放在紀念碑的正面，現在，連華裔團體、國會議員的，都是幾個人一起放在兩側，靠邊站了。我認識的市議員更是在白線外站立。

總的說，華裔降級了，荒謬！其實這廣場、這華工華兵紀念碑，原都是紀念華裔先僑的。

回家，對美玉講這情況。她說，政治。不錯，目前加中關係低潮，也許讓當事人感到，這些華裔團體都是「親中」而不是「親加」的，要防。

很難怪，過去一些年，中國人也做得過份，中領館的花圈一定要最大，放在正中，壓倒一切。語言要用「普通話」。其實，這一個國殤紀念會，紀念華裔先烈、先僑外，最重要的、最要尊敬的，是華裔老兵。他們都是廣東人，但發言、朗誦詩，不用他們聽得懂的廣東話，要用他們聽不懂的「普通話」，是遷就誰呢？現在索性不要你參加。

友人 Joan 看到上文，回應說：「今年做對了。以後都須如是：這是加拿大的事，與外國無關。」

我答：投鼠忌器。倒髒水，當心連 BB 也倒掉。你說得不錯，「這是加拿大的事，與外國無關。」是加拿大國的華裔加拿大人的事，外國總領事也只是客人，不是華裔的領導。一些華裔內心怎麼想，是其自由。但若因此，連華裔的語言都沒有，華裔少年軍、童年軍，都不出現，好像把他們當是外國人，同樣是「國」「裔」混淆，就不對了。

2023 年 11 月。

「睡貓碗」的簽名

　　一個多月前我在《生活相》說：美玉找出來一隻「睡貓碗」，是陶器手工創作，應是很多年前、在烈治文陶器展時買的。也不知是不是上次說的、以為送了給小思老師的「睡貓碟」。因當時未有親友回港，就一直放在我家。看看甚麼時候有人回港，希望為我帶去。

　　周孟川說即將回港，她記得一個多月前，美玉找出「睡貓碗」，說可以替我帶給小思老師。日前她冒汽車在雪地打滑，來我家取碗。多虧她。

　　碗離家前，我見「最後一面」，細察，發現碗底有該陶藝家刻上的簽名，因不明顯，一直未見，我攝影用側光，刻痕就出現了。見附件。

　　這簽名美極，以書法論，我給 100 分。起筆（其實是刻）一「頓」立刻拉長，末筆一放直下成「懸針」，兩者呼應。「頓」「懸針」，都是借中國書法名詞。其間「姓」的首字母「L」高出，使整個簽名不要太齊平，文如看山不宜平，藝術也一樣。整個簽名疏密有致，看得舒服。看出陶藝家簽名是不假思索，心無罣礙，一揮而就。這可想到她（或他）不是生手，簽名簽慣了。

　　有一點很妙，簽名依圓碗邊緣簽成弧形，正合扇面的寫

法。我大膽設想，這姓這麼短，說不定她（或他）是華人，若然，當書法家是有前途的，如果肯學，我免費教。下次遇到陶藝展，我會出示這簽名，找其人。

另外想到，寫扇面畫有一難處，地平線或水平線，應依扇面的弧形，同樣都是弧形的。香港名作家舒巷城，不是書畫家，但他寫給我的扇面，是依這傳統的（見附件）。最近所見的「溫哥華名家扇面展」的作品，都沒有依傳統，地平線水平線，一律成一直線算數。

2024.1.22.

廣東燒味・會講「國語」

許久沒有去吃廣東燒味飯了。今晨到「廣東燒臘菜館」，點了燒鵝腿配燒肉飯。它的燒肉一定是脆皮的。

提到廣東燒味，我初移民時，聽老華僑說：七十年代加拿大政府曾禁賣，認為沒有在若干度恆溫下，久放，會生病菌。因此，廣東燒味店不能生存了。後由「元昌」的老闆黃威，帶領燒臘師傅，到首都請願，當場燒給官員們試吃，他們都覺得好味，隨即批准。

黃威六十年代從香港移民來。唐人街無人不識，我也認識他。可惜他壽命不算長，只有六十幾歲，二十多年前已逝世。現在我家常吃的臘腸，就是「元昌」產品。

日前我提到一段新聞，說因為國會議員關慧貞介入，讓移民局長改變早前決定，批准一位美籍少女衝浪好手，入籍加拿大，代表我們出戰國際賽。關慧貞是有膽量、有義氣的「英雌」。我印象，幾年前她當選為國會議員，上班第一天，就在國會起立質詢總理，毫無懼色。她從小隨父母從香港移來，家境貧苦，母親打工忙碌，無暇煮飯，所以，她的晚餐常常是母親從燒味店買來的叉燒飯。說不定就是黃威的店。

我寫了幾十年新詩，數以千計，寫政治人物的，也不少，都是批評。讚揚的，絕無僅有，僅有一首《真情的紀念：記關慧貞》。

提起到首都請願，我想到粵語片導演李化。在三、四十年代，國民政府為了要普及「國語」，禁止拍攝、放映粵語電影。李化帶領同行，北上南京請願，結果爭取到，成功回來。

　　李化，是已故政論家李怡的父親，據李怡說，他父親也沒有告訴他這段「英雄史」，是他自己從一些資料獲知的。

　　「國民政府」為了推行「國語」，壓迫方言過份。許多來自台灣的文友藝友也說，在學校講一句方言，罰一塊錢。「人民政府」為了推行「普通話」，也同樣過份，多年前曾不准粵語電台生存，就是。

　　不少新朋友奇怪我會講「國語」，也還算流利，因為像我這一輩的香港人，一般都不會。在香港時，不少文藝、文化界中人，以為我是從「星馬」來的「南洋詩人」；到了溫哥華，也有文藝界、文化界，例如報社總編輯，誤以為我是「台灣詩人」。人們問我，為何會講「國語」，我答：因為我年紀大。年紀大？

　　1945年抗戰勝利，次年我超齡入學。澳門勵群小學。每周有兩節「國音」課，就是教講國語。學歸學，練習機會是零。發音還算勉強，流利就是零分了。大陸開放，大陸作家出訪外國，都經過香港，外國的作家訪問大陸，同樣要經過香港，於是練習「國語」機會就多起來了。

　　這裡的一些台灣朋友說，我讀的小學，有在「僑務委員會」立案，就有津貼。我記得「勵群小學」的招牌上，有「僑委會立案」字樣，津貼何用？我想就是給「僑校」開「國語」課。如此一來，我應該感謝「國民政府」了。

2024.1.28.

唐冠螺・沙螺・急水螺

　　日前到外甥女黃珊家晚飯，見家裡到處放有螺殼，連廁所也有三個，知道屋主喜歡此物。我想起我也藏有一個。

　　次日晚飯見到，我把我那螺殼送給她。她問此螺殼的來歷。說來話長：

　　「加拿大中華郵幣學會」要辦一次「紀念辛亥革命百年郵幣書法展」。在卑詩大學和中華文化中心先後舉行。學會請我借出我寫的甲骨文《國父遺囑》原稿，和幾件有關國父的書法，又請我寫一幅孫中山的詩文給學會，作為全部書法展品。因此與郵幣學會的收藏家們認識了。

　　他們每月聚會一次，帶來藏品互相觀摩，也請我參加。藏品也不只是郵票和錢幣。一次，有一會員帶來這螺殼，據說因為像唐代人的帽子，名「唐冠螺」；是世界四大名螺之一，有觀賞及收藏價值。有一會員要買，已決定了。

　　我見此螺光滑美麗厚重，愛不釋手，心也想要。一位元老看出我心意，說了一句：「何先生鍾意，就讓何先生買吧。」

　　把唐冠螺給黃珊時，我說：「我在香港曾發現一種小海螺，你知道嗎？」那是1981年初冬的事。她說當然知道。她記得她小學五年級時（現在她的女兒已碩士畢業了！），我曾帶她和她哥哥、去沙螺灣挖那些小海螺。她現在還保存了一瓶（見附件）。

這事，我完全沒印象。帶這麼小的孩子，乘船，到大嶼山，再走一段荒僻的山路到荒僻的海灘，是一件大事，當時我也夠膽。

我只記得我寫過一篇短文，記述發現經過，在《旅行家》雜誌發表（見附件），發現地點我保密，「希望熱心的有關團體和我聯絡，作出有用的措施，保護這一種美麗的小海螺」。2006年秋我因事回香港，特意到沙螺灣看看，可是，只見到一架給誰棄置的生鏽的船用機器，而小海螺已絕跡。

想來，沙螺灣的得名，一定由於此灣有生存於沙上的小螺。但是，「行友」（登山涉水遠足者）這麼多，竟然沒有人發現，也許因為這種螺太小，不起眼，數量也不多吧。照想，此灣得名之時、之前，應該是很多的。

提起螺，我寫過一首詩，名〈急水螺〉，詩前有「小序」：「急水門在珠江口東側，是香港通向中國內陸最重要的水道；水深達廿五噚，峽窄水急，漩渦處處，古來沉船不少。一九八一年小暑前兩日，隨『正剛旅行隊』絪邊西岸，見一螺。」

詩中有一節說：「啊　一隻螺／我從未見的　圖籍從未見的我發現／一隻螺　喘息在岩岸我喘息在岩岸／我是螺螺是我／我是頻於絕種的一隻／無以名之名之曰『急水螺』／比任何石刻任何陶片都要古老的／一顆活化石」。

可見，所謂「急水螺」，只是我在詩中虛擬的名稱。但這首《急水螺》，卻是我得意之作、代表作，後來獲選入謝冕主編、人民文學出版社的《中國新詩萃 20-80 年代》。我還記得，我把這「急水螺」帶回家裡觀察了兩天，然後帶到

九龍尖沙咀的海邊放生。

2024 年 6 月，加拿大烈治文。

第六輯　家居生活

也許有人認為，只是幾隻無關重要的小鴨跌落陰溝孔，也上報紙頭條，小題大做，小家子氣！而我覺得：愛心、環保、動物權，以至「人權」、「民主」的意識的培養，就是這樣子開始的。

──〈小學校尋鴨記〉

一代親，兩代表（上）

廣東俗語說：「一代親，兩代表，三代嘴 MiuMiu。」廣東話這個 Miu，是嘴的動作，意近「藐」，藐視、蔑視。三姨、三姨丈的六個兒女，有一男一女，斌表弟、金表妹，是溫哥華的舊移民。我們的共同舅父母在生時，我們交往較多，舅父母逝世以後，來往少了。

最近金表妹的兒子結婚，她的同胞及其下一兩代，紛紛從港澳、倫敦來賀。我們眾老表難得有相聚的機會。

今天老表茶聚，共十三人。十二同輩。唯一的後輩是鶴齡表姐的女兒，李碧心。她是香港著名傳媒人，溫哥華人對她也很熟悉，每天早上「華僑之聲電台」，有極受歡迎節目「大四喜」：大班鄭經翰、李錦洪、查小欣，此外就是《碧心話港情》：「各位北美洲的朋友，大家好。」每天如此。黃昏重播。

碧心是大忙人，我以為她吃了她的表弟的喜酒，就回香港，原來她儲足一個月的假期，陪母親旅遊。孝順女也。她面對十二位上一輩，也不知如何稱呼，常會叫錯。我對她說：我母親（是大家姐）與你的外婆（我的三姨，今年九十五歲，甚精神），是親姐妹，她倆連續四次，同一年分娩。我母親生了：思豪、思撝、婉忻、婉慈；你外婆生了：鶴齡、燕齡、浩威、浩斌，更巧的是男女相配。

我又說，生日除了自己的，我只記得燕表姐的，她大過我一點點，她是正月初一出生的。座中有人說：「你是正月初二嗎？」：我說：我是二月。如果是年初二，（我向著燕表姐說：）我不甘心叫她表姐了！

　　我接著說，歷史上有一位大詩人，也是元旦出生的。那是杜甫。我還記得，他有一位姑丈，名字就是我的「捣」字。至此，三哥思豪插問：（廣東音）應該讀「杜 Fu」，還是「杜 Pou」？我認為，Pou，是原音、正音；如前輩影星「葉仁甫」，大家都讀 Pou，現在很少有人知道他了（他是諧星，鶴齡表姐記得他的面特別長的）。我又說，廣東話稱「媳婦」為「新 Pou」，原即為「新婦」，婦，在現代國語、粵語同樣讀 Fu，但在古代讀 Pou，「新 Pou」是古讀。現在，廣東話「北伐」之時，同時受到北方話的南征，讀「杜 Fu」也不能算錯了。

　　我對碧心說，我覺得李錦洪每次講的，結構都很嚴密，收結得都恰到好處，用字用詞，精確到不可易一字似的，我懷疑他是先有定稿。碧心說，他們都是準備了要說的要點的。

　　我對鶴齡表姐說，我們的母系，鄭家，有一個優秀遺傳，就是能言，說得不好聽，就是俗語所謂「牙尖嘴利」，六姨、四姨、你、威表弟、斌表弟、金表妹都是。我想，碧心也是接受了這遺傳，幫助了她的成就。

　　至於鶴齡表姐的父系，我的三姨丈，黃家；以及我的父系，我的父親，何家，又有甚麼遺傳給我們呢？下一篇談。

2008.8.5.

一代親，兩代表（下）

　　上郵我說每晨的《碧心話港情》開場白：「各位北美洲的朋友，大家好。」之後，其實還有一句：「我係碧心呀。」我覺得她承受了鄭家能言的遺傳。但她的母親的黃家呢？我自己的何家呢？有甚麼遺傳？

　　奇怪，我覺得，黃、何兩家遺傳給黃家子女、何家子女的，竟然是相同的：風趣。說得好一些，是幽默。說得差一些，是詼諧，更差一些，是尖酸。

　　三姨丈黃曼天、家父何天覺，都被認為是風趣、能講笑的。誰冠誰亞？黃、何兩家互相推舉對方的父親。誰青出於藍？我大哥何思賢全票當選。直到現在近八十歲了，靈敏如故。浩威表弟說賢表哥的言談不但「絕」，而且都很有內容。浩威是當校長的，比較客觀、理性，但他自己也很風趣。我向他提起一件四十多年前的事，他也許忘了：一天，他見到我，說：聽說你家裡早一陣發生火災，現在沒事了吧？我說：沒有呀，沒有火災呀！你聽誰說的？他說：誰都知道啦，是你家的廚房呀！

　　老表連其配偶，合共一打人，都進入老年了，大家爭著說自己如何善忘。我對碧心說：難為你，要聽我們的「老人的笑話」。金表妹說，見到熟人，常常叫不出名字。我說：大家都如此，算正常。威表嫂說出門怕忘記帶東西，習慣把

東西掛在門手上。我說：巧了，與我不約而同，但還是會忘記看門手的。我說以前在香港時，習慣把備忘紙條、或者東西，預先放進鞋筒裡，穿鞋，咦？甚麼東西頂住腳趾？

筆寫，是備忘佳法。但我說：寫了，忘記看；或者忘記自己寫過；記得看，但忘記紙條放在哪裡；找到了，字太潦草，看不清自己寫甚麼，要美玉翻譯。她有時也翻譯不出。

誰都有這類經驗：要上二樓拿東西，上去了，忘記要拿甚麼。不要緊，再走到樓下，就會想出來。

我故意把這誇張，好像自己真的如此：一次，我要上樓拿東西，走到樓梯的一半，忘了要拿甚麼，正準備從新下樓去想，但一念之間，又想：我剛才是從樓下上二樓，還是從樓上下來的？現在應該上樓還是下樓？想不出，只好坐在樓梯想了。

我還提到一點：我們從小、從幾歲大的時候，當著三姨丈的面，才叫他「三姨丈」，背了面，兄弟姐妹之間，都叫「曼天」（婉忻馬上插話：我沒有！），因為從小常常聽到父母交談，總是「曼天」今天如何，「展懷」今天如何。但我們只會叫「曼天」，不會叫「展懷」的，因為「曼天」愛說笑，像與我們同輩吧。浩威在此段交談中，也曾學我（？），稱他的「大姨丈」為「何天覺」。

我記得，幾年前，三姨丈晚年體弱，已經在養老院坐輪椅了，我去探他，他還跟我講笑，說：「阿撝，你甚麼都好，就是『生產』少一些。」，今天我對浩威說起此事，我說，當時我無言以對。其實我有言的，但太辣，好像生氣似的，不能出口：「不對，我不是生產少，我是無生產。」想不到

浩威也青出於藍：「你不善生產。」我即答：「我不是『不善生產』，是『不事生產』而已！」

　　燕表姐一家住澳門，與我極少見面。原來表姐夫退休前任職中山市的家電生產廠，負責出差談生意，待遇不大好，唯一收穫是「走遍全國」。巧了，我說我也一樣，這些經驗是有錢也買不到的。

　　我們都談到「武漢」這個火爐，夏天夜裡，武漢的婦女，都穿了內衣褲在街上睡竹床竹蓆，習以為常，儼然風俗。浩威突然一句：「當然沒問題啦，『無漢』嘛！」

2008.8.5.

信封的背面

　　瘂弦那次的演講,《「百無一用」是詩人》,內容很多很雜,他說得不慢,又完全沒有寫字(黑板之類),美玉的筆記,看起來豐富,其實有不少聽不清楚或者聽不明白的,沒有記。

　　演講完了,很多人都不走,站起來隨意閒談,我對瘂弦說,講得真豐富,美玉一直在記筆記。他對美玉說:「不用記啦,韓牧的學問在我之上。」我靦腆,答不上話。

　　若干日後收到他的來信,在信封「韓牧先生賜啟」的側邊,有一個箭頭,我就知道,信封的背面有附言。他常常會這樣,封了口,還再要補講兩句的。寫著:「謝謝先生和夫人移玉文化中心為弟捧場。我實在沒講好。準備很不少,但精力不行了。又及」

　　當天見他放在桌面的講稿一大疊,一些是把剪報貼上去的。講到後來,翻一頁,講兩句就算,甚至一頁一頁的翻,不講。他說「精力不行」,我不覺得。也許他真的認為「沒講好」,不過聽眾都很滿意了。

　　他又說,原來這次演講是收入場費的,他不知道,否則一定不同意,只是隨便談談的「龍門陣」而已,怎可收人家的錢?我起先還擔心,要收五塊錢會聽眾寥寥,想不到也來了七十人,如果是別人講,就難了。

我想補記一項,關於詩人諂媚統治者的。他說晚唐的皮日休(韓案:魯迅曾評皮,「是一蹋糊塗的泥塘裡的光輝的鋒芒」),附從「殺人八百萬」的黃巢,有兩句詩,將「黃巢」兩字拆開,極盡阿諛奉承之能事,可惜我記不住原文。

　　瘂弦又講到郭沫若與毛澤東同坐飛機所寫出的「諛詩」,大意是:我從沒有見過這樣的天文現象,機外一個太陽,機內也有一個太陽。

　　2008.8.9.

夜天的月，晝的人間

　　今年中秋節前後的生活是多采的，因為忙，來不及記；今天已經是農曆八月十九了，略為補一補吧，否則湮沒。

　　我的數碼相機幫助我記憶。我拍攝到一些早晨時份藍天上的罕見的極厚的白雲。

　　還有是多彩的、入黑前海邊的落日，詭異的晚霞和晚雲，橙的、灰的、棕的。淡白的蛾眉月，在淺灰天的桃紅晚霞間。這晝與夜的界線，原來不是「線」，是一個歷時不短的一個寬闊無極的「面」。天黑了，對岸機場的燈光亮起了，不知甚麼時候開始的，比以前變得繁多而多彩色，反映在河水上。我持相機的手，不夠穩定，拍到的是半抽象的，因而有很大的想像空間。

　　八月十四的黃昏，美玉建議去吃越南牛肉粉；餐後，她又建議開車向南走，到菲沙河南支的河岸。意外見到了美景。

　　西方的斜陽，在橙色的晚霞中，慢慢的沉下，回首東方，很大但很淡的圓月，看來很慢、其實很快的升起，升得很高了，其下是美國境內形如日本富士的名山，Mount Baker，被太陽的餘暉染成桃紅色，陰影是悅目的灰藍。太陽沉下了，我們已經看不到了，但這山很高，它還是看到太陽的。

　　遠處，是對岸的叢林，近處，是河面，偶然有一艘漁船，

或是拖船經過。圓月，越升越高，也越來越白，越明亮，那山，卻變得黯淡了。可惜，明亮的月與桃紅的山，不能同時在一張照片中。咦？繪畫可以！

沿河岸開車向西，到那一片海邊的大草坪，又是另一番景致了。與剛才的寂靜無人相反，這裡來了不少到海邊散步、遊玩的人。向南，是遠處的灰山和桃紅天，向西，已經落下的太陽，用它的餘威，把整個西天弄成一片深橙色。

回首向東，藍晶晶的夜空中，一圓明月。那應該算是「夜」。可是，妙了，海岸上的遊人、狗兒，不論遠近都清晰可見。天上，的確是「夜」，人間，尤其是加上遠處「漁人碼頭」明亮的燈光，不能不說是「晝」。

影子，不一定是黑的。明月的影子，是海面上那一個柔軟的、時動時靜的明月，它忽然洶湧，變得長長的一匹發亮的、擺弄的黃緞，我知道，不久之前，在我沒有見到的海面，是有一艘甚麼船經過。我心中哼著：「月光戀愛著海洋，海洋戀愛著月光，啊！這般蜜也似的銀夜，叫我如何不想她？」

剛才在東邊，明亮的月與桃紅的山不可兼得。現在，「夜天的月」與「晝的人間」可以同時。我不停拍攝。

2008.9.18.「九一八」又來了，又一年了，時間真快。

後鄰的貓：Duke

　　今天是星期日，剛才，早上九點多鐘，門鈴響了，誰呢？傳教嗎？傳教就不開門了，還沒到十點，就擾人「星期日夢」。不同於香港，大門是沒有防盜眼的。躡足到廚房，牽開一點布簾窺看：是高大英俊的 Ian 和他的兒子，是後街與我後園靠後園的「鄰居」。

　　是有甚麼像皮球之類，踢到我後園要取回嗎？這裡的人就是這麼尊重他人，未經同意，不踏入人家的「園」的，我家的位置在單邊，連著走火路，沒有門扉，也沒有圍欄。

　　原來又是來找他們的貓，Duke。約三個星期前，我的門鈴響了。門外有一群兒童，有男有女，有中有西，有大有小，約有八、九個人，都是後街的，領先的是余老太的男孫，用廣東話對我說：有沒有見到 Duke，他不見了。我說他很久沒來我家了。我想：在這群街童的生活中，是一件大事。

　　約一星期之前，信箱裡有一張摺好的單張，有幾個大字，看來是兒童寫的：「Missing！PLEASE Read →」打開，就是 Duke 的照片複印，在家裡拍的，旁邊有兒童玩的車子：「MISSING CAT！ Please call if you see this cat. We miss him very much. REWARD！ 604.241.5659」

　　門外這小男孩一副落寞的樣子。他從小就害羞，我隔著後園的、與他的家共有的圍欄和他打招呼，他一定立刻走回

屋裡去；所以，幾年了，沒有聽到他講過一句話。原來這種孩子的感情，是這麼深的。何況他家裡還有四、五隻貓。

我說，我們也很愛 Duke，他常常走進我們的屋和我們玩，我們也給糧水、貓零食給他，他胃口很好的。我也給他拍了很多照片。他很強壯，一定能夠保護自己的。

這雖是安慰對方的話，但我內心真的相信，以他的強壯，以及不受人抱，獨斷，一點都不屈服的個性，別人很難去傷害他，也不能用軟的、用感情讓他留下來。

2008.10.11.

艱險而無望的行程

　　2011 年 6 月 6 日傍晚，正準備吃晚飯，美玉聽見外面有鴨子聲，夾雜著兒童的呼叫，她的耳朵比常人靈敏的。她走出去看，良久回來，大聲說：「Shadow 闖禍了！」

　　原來在後街，有一隻母鴨帶著九隻鴨仔經過時，被我家的「寄宿貓」Shadow 咬走一隻，跳進我鄰居的後園。後街的幾個兒童馬上追趕，美玉和我街的幾個大人，也一起走進那後園找，但找不到 Shadow。

　　我拿了照相機衝出大門，只見母鴨帶領著八隻小雛，一直向前走，邊走邊叫，尋找失去的鴨仔。

　　我街與後街，其實是兩個背對背的「鎖匙圈」（cul-de-sac，窮巷），其間有一條走火通道。前後街幾個相鄰的人家，後園互相貼連，小動物可以穿圍欄而過。

　　一隻帶八隻，漫無目標的向前走，已經走到街口，牠們要走出車來車往的「第一路」（No.1 Road），太危險了，我攔阻，母鴨躲在街口一輛停泊著的汽車的車底下，八隻小鴨也是。我稍為鬆懈，牠們急步走出，右轉向北，走在行人路上。如何是好？唯有緊跟。我知道這無盡的行程是無望的，Shadow 正劫持著第九隻，躲在我鄰居的後園，或是附近甚麼地方。

　　又走了一段路：母鴨要過馬路，我難以攔阻，只好學

牠，放膽的急急走向路心：張手成大字，示意南來的、北來的汽車都停下來。

牠們上了行人路，繼續北行，我也只能緊跟，又走了一段路，牠找到了機會，領著小鴨，鑽進一戶人家的後園，我無法進去。希望那個家庭愛護野生動物，又沒有養貓狗。

今天特別熱，被陽光曬了一整天的路面，稚嫩的腳掌如何忍受呢？這無盡的行程不但無望，還危機四伏，汽車、貓狗、都是能致命的敵人。無糧、無水、入黑、迷途，怎能回家呢？野鴨生活之處一定要有水，這一帶遠離河、海，也沒有湖泊、池塘。距離這裡最近的有明渠的僻靜的街巷，我們走，起碼也要二十幾分鐘才到，牠們是住在那裡的嗎？

我回到家裡，美玉告訴我，她發現一隻小鴨雛的屍體，在我家後園那株老死的柏樹下。

Shadow是捕獵能手。牠自從在我家留宿，每夜睡到凌晨三點左右，一定要叫醒美玉或者我，開大門讓牠外出，那是牠捕獵和會朋友的時間，清晨才回來。牠曾捕捉過七、八隻大小不同、品種不同的鼠類，一定把戰利品放在我大門前草地的當眼處，像向我們展示。我也習慣了收屍。

小鳥，也是牠喜歡捕獵的，只是窺伺、咒罵、追趕，沒有成功捕獲過一隻。今天的小鴨，相信是牠從未見過的一種「小鳥」，於是行動。

肚皮破了，鮮血，含糊的腸臟。被貓咬過的一隻小鴨雛，怎會有存活的可能？我藏屍滅跡，意外的，牠比一隻同大小的「毛公仔」輕得多。

可以預知，今夜到明天，又有小鴨雛要犧牲，一隻？

兩隻？好好的在水邊生活;為甚麼要走到我們這兩個「鎖匙圈」來呢？

我想到答案。如果「第一路」的人問我,我會回答:「為了尋找失去的鴨仔。」同樣:走到「鎖匙圈」來,是為了尋找牠的第十隻。怎料,因此就失去第九隻。

我到後街向 Brain 瞭解,一個我熟悉的男童,約十歲,目擊過程。原來母鴨為了保護子女。把牠們帶進一戶人家的後園;牠又與 Shadow 打鬥,貼地瘋狂拍翼,裝死,騰飛大叫。

Brain 說:近來,母鴨好幾次帶著鴨仔,走進與他家隔兩間屋的後園,不知道做甚麼。以前都是帶著十隻的,今天少一隻,是九隻。現在給 Shadow 咬去一隻,只剩八隻了。

我想:今夜,母鴨不但在找牠的第九隻,同時找牠的第十隻、第十一隻。

最近兩周的晚上,Shadow 習慣在我的床頭櫃上睡覺,櫃與床等高齊平,牠的身體與我的頭面,只相距一尺半左右。今夜我失眠,見牠睡得正香。我起床吃了一粒安眠藥丸,還是睡不著。明天,我應如何對 Brain 講我在後園見到的第九隻呢?

(6月7日凌晨)

雨中・楓樹・貓兒

　　2011年6月18日早上，天雨。我躲在我前園的楓樹下，不是避雨，是拍攝雨中的楓，楓葉和莢果。

　　這楓，是日本種，中等高度，葉片是深裂的。我前園這一株，與鄰家前園的一株，品種、大小相同，像天造地設的一對。估計是這一組房屋初建時所植，樹與屋同齡，於今三十五年了。

　　妙在、我家的一株，從春到夏，葉色基本上是由綠變紅，但也會因冷熱、晴雨的變化，有時由綠轉紅，有時由紅轉綠，變幻莫測。不過一到夏天，就一定結出密麻麻的莢果來，像一對對輕柔的羽翼，懸掛著。而鄰家的一株，春暖時，葉片一出來就是紅色，紅得沉實。一直到葉落時節，也不變色。它，從不開花，從不結果。

　　我想，也許我家的是雌樹，鄰家的是雄樹，三十五年前這兩戶人家，相約把它們配成一對。

　　莢果的形狀和顏色都很美。這兩、三年，我也拍攝過一些。上周拍的，幸獲加拿大新時代電視的〈每日新聞・天氣報告〉欄目選用上。但在雨中，枝、葉、果，吊著水滴，是別具情調的。

　　正拍攝間，見美玉撐著雨傘從後街 Cabot Road，就是那一個「cul-de-sac」走回來。

【這種環形窮巷,廣東話俗稱「鎖匙圈」,一提到「圈」,我就想到「鎖匙扣」。最近才悟到:「鎖匙圈」一名其實很貼切,不論中外,古時的鎖匙,手指所持的一頭,不僅是環狀,還連著「直柄」,就像 cul-de-sac,從一邊進入,繞大半個圈,從來時的路出去。因而這種窮巷之末,是一塊圓形的路面,小孩可以安全的在那裡踩單車、打冰球,嬉戲、和貓狗玩耍。我住的 Tyson Place 和 Cabot Road,是兩個背對背的「鎖匙圈」,在本地相信是唯一的;兩街的小孩穿過走火通道,一起遊戲,很熱鬧,很親切。】

美玉剛才撐起雨傘到後街散步,我要拍攝沒有陪去。想不到她幾分鐘就轉回來,我還在楓樹下,見她走過來,立刻按快門,收錄了雨樹下 Tyson Place 的街景。

她折回來,是要告訴我:有一隻體形小的貓,在我們後鄰 Ian 的鄰居的前園,坐在牆形的柏樹旁,不避雨淋,不知道為甚麼。

我連忙走到她的雨傘下,經走火通道走到 Cabot Road 去看個究竟。那貓一見我們馬上起身,纏我們的腳。啊:牠是 Fluffy!

三年前我寫過一篇記錄,說:「早在收養 Shadow 和 Duke 之前,就收養 Fluffy 了。牠鼻扁,有黃灰的長長的毛。應該是波斯貓。毛太長了,每年夏天,主人就一定為他剃得光光的,很難看,不過,一定剃剩頸項的,和尾巴末端的,於是 Fluffy 成了一頭小型的雄獅。」

可憐的 Fluffy!以前,牠很愛到我後園、前園來,和我們玩。牠很和善,很「黏人」。後來牠的主人收養了

Shadow，我每次到後園澆水，Shadow 就從她家的後園越過圍欄走過來看，居然不怕水。我也開始餵給她糧水，和貓用零食，和她玩。但是，她每次見到 Fluffy，總要趕牠走，可以想像：Fluffy 在主人的家中，也一定受到 Shadow 的排擠。

　　這幾年，很少見到 Fluffy 了，偶然在前園見到牠經過，牠一定會纏我的腳。看來，牠缺乏愛，牠孤獨。如果不巧 Shadow 在場，牠就急急的掠過我的前園跑掉。

　　雨沒有停，Fluffy 的頭和全身都是雨水，牠好像不介意，只是偶然抖一抖身子。牠一直是一副憂鬱的樣子。我想把牠引到我家裡，為牠擦乾雨水，給牠吃好的濕糧，和牠玩一次。但牠跟我們走到走火路口就停下來，不知是不是害怕碰到 Shadow。幾年前的事，牠還是記得的。牠背著我們，呆呆的坐著，望著「鎖匙圈」。

　　雨沒有停。（6月18夜）

小學校尋鴨記

烈治文市每周出刊兩次的英文報《Richmond News》在2011年6月22日星期三的頭條是：「Rescued ：Elementary staff save mamma's little ducklings」，說的是小學校教職員營救小鴨的事。

周日，有職員意外在校內見到母鴨帶著一群新孵出來的小鴨。但沒有人發覺校內曾有母鴨孵蛋。周一，學校復課，小鴨們失蹤了，只見到悲傷的母鴨。後來發現有八隻小鴨已跌落一個四尺深的manhole中（僅容一人的陰溝孔）。校長和教職員共六人，合力掀開鐵蓋，把小鴨救出；又聯絡野生動物拯救人員，看看應該如何處理。

那些專業人員說，如果移走鴨子，會使牠們受驚，最好是餵養牠們，直到小鴨會飛為止。

兩天後，星期五黃昏，我與美玉開車到那小學，尋訪這個鴨子家庭。那小學名Westwind，在本市Steveston區，離我家不遠。聽從在附近蹓狗的一個印度裔女子的指示，找到了那小學。趁陽光尚好，繞校舍外圍、操場外圍一周，尋找manhole。

原來，數量是不少的，相信因為烈治文地勢低，一如荷蘭，低於水平面，以防泛濫之故。型制也不一樣，罅隙只有一寸的那些，小鴨是跌不下去的。我們發現操場東南角木圍

欄邊有一個，罅隙有一寸半，鐵蓋和周圍地面，十分潔淨，應該最近被掀開過，探頭下望，還有兩條長樹枝，估計小鴨跌下去的，就是這個 manhole 了。走前兩、三步，是民居外的草叢，隱隱有一條走道。也許鴨子家庭就在裡面，但不見蹤影。

沿著操場低窪的周邊，一直找到校門前停車場，那裡也有一個，與先前所見圓形的不同，它是長方形的。這裡人來車往，當然不可能。已經圍繞校舍、操場一圈了，奇怪，沒有見到學校的名稱，只好給大門口拍照。

上車，美玉看地圖，知道不遠處，還有一家小學，馬上開車去找。來到校門，一看，嚇然是「Westwind」小學！剛才是找冤枉了！好在「夏至」才剛過，日落得遲，趁著餘暉，急急繞校，像剛才一樣，不放過任何一個 manhole。

夕陽好，近黃昏，一些附近的居民，在學校範圍散步、蹓狗、打球、遊戲。他們用奇怪的目光看著我倆，為甚麼匆匆忙忙，甚麼都不看，碰到 manhole 就看，就拍照。

全部看過了，鴨子？無影無蹤，只好無功而退。一味的拍攝 manhole 也太單調了，臨走，我拍攝了一些別的，也好記錄一下加拿大一個典型的小學校的外貌。鎖得嚴嚴的校門上，本市學校局的標誌，可見已有百多年的歷史；在本省屬第「38」校區。本市華人人口比例佔近一半，是全國最高，「38」，巧，正是廣東話諧音「生發」，好意頭。我還拍攝了校長、副校長、教職員的專用停車位（以前在假日到學校、市政廳遊逛，我曾玩笑的把我的座駕，停在校長、市長的專用停車位上，當一下「假日領導」）；我又拍攝了校門

前的國旗，在斜暉中飄揚。

　　回到家裡，翻出報紙重新細看，說鴨子是在學校中心地帶發現的，所附照片有泥有草，難道校舍中央有一塊野地不成？百思不得其解。母鴨又如何能走進校內？美玉說：鴨會飛，也許是夜裡飛進去的。牠一心生蛋、孵化，沒有考慮到校內沒有食物，小鴨不能離校。

　　我用電郵問剛遷往鄰省卡加利的外甥女黃珊，她的女兒、兒子一直在本市讀小學，她也愛當小學校的義工，應該瞭解小學校內的情況。確然，有些小學校的校舍，是圍著一塊不小的露天的「天井」，種了花木的。她還和她十歲的小兒子 Sebastian 合作，找出衛星攝出的 Westwind 小學的鳥瞰圖傳來，一目瞭然。我也試試附在此文。

　　也許有人認為，只是幾隻無關重要的小鴨跌落陰溝孔，也上報紙頭條，小題大做，小家子氣！而我覺得：愛心、環保、動物權，以至「人權」、「民主」的意識的培養，就是這樣子開始的。

（6月29日）

韓牧日誌：2014.1.17.　陰

　　今天是星期五了，17號，美玉要回家了。黃昏5：55要接機，不可忘記。昨天開始收拾，只是收拾我聖誕日回來後攤開了的行李。台、港、澳，一大堆東西，還有澳門文化局日前空郵寄到的一大箱書籍。好在港詩友秀實、路雅那一箱還未到。

　　回來已20多天了，一方面忙於寫謝函、以電郵發出或郵局寄出，照片、信件（包括被同學說服：去信中學校長請給學歷證明，以便申請澳門身份證）；另方面，回來感冒，看了兩次家庭醫生。不巧逢牙患，又看了三次，有一次還是專科。

　　弊在，時差好像一直沒有調整好，這些天，每晚失眠，要吃安眠藥，好在這種不便宜的藥，沒有副作用。日間一倦即睡。家庭醫生她勸我，日間的睡不要超過一小時，我說我心軟，後鄰的貓每天早上來一次，下午又來一次，要我陪她睡午覺，隔著被睡我腳邊，以後不要心軟了。想來主因還是過去一個月，文學活動頻繁，印象重疊戀戀不走。

　　不收拾，美玉的兩件大行李如何放？屋很平民，很舊，勝在大，兩層加起來有1500英尺，兩廳五房三廁，兩個人住還不夠？是。我不但文學人，還是書法人，全屋被紙質的東西佔滿，亂如大地震後。我堅信，全溫哥華、全加拿大藝

術家的家,沒比我更凌亂的(但我生產比別人多),所以不敢招呼朋友到家,恐怕嚇死人。

記得聖誕日,「華航」,香港轉台北飛溫哥華,奇了,乘客最多的不是華人、白人,是印度人,佔百份之七十以上。飛機餐,三次,都是印度味,無選擇。美玉吃得慣嗎?所以中午我又到 ABC,點焗豬排飯,我每次都只能吃得下一半,剩一半正好留給她。埋單時,老板娘特別過來對我說:以後你來,不必吃東西,我送你一杯奶茶。我說:經過門口就來?她說:是,送你一杯奶茶。

我這些天,只是來過三次,每次一客焗豬排飯,就有超VIP 的待遇?香港有嗎?其實我反而應該多謝她,這客飯,加上這環境,讓我寫出一首詩。這詩初稿我即時傳給極少數的親友,幾年前開始用電腦,積存郵址 300 多人(團體),如今經常通郵的,有 100 多個。所謂極少數,就是幾個。

飯後順便到「三聯」走走,見到一本全世界各國國旗集,開本僅兩、三寸,但各有各國精要資料(加、美的國旗,高橫比例我以為都是 1:2,美國原來是 1:1.9)。上次到紐約書法展,曾在聯合國買過世界各國國旗的書,現在不知放到哪裡去。再買,但原來不能單買,要連一張對我無用的世界大地圖。是香港「通用」出版,看定價是原價兩倍,反正非急用,叫親友在香港買好了。書店巧遇楊是農,人甚謙和,文章也好,十多年前在 UBC 書法展時,他是《世界日報》記者,曾訪問我。問起,他目前任職於加拿大國家電台CBC,原來英文這麼好。我說剛從台港澳開會回來,可傳些照片給他看。我說:你不「是農」,是「傳媒人」。他說「是

農」（家子），我追問原籍，說是黑龍江綏賓，近海參威。我未聽清楚，問：是綏遠的綏嗎？他未聽過綏遠。我說：我學生時代，本國地理，有綏遠省、熱河省、察哈爾省，你們沒有了，有內蒙。

　　反正回家也是電腦，不如順路開車去河隄，新鮮空氣，走動一下，希望改善失眠。巧遇雪雁群飛降，拍攝，傳給極少數親友。

小記小思（覆大哥函）

大哥：

　　你目前行動不便，步步難移。意外，日前來電郵、及視頻**香港百年歷史回顧（第四輯）香港前途問題**（頭 10 分鐘是關於小思的訪問），可知你腦筋依然靈活，又能用電腦，可喜可賀。你既對小思有興趣，我就告訴你一些我與她的交往，給你解悶。

　　你傳來的視頻、訪問的最後，小思強調作家手稿的珍貴、和作用。記得我幾年前有一次回港，意外寫了首詩，是懷念已故香港詩人舒巷城的。當時我未用電腦，我傳真給她。她回信，請我一定要寄給她那首詩的手稿，我未明其意，只好郵政寄出，原來她把手稿交「香港文學特藏」珍藏。大概她覺得：一個香港詩人回到香港、觸景生情、懷念一個已故香港詩人的詩，特別有意義吧。

　　幾年前，北京「中國現代文學館」委託我們「加拿大華裔作家協會」收集加華作家的手稿。一些人早就用電腦寫稿，沒有紙本的。只好從電腦打印出來，由作家簽個名上去。我對小思述說此事，她面露不悅，說：「那就完全失去手稿的意義了！」

　　你知道我們喜歡貓，她也是貓痴。那時我們的 Scott 未

死,她的來信最後一句,有時是「祝文安兼貓安」的。她專收藏睡貓,我見到有小擺設,或者陶藝家手繪,以至吃飯用的碗碟,總之是睡了的貓,總是買了留下,找機會送給她。

她知道我的居室名為「三虎居」(「主人主婦均肖虎,家貓亦虎子也」),就請我題寫「睡貓居」三字,以為齋額。我用甲骨文寫。其實,「睡」「貓」「居」三字,原甲骨文都未見有,都是自我創造,仿作是也。有根有據就是。

我又記得,初到加拿大不久,我曾撰寫一隸書小聯寄贈她:「小亦大;學而思」,我認為切合她的學者身份,甚至身形。

你來的視頻中,她說很「中意」詩人戴望舒,她竭力尋找出證據,有力證明了戴不是漢奸,很感安慰。戴也是我最佩服的幾位中國詩人之一,60年代起,只要有公開朗誦的機會,我都愛朗誦他的詩。直到近年,好幾次在文學前輩葛逸凡女士的家的小型文學沙龍,在前輩詩人如瘂弦先生、及同輩、後輩詩友、文友面前,我除了朗誦自己的詩,就愛朗誦戴望舒的。去冬到中文大學參訪「香港文學特藏」,照片拍到我拉開抽屜查看資料,當時正是要看香港在日治時代戴望舒所發表的文章。

忽然記起來了,60年代中,三哥赴非洲工作前,公司先派他們到日本進修、受訓,他在日本偶然(馬路上)認識了三個日本中學女生,回港後介紹其中一個給我,作為筆友,通信。她寄日本歌的唱片給我,我回她我唱歌的錄音帶;還有是詩朗誦,記得是戴望舒的〈偶成〉:「如果生命的春天重到,……」,也許你會記得,她的名字叫「權田春子」。

（那幾年你正好在南洋工作，也許不知道。）

　　戴望舒是在我出生的那一年、1938年到達香港，主持新創刊的《星島日報》的文藝副刊〈星座〉編務的。我80年代在港時，也常投稿〈星座〉，當時的編者當然不是戴（是劉以鬯），因為戴早已在50年代末病逝北京了。

　　有一次，我對小思說，我回港的主要目的是探望文藝界的老人家（因為可能下次來就見不到了），她說：我就是其中一個吧？我說：你不算，我所謂老人家，是指比我老的，你1939，少我一歲。

　　她感情豐富。前年，我詩集《梅嫁給楓》出版，送她一本，她「翻開看到第一首，黯然欲絕，趕快閉上書。不安整夜。」那首詩，讓我貼在下面：

銅竹筒

　　　　怎麼去排解
　　　　無法排解的鄉愁呢？
　　　　吸幾口煙吧

　　　　來自中國南方的水鄉
　　　　習慣了家鄉的煙具：
　　　　大竹筒

　　　　隔一個渺渺的太平洋
　　　　嚴寒的加拿大

沒有生長竹子

　　銅片一片片捲起來
　　就連接成
　　一個多節的大竹筒了

　　一吸一呼之間
　　他見到了家鄉的煙囪
　　廚房裡在煮晚飯的妻子

　　去冬澳門化局請我回澳，相商籌建「澳門文學館」的事。回澳之前，在台北，我請教過龍應台、有何意見、建議。在香港，我同樣請教小思。她顯得很激動，說文學館，在香港是無法搞成的。山頭太多，例如應由誰來當館長，也很是難解決的問題。我想到有人說，中國作家協會主席，由巴金擔任，誰也沒有意見，所以即使巴老已成植物人，也要由他當。我於是說：由你擔任就解決了。小思搖頭，表示堅決不幹。

　　家姐、忻、慈，今天出發飛去探你病。三哥早前去過。同胞六人，都早就退休了，我也應該去一次多倫多，但我最忙。其實是最懶。

　　搦。2014.6.9-10.

思擄泌尿科病全程簡報

諸位有心的親友：

　　思擄（韓牧）前幾天接受了手術，成功圓滿，平安大吉。

　　於 2020 年 3 月時，小便突然失禁，多天後，竟排不出，急往烈治文醫院急症室，排出後，插尿喉、帶尿袋。獲介紹泌尿專科 Dr. Katherine Hennessey 跟進。

　　見家庭醫生吳嘉恩，她給我加一種前列腺藥，另消炎藥，排小便變得十分正常。除去尿袋。照 X 光，見膀胱有一石，1.2cm，不算小。

　　經該專科醫生（其後又有麻醉師、負責護士）多次電話診症，6 月時，膀胱內窺鏡，該專科醫生見石其實有兩粒，1.2cm 以內。建議作前列腺手術，及除去石，要住院一晚，帶尿袋三天，有可能要輸血。即時簽名同意。

　　9 月 14 日（本周一）入烈治文醫院接受手術。請相熟的朋友 Ben Ho 送去。是此生第二次住醫院。上次是 1959 年進香港瑪麗醫院、作肚臍手術。記得住 Hunter Ward、第四號病床，服侍我的，叫 Ann Ho，紅色牛仔布制服，樣貌平凡，但至今印象不減。當時我剛過了生日，滿 21 歲，在香港剛算成年，可以自己簽手術同意書。相隔 61 年了！

　　這次是挖空部份前列腺，免礙通尿，又取出兩粒膀胱石。全麻。估計需一小時。進手術室時看鐘是十時半，我醒

來看鐘是十二時十五分。手術成功圓滿。主刀醫生 Katherine Hennessey，年輕，她領我進手術室時，我見她肚皮微凸，禮貌說，恭喜你，新嬰兒要來了。她甜甜一笑。

一進手術室，見有七、八個人在忙碌。要這麼多人？上了床，頭上不見有燈，跟 61 年前不同。當年是中央一燈，環形八燈。現在也許是只看螢光屏了。立刻，就不醒人事了，也不知有沒有打針，有沒有封鼻。

醒了，如何床過床？原來是一頭一腳兩個人，拉緊我躺著的一塊甚麼，連那塊東西拋過去。

這一夜真難過。不是痛，體內有傷口，但完全沒有痛。是床褥太軟，太舊，不知多少人睡過，接續的睡，沒有休止，全年無休。屁股部份凹了一個大窩，很不舒服，我習慣側睡，更慘。因床褥太軟，枕頭藏進去，有而若無。整晚未睡過。次日全身骨痛，肩頸尤甚，又肌肉痛。心想，醫療房租膳食，一分錢也不用花，完全免費，還要挑剔嗎？還有贈品，布帳隔離是一白人老婦，整晚唱歌。用鼻唱，一句接一句，每句五六個不同的音符，每句相似但不同，一句之後，總來一聲長長的呼氣聲。此外，不知她要用一個甚麼機器，間歇的有 ding ding，ding，的聲音，整晚不停。算是女聲獨唱伴奏的樂器。

我還在等排期，換髖關節手術，那時要住幾晚，一晚已經這麼難過，幾晚？好在，我早已經告訴醫院，選擇住單人房，因為房租不貴，住幾晚，三幾百元而已（標準房，約四人的，免費），不但沒有贈品西洋聲樂，鼻音歌后，床褥一定不同。我付費的，可以挑剔啦。

女護士，日班是白人、菲律賓人，誠意細心，親切如待自己家人。四嫂（美玉）在該醫院任職二十多年，所見不少，也說那白人特別好，我問她名字。四嫂回家後去電話醫院讚揚她。夜班是華人，所見幾個都會講廣東話，服務一般，其中一個廣東話不純正的，態度差。臨天亮時，她為我除去打點滴，但手背上的一組東西不除去。我問，她說你帶回家，還要打點滴。不符事實，不知她無知還是懶惰。

　　整晚，吊清水袋，灌入膀胱清洗，洗出來是血水，嚇死人，不久又一桶，好像換了四桶。臨天亮，早餐前，有一人來驗血，先問我的姓名出生日期，要出院了，還要驗血？我沒問原因。四嫂想到，也許是驗新冠，若陽性，不准出院。

　　次晨，四嫂請三哥來接我出院，繼而依醫院的藥方去買抗生素、止痛藥（至今完全沒有痛，沒用過）。昨天，外甥女黃珊請半天假，送我去醫院檢查膀胱功能，看能否正常排尿。結果甚滿意，除去尿袋，回家。迎面而來有一個關：換髖關節。使我過去兩年，不但不良於行，更日夜受痛苦的那個磨損退化的髖關節。以前每晨跳街舞，左右腰升降太多太烈，惹得人人讚賞，現在知味道了。換了以後若能再跳舞，也不敢逞強了。

2020 年 9 月 18 夜。（難忘的「九一八」）

接受髖關節手術報告

　　我右髖關節磨損，已經讓我痛苦了兩三年，相信與十多年來逞強，每晨跳街舞有關。止痛藥、物理治療都沒有效。2020年1月，家庭醫生吳嘉恩早已轉介給骨專科Dr. Gatha，但久未回音。2020年夏，美玉也是逞強，未經預約，直接衝進Dr. Gatha醫務辦公室，作軟性的催促，即時獲幾天後的診治。疫情期間是電話診病，一大疊表格先填好，讓醫生清楚病情。我在「有何其他問題」一項中，強調我久病未得治標治本，心理痛苦。Dr. Gatha看到X光片，也說見骨磨骨，同意動手術。

　　我想，若不是美玉的「香港效率精神」不知何時才能看專科，何時才能動手術了。加拿大醫療制度一向得美國等國家稱贊。凡入醫院，醫療食宿全免費。加拿大其實不富裕，因為行「資本主義中的社會主義」，不許設立私家醫院，有錢也不能優先，貧富一齊排隊，只好乾等了。

　　因美玉胡來，我誇大，2021年2月9日，進列治文醫院接受髖關節置換手術了。省衛生當局事先發來術前、術中、術後資料和注意之點，其網上有視頻，十分詳盡。其實讓國民豐富知識，可減少許多醫療費用。

　　甥女黃珊，任職聯邦政府，其夫是好人「老外」，德裔人Chris，她與美玉為我翻譯，又找中文版。Chris又去瞭解

Dr. Gatha 要我們買的電冷敷機的說明；解釋使用法。珊細心，考慮到術後各方面，提醒我們買著褲、襪、鞋的工具，三哥提醒我們去「紅十字會」，借來四輪 Walker、加高廁座；加高坐墊、沖涼用椅。三哥強調術後需知必須嚴遵。文友陳華英早我三周置換膝頭，同病相憐，供應不少經驗，電話粥可以超過一個鐘頭。據知有香港友人最近在養和醫院換了膝頭，醫療費 26 萬港元。不滿意，傷口出血膿，想來或因術前身體不潔。我們是醫院先給消毒藥刷，甚至是小簽，清潔手腳趾甲藏污用的。術前那兩天，刷過全身除了顏面和下體。

術前小冊詳盡。定 2 月 9 日晨 9 時開刀，7 時天未光就要報到。得澳門粵華中學溫哥華校友會召集人倫兆培校友送入院。7 時至 9 時不是空等，甚忙，換衣物，check 這，check 那，Dr. Gatha 在我右大腿用箱頭筆簽了個名。美玉說是為免開錯左 hip。8 時 50 分推入寬大的手術室，有七、八個人在做準備工作，頭上兩個大圓燈，其中有不少的小圓燈。Dr.Gatha 是印度裔中年，麻醉師 Vanwest，中年，非白人。我後腰有極短、極輕微感覺，就不醒人事了，相信是麻醉針。

開眼見時鐘：10 時 20 分，到 3 時才推入病房。那四個多小時也不是白過的，幾個年輕男女護士，check 這，check 那，又除了襪子，在腳面、腳板「看脈」。按肚，我問是 check 腸嗎？不是，是 check 尿。又不時用冰塊試身體各處有無凍的感覺。

早已訂了單人房，每日房租 60 多元，但房緊，只好住

標準房（4人），免費。陳華英也是如此。巧！還是幾個月前泌尿手術那一間房，是唯一有窗的床位。床褥不錯，幸好美玉當時投訴床褥太舊，否則那張像鑊一樣的，難挨了。當然這次沒有了鼻音花腔女高音了。

一過床，有護士問我：今天是甚麼日？答：9號，星期二。

這裡是甚麼地方？烈治文醫院病房。你來這裡做甚麼？做 hip 手術。我想，為防病人麻醉未全醒，神智濛查查吧。

這手術強調「痛」，任何一位醫護，一開聲就是「痛不痛？」我大概幸運，1至10度，我常是1或2，最多是3，常常是無痛，只覺得那關節倦和悶。我常說：0 degree，他們都笑了，美玉認為，這兩三年我忍痛多，慣了，不當一回事。那屬先苦後甜了。

醫院到底不好住，是禁足在一張床上，不停打點滴，量體溫、血壓，日夜不停，吃多種藥丸。鄰床不斷有兩種「叮叮」的鈴聲。我一直不知是甚麼，後來知道其中一種：是我打點滴的管，被我不小心拉脫了，就發此聲。一夜未睡過。臨天亮時只睡了10分鐘，但精神不錯。很想早些出院。早前 Dr.Gatha 說相信一晚完事。床位不足，輪候人多，無可奈何。只好向病人灌輸大量知識。不過術後也有護士及物理治療師到病人家跟進的。Dr.Gatha 來巡房，我問是否今日可出院，他說可能明日。

要出院，專科醫生不能決定的。還要過兩關：物理治療師的一關，看能否走路、上落樓梯等。起初我擔心此關不能過，因為手術後行得差了。但結果，給兩輪 Walker 給我

推，順利。上落樓梯只要一邊扶手，不必其他幫助，還一面上落，一面喃喃有詞：「好人上天堂，壞人落地獄」。考我的叫 Catherine，第二代香港移民，出生於滿地可。廣東話可以。此考，我相信得滿分。由此可知，比我差的人不少。

　　第三關是 occupational therapist，Catherine 說，將由 Karen 教（考）我，她的廣東話好過她很多。我問 occupational therapist 中文怎麼叫？她說她也不知道。第三關其實是如何換褲、襪、鞋，如何坐、坐馬桶、上落床、上落車。我因已在家練過，順利過關。Karen 說她是該院唯一「職業治療師」。香港出生，幼年移來。我對她說，Catherine 說你廣東話好過她很多。她大笑，我接著說，她不知道你中文叫甚麼「師」，她又大笑。我說你應該教教她，因為她一定會遇到很多廣東話病人的。我問，醫院會否安排你們教廣東話病人呢？她說會，但不是絕對的。

　　列治文醫院不但有廣東味，也有四川味，附件午、晚餐單可見，有廣東雲吞湯，也有麻婆豆腐。早餐是西式的。一個印度裔實習護士 Amanda 極禮貌友善，為我「加菜」，不知哪裡弄來兩小盒醬，色香味，像中國豆豉。我問是豆製品嗎？不是。我說像豆豉，中國人只用於烹飪，不是塗麵包。我沒領情。她猜想我是華裔，送來英文術後需知後，問我要不要中文版，要繁體還是簡體。我要繁體。三分鐘後就送到，也許沒有病人問過她要繁體，也許她覺得繁體古怪，問我：「你真的能看懂嗎？」我笑：「我是作家、詩人，當然看懂。」她曾問我職業，我答書法家。我記得入院當天晚上，一位歐裔物理治療師 Daniel 對我 show 了一兩句中國國語，

第六輯　家居生活　305

我讚他，他反讚我的英語好。我說：「我的英語，和你的中國國語一樣好。」

「需知」的中文版，有些譯得不妥，例如術後坐姿，不可彎曲髖關節小於九十度。中譯本是「勿彎曲髖關節超過九十度」。人們看到「超過九十度」會理解為「鈍角」。

負責病房的高級護士很專業。我入院次日下午一時許已穿好衣服鞋襪可以出院，但黃珊及美玉約五時半才到院接我。我在病房等，乘機寫好了這報告。廚房仍然送來午餐、晚餐，當我未出院，負責護士在我五時半仍然為我量體溫、血壓，吃藥，當我未出院。

住院一晝夜，醫護見不少白人、華裔、菲律賓裔，印度裔。包頭的穆斯林見過一個，是掃地的大媽。

特意延遲接我出院，有一個別人不知的原因。美玉退休前在列治文醫院服務了二十年，知道下午交更（班）時很忙，一些洗傷口、換紗布不及做，要病人回家，家人做，遲些出院，就不會麻煩家人了。

我知道出院後三個月內，還要接受不少痛苦。要做人就是這樣，認命了。

2021.2.10. 下午，列治文醫院病房。

貓足跡・門前雪・雪中花・春雨燕

　　雪天，我們不出門。但鄰家的貓，還是要日夜巡視自己的地盤的。我每天在窗內檢視雪跡，憑朵朵梅花，可以知道牠的路線；憑我後園的圍欄頂缺少了積雪，知道牠巡視之後，是從這裡跳回自己的家。

　　「各家自掃門前雪，不管他人瓦上霜。」我們無力剷雪，幾天了，開門發覺，不知誰、甚麼時候，為我們剷出一條小路，那是方便郵差的（萬一郵差滑倒受傷，我們犯法），又為我清理掉幾天來蓋住汽車的積雪。我只見雪上留下的靴印，很大，不知是附近那一位好心的壯漢了。我曾追尋雪地足跡的走向，相信是隔兩家的那歐裔先生。

　　最後一朵玫瑰開到一半，被雪加冕了。落地玻璃窗上的墨跡，是上個世紀留下的，居然未褪。那次 Richmond News 記者來我家作訪談，請我在玻璃門上寫字，他們走出後園拍攝我寫字時的神態。我就隨手寫了甲骨文：「春燕小雨……」

2022.1.1.

史鎮懷舊

沒有乘巴士有好幾年了,下午陽光燦爛,坐幾站,到「史提夫士頓鎮」(Steveston, Richmond)的漁人碼頭逛逛(那裡缺車位)。總站在「漆咸道」,香港人很熟悉的街名。

「史鎮」,連同漁人碼頭,可說是遊客區。此鎮大致保存了古老的風貌,美國的電影常來拍攝,作為100年前的美國小鎮。

我來「史鎮」,是懷舊。30多年前移民來,是烈治文第一個公開教書法的人,除了在「列治文華人社區協會」義務教,又在「藝林研習中心」教,地址就在這紅色大樓的二樓(見圖)。記得第一個學生是姓陳的女藥劑師,住三角洲,見到我,說:「現在好了,有老師教書法了。我等了很久了。」第二個學生,是我牙醫的太太。

同時,我也在「史鎮」主理一個畫廊,主要賣非洲工藝品、木雕、象牙雕,也賣我的小幅書法,專為非華裔寫的。要上書法課時,就由住在同街的五妹婉忻來頂替兩個鐘。顧客不多,我就在畫廊寫稿,為香港一個報紙寫專欄,每天500字,全年無休。可算同時打三份工,但不覺辛苦,三份工都是我喜歡的。那個畫廊所在的鋪位(店面),現在成了一家名叫「大UN」的餐館,外牆黑色。

斑點蝦上市了,每磅要50元,但還是大排長龍。我買

了兩種味道不錯的魚,每籃 10 元而已(見圖)。

兩袋魚連冰,很重,坐到一對老夫婦身旁休息。他倆熱情與我傾談。先談魚,與我一樣,都愛吃魚。我說日前在阿拉斯加郵輪,我見魚點魚,不點牛豬雞的。巧,夫的球帽正是阿拉斯加。再談年齡,女的大我一歲,男的小我兩歲,很自豪自己健康,當然也稱讚我。問我是否還開車,我問其子孫,都住本地,我說你們幸運了。男的講個不停,還表演跳舞。我請身旁一位女士(遊客)代勞拍攝留念,我問,她答是菲律賓,我說我是香港。夫是德國,婦是荷蘭。我說聯合國。最後互通名字。臨別,夫說:「再見了,年青人!」

2023.5.20.

有禮的郵差

　　派來我家的信件多，一星期總有幾封，常常見到那個郵差。尤其是夏天，我愛坐在大門口曬太陽、看書報。他極有禮貌，見到我，一定問好。我也每次多謝他。即使我家沒有信，他派到隔籬時，他也點頭招呼。常常，我在屋裡，聽見信箱響，一定馬上跑去開大門，他走遠了，我也大聲說多謝，他總回頭一笑。

　　日前，我們買了伙食、雜貨，車進村（巷）口時，見郵車停在巷口，知道他正在我巷派信。我在門口等他經過，趨前，給他兩盒「嘉頓威化」。這香港名牌「嘉頓」這產品，很好，我極愛，吃了幾十年，想他及其家人、小孩一定喜歡。他未必有機會見到過、這唐人店賣的餅乾。我也推銷一下香港、嘉頓。他爽快的、樂意的接受了。即使不樂意，也一定接受，白人就是比我們有教養。

　　意外，今日信箱見到他手寫的感謝卡。

　　忽然記起，我見過孫中山的一封親筆英文信。某年聖誕節前，孫先生在溫哥華，溫哥華一家朱古力（巧克力）工廠，送給孫先生兩盒，作為聖誕禮物，他回信道謝。該信，此地一位朋友多年前參加拍賣，只75元就拍到了。加拿大本地人不識貨。

　　2024.1.5.

第七輯　附錄

羅慷烈教授贈詞

何思摶老弟赴三藩市作書法展覽，瀕行索題。余素不臨池，故窘於書，賦此解嘲。

〈水調歌頭〉
造物法天道，文字亦天生。啼迒鳥獸科斗，詰詘各隨形。邃古殷虛書契，三代吉金銘體，何處問師承？六藝或垂典，書法獨無經。

鍾王貌，顏柳態，漫紛呈。墨池筆塚，但望差似古儀刑。可笑規行矩步，面目終非我素，徒自苦拘囹。盍不吾師我，何必論粗精！

二零零一年八月，溫哥華。

何思敬書展序言（馬國權）

　　何思敬先生為饒選堂教授高足，月前自溫哥華來，攜其書法集《書契新跡》見貺，十九皆以甲骨文書古文、詩聯之屬，蓋在卑詩大學所辦書展作品中選出者，化古出新，令人一新耳目。茲以「回鋒萬里三千年」為題，歸其出生之澳門、成長之香港展出，向舊雨新知彙報交流。余承囑作一言之介，然先生翰墨正在展陳，又豈待余之喋喋耶！

　　甲骨文字自晚清光緒二十五年（公元一八九九年）福山王懿榮識讀於藥劑龜版之中。四年後，劉鶚《鐵雲藏龜》一書面世，自此好古之士，蔚然從風，由是中國最古老文字之研究，已成專門之學。於語法、文學、史地、禮制、社會、經濟、文化、宗教、風俗、曆象諸學，皆有重大之推展。至明年，已足一百周歲矣。

　　集甲骨文字為楹聯者始於羅振玉，一九二一年已成《集殷虛文字楹帖》，用供臨池之需。後四年，羅氏又合章式之、高德馨、王季烈三家集聯及己作，復成《集殷虛文字楹帖彙編》。一九二八年，丁輔之成《商卜文字集聯附詩》；其後九年，丁氏又有《觀水遊山集》（甲骨集詩）之刊。同年，簡琴齋《甲骨集古詩聯》面世，皆集古人名句而成，得聯一百三十九，得詩三十七，尤為難能。集甲骨文為詞較晚，五十年代董作賓先生居台北，詞人汪怡庵（一厂）與之對門

居，汪先生每向董公問甲骨文，久之得詞七十九首，北曲小令六首，董公恆以書贈同好。兩公物故，董存本散佚，書家石叔明平素見董書輒錄副，得四十餘首，後自竭力補足，署曰「一厂撰句、石叔明集字」之《甲骨集詞》一書，於一九七七年刊於台灣，真有心人也。

集甲骨文字以書詩文有二難。一曰集以成詩成文難。甲骨文字匯約四千，學者有共識者約一千五百字，以如斯之數為文作詩，當有一定局限，故董公主張用字允許用「初文」，行「假借」，不應處處以學術原則，多加指責。然過寬泛，亦非所宜。二曰得殷人書法風致難。羅振玉早年譜於金文，摩挲甲骨亦久，用筆剛勁，跌宕奇古，溢乎楮墨之間。丁氏謹飾有加，然傷纖弱。簡琴齋書聯多以麻筆書之，取其蒼莽；寫扇則用「鴨咀筆」，挺拔與契刻無殊。董公畢生致力甲骨，最得真切，取法墨書卜骨及雙刀刻者，故圓厚而饒挺勁。諸前輩皆各有所詣，啟迪後昆。

思挶先生晚出，能詩，集聯俱出自撰。書風隨時代而演進，傳統前衛兼收，渴筆墨漲俱備，藝術最重創意，識者幸共鑒之。

馬國權　一九九八年三月於香港中文大學。

一種書風的形成（謝琰）

　　當代美國卓越的散文家懷德（E.B.White1899-1985），曾就文章風格說道：「它是自我公開的透露。」雖然他所指是文章的風格，但是這句話亦可引申到中國的書法。一個中國書法家的風格是表現他的某些技法、學養、才情以及創作力。簡而言之，是自我精神的流露。

　　何思撝的書法風格充份表露其精神。他早年師事書法家謝熙（1896=1983）。謝熙不僅教他書法，也是他的恩師。在謝熙的教導下，他掌握了書法的基本技法以及熟習各種不同的書體。那時他將創作自我風格的種子埋下心田。大學時代，他又師承古文字學家饒宗頤教授。早年兩位大師給他的影響，已為他個人書風的發展奠定了良好的基礎。然而，他真正蛻變為一位具有創造性的藝術家，是他移民到加拿大溫哥華以後的事。

　　加拿大是一個年輕的國家，立國於一八六七年，只有一百三十年歷史。其人口雖以英法裔為主，然而也吸收世界各地的移民。大部份的移民都保存了他們自己的習俗和語言。一九七一年，杜魯多總理宣佈多元文化政策：「政府支持並鼓勵不同種族各自建立富於本位文化特色的天地，與主流文化中各族裔和平共處，相互接受與分享彼此的價值觀念，使加拿大人的生活日益豐富與充實。」

何思掞來到溫哥華以後，在大自然和安謐的環境下，找到了心靈上的恬靜，因而啟發了他個人書風之發展。同時，不列顛哥倫比亞大學亞洲圖書館豐富的中文藏書使他受益不少。儘管他去國離鄉多年，卻沒有因為缺乏母體文化的滋養而窒礙了書風的成長。

感謝多元文化政策，何思掞不但接觸了其他文化，而且更能與它們互相交流。一九九五年，他參加在溫哥華舉行的中日書法家聯展：「翰墨因緣」。就在這樣豐饒的多元文化環境下，他創作的種子萌芽，開花，以至結果。他明確地表示要創造一種具有毛筆與刻刀雙重效果的甲骨文書體。它一方面可以保持甲骨文原有的古風，同時亦可顯示現代精神。又因其書體類似象形文字，故不熟悉中文者亦很容易欣賞。他希望能把他這種新的藝術創作介紹給更廣大的觀眾，使它成為加拿大文化的一部份。在這一方面他已略有成就。

一九九七年，他在不列顛哥倫比亞大學亞洲中心舉行了首次的個人書法展。在這個命名為「書契新跡」的個展中，他展出以甲骨文書寫的《般若波羅蜜多心經》和《正氣歌》。這是中國書法史上的創舉。它們的原創力博得了一般觀眾以及學者們的讚賞。最近，受到不列顛哥倫比亞省原居民文化的影響，他的新作是以甲骨文字書寫成圖騰柱形式，撥動了觀眾的心弦。

何思掞港澳書法巡迴展覽，命名「回鋒萬里三千年」。觀眾們在欣賞他獨特的甲骨文書法之際，必會發現它們的廣泛性，超越了時空與文化，誠如何思掞自己說：「它是古代的，也可以是現代的；它是中華的，也可以是加拿大以至世

界的。」

　　謝琰　一九九八年一月八日,不列顛哥倫比亞大學。

【編者案】謝琰此文原作為英文,由施淑儀翻譯為中文。

我們的第一個話題——韓牧（士心）

　　韓牧先生回來，有幸與他一聚。而這次相聚，實在出現了太多的想不到，如想不到他才思仍如斯敏捷，亦想不到他回憶文壇逸事還歷歷在目。這些都與一個八十高齡的老者狀態並不成正比。

　　在面談中，先生予人感覺還是那麼年青，就像未完之畫作，雖然在多年的創作生涯中，已一筆接一筆地呈現其風格，但在柳暗花明中還有太多的空白未填上，在其身上永遠能感到無限可能。當然，作為讀者的你，永遠想不到我們的第一個話題。是新詩？不。是書法？不。我的第一個問題，是問他為何筆名叫韓牧？先生對我的提問倒有點意外，因為好像從沒有人這樣打開話匣子的。想不到先生也好藉口，反問：「你覺得呢？」

　　其實隨年紀痴長，筆者愈來愈怕答問題，怕答錯問題。但事已至此，不想回答也要回答吧！唔……我想跟李牧有關，說不定是對邊關的嚮往或那種保家衛國、家園意識。先生搖頭，將自己重複成條橫線，多猜幾次，正如攻堅幾次，再而衰三而竭，最後默言了。這時先生才道：「牧，是指放牧，意代大草原、大沙漠。由於我出生於澳門小城，視野和胸襟自認不夠廣闊，故對大氣魄的東西心嚮往之。」原來如此，我亦打蛇隨棍上問韓字的由來？先生冷不防有此一問，

又是搖頭,「看來你要多留意古典文學!」我立時低首認罪:「都是後學不好,淺薄了。」先生也好生安慰,「有提升的空間而已。」

回家後,查到《姓纂》記載:「周成王弟唐叔虞裔孫韓王安,為秦滅……江淮間音,以韓為何,遂為何氏。」原來韓為何姓之源,而先生亦將此說敘述得更為細膩:「當年韓氏為秦兵追殺,追到河邊,兵問姓氏,逃人以口啞之殘掩飾,指向遠方,兵不諳其意為天氣之寒(韓之同音),以為是指河(何),故避一劫。」

至於韓牧這筆名的起用來源,是《文匯報》舉辦對聯擂台賽,先生以這筆名參賽,結果連奪兩次冠軍,大概筆名對他甚為利好,故一直用之。其後韓牧還提到了他常用的一些筆名,如鄭展怡是其生母之名,衛紫湖是因他偏愛紫色,保衛自然之湖有不可推卸之責。諸如這些,相信都能為澳門文壇存一筆難得的記錄。

牧者无疆——《韩牧散文选》读后（汪文勤）

一

每次看见韩牧先生，都会有一种恍惚感，好像看见了一位从远古以来就一直生活在这个星球上的智者贤人，他不曾有片刻须臾的离开。而且，这样的一个人也将长久地在这个星球上生存下去，不会被任何朝代、任何事件所改变，世俗啊、时间啊都不能够打扰他。一直以来，我无法设想，这样的一个人，在我的视线以外，他是怎样生活著，他要怎样面对一个沧桑无尽的时间，除非他是生活在时间以外，又在我们肉眼无法看见的一个什么奇怪的地方，像无以计数的古人们一样生活著……

如果再多想一点，就会觉得，韩牧先生是另一种人类，他每天可以不用吃饭的，只吃字儿就可以了，他睡觉抑或假寐的时候，头颈枕著的，身上盖著的也应该是那些每天簇拥在他身边的字儿。他家的前后院里，窗台上种下的和长出的也都是一些字儿。他年复一年地收获它们，他吸纳进去的是字，呼出去的也是字，所以，鹤发童颜的他，目光如炬的他，实在是得了文字的秘诀，得了文字构成的鲜活的溪水的滋养，已日渐脱去了人间的烟火色，好像被炼过的银子，越少杂质了；好像被磨过的玉石，越发温润了……

所以，看见了这样的韩牧先生，我才会恍惚的吧。

二

文字的诀窍在哪里？

我想，大凡世人只将语言文字当了交际的工具，吃喝拉撒睡，油盐酱醋茶。文字越来越世俗化，文字正在遭遇前所未有的一种亵渎。尤其是如今的年代，人心被蛊惑，在人没有不敢说的话，也没有不敢写的文字，「越堕落越快乐。」好像那些为著承载我们人类情感的圣洁的文字正在被邪灵所附，渐渐脱离了人手的控制，洋洋洒洒在天地间长驱直入，背离了他们被创造出来的初衷，正是这些文字在戕害人心，荼毒生灵。这不是危言耸听，是一个不可以视而不见的现实。

看韩牧先生为文、为字，必然是怀了一颗敬畏的心。为文，他简约、清纯，能用一、二字说明白的，不用三、四字，能用短句子说生动的，不要长句子。可以用小块文章写人状物的，不写大部头。最近看到韩牧先生写给瘂弦先生的信，信中依然谈到，关于自己的游踪，将会以诗记之，不写游记。相信以韩牧先生的生花妙笔，游记一定可以写得很出彩。但是，韩牧先生在文字创作方面表现了一种高度的环保精神，做最好的、最有创造力的，因为，相形之下，诗是游历之外的再度游历，有发现之中的又发现，不只是单纯的记录。虽然只是一种表达形式的取舍，却代表了韩牧先生对文字表达极度谨慎的作风。这是难能可贵的。

韩牧先生为文是这样，写书法亦然。我不通书法，不知道「入魏晋、似钟王」是何等样式。但是，在文集的第四辑

「书艺・文言」部分，可以看出韩牧先生对文字的讲究非同寻常，从结字到执笔运腕，到通篇之章法，那种感觉好像中医大家给人把脉，于无声处听出惊雷；又像是西医的手术大夫，在手术台上火眼金睛，全凭一个精准。韩牧先生说：「书法作品是写出来，而非涂出来，画出来，行笔有次序，节奏，有时间性。这点与音乐接近，属于「气」「血脉」的范围。」而「气」和「血脉」原本就是生命的范畴。

每一个字都是有生命的，字和字之间是生命的呼应关系，有连接，有互动，通篇才有生命之气象。

对这样的有生命的文字怎么能够不心存敬畏呢？只有人在一点一横上用心著墨，生气灌注，生命回向生命的才自然是生机盎然的生命果实，这是那些没有內在的生命力量，无所畏惧且镇日只知舞文弄墨之辈，怎么能够获取的果子呢？他们修著别的法门，何以得著正果呢？杂耍文字，玩弄文字的人，到头来，他们的生命亦如糠秕一样，风一吹就自然散去了。他们会被他们杂耍和玩弄过的一切杂耍、玩弄了。

韩牧先生实在是得著了奥秘的，这个奥秘就是他对文字有尊重，诚挚的感情和严谨治学的态度。

所以，韩牧先生的文字是有生命力的，这个生命力和是否畅销无关，和是否赚回了巨大的利润无关，他只和创作者是不是以面对庄严生命的态度来创作有关。

三

一个好牧者是怎样的？圣经里有最经典的描述。

好牧者了解自己的每一只羊,他认得他羊儿的声音。他也会看每一只羊脸上不同的表情。

　　好牧者领著他的羊群,穿越荒漠,翻过羊肠小道的山岗,找到水草丰美的草原。途中虽有各样的艰险,但是,好牧者有能力也有经验把自己的羊群带到安全的地方。

　　韩牧先生是一个用心放牧自己的文字的人。他应该熟知那些字的出处、来历,那些字是有表情的,所以,关于字的排列一定是有章法、有序的,写文章、写字都是一样的道理。讲究一个有血有肉、有骨有节,生机灌注。一个文字工作者,如果不了解每个字的来历和性情,往往会谬误百出,更谈不上得心应手的放牧了。放牧是大境界,天苍苍、野茫茫,有一种超脱的自由,当你有能力带羊儿们到了迦南美地,你和你的羊儿们有了深刻的默契之后,你便可以仰面躺在草原上,看著云卷云舒,微风送来野花的芳香,你还可以轻声地歌唱,云淡风轻,心旷神怡,那是何等的美,何等的自在啊!

　　对文字的牧放,是要下一番苦功的,不然就是文字的堆放。我们的方块儿字,他们构成的世界,不是一成不变的拼图。更不是一个力气活儿,用堆放和码放的动作,信手拈来,随意摆放,横竖看都是字儿,也会传达一些不知所云的语义。但是,牧放必然是生命对生命的承诺,是一次生命和生命相伴的,无以回头的远游。那个过程是推敲,是熬炼,是最多的苦和最多的甜的交织和勾兑,甘苦自知,难以为外人道。

　　读韩牧先生散文,从头至尾,或者是花鸟鱼虫,或者

是植物性格；或者是「飞翔在台峡的上空」或者是「我的帽子」或者是「品味悬殊的知音」，无论写事、写人还是状物，最难忘的是他在文字把握上的精准，那一书的字儿词儿，没有不乖的，韩牧先生一扬鞭，牠们就一个接一个地前去，有时候，不是因为鞭影，牠们疾行，是因为韩牧先生随意吹出的口哨声，给了牠们暗示，他们就心领神会。所以，我们今天才有了这样的眼福，翻开这万杆青翠的竹林页面，看见的就是一个水草丰盛、羊儿肥美的美丽世界。

四

牧者无疆

一个牧者比一个行者有著更多的负重。行者可以径直地前去，无所牵绊，无有挂碍。而牧者则不然，他有「群羊」要牧放，他要为另一群生命的幸福、安全和快乐负上责任。也正因为如此，牧者的世界将更加广阔无垠。

《韩牧散文选》精选了韩牧先生三十七年生活的片段和光影，从最甜的顺德到澳门、香港到中国大陆的各处，尤其是黑龙江，再到加拿大的温哥华等等，显然是一个游牧部落的踪迹，没有哪一段路程是妄然的，处处在在都留下了韩牧先生对生命中真、善、美的追求、发现和描述。他没有遗漏任何一个好景致不指点给我们看，包括他一九八一年冬天在寂寞的沙滩上发现的一种美丽的小海螺，他也不曾隐藏生命中任何一个事件不向我们报告，包括题写书名《惊起一滩鸥鹭》时，那个鸥字仍用了草书的繁体等等。他不停地走、不

停地看、不停地写。他这样说:「我习惯了精简,习惯了含蓄,习惯了分行,又习惯了不用标点,但求逼真的表达我的所见所感,也不理它算不算是诗。就是这样一直写到现在,还可能一直写下去。」

  他是这样一路写下来了,一直写到了今天。

  如今,我们轻而易举就可以看见,韩牧先生的身后,是一片广阔无垠的大草原,那是他多年牧放的结果,草原上点缀著蒙古包,羊儿们星罗棋布的,悠闲地吃著草,白云苍狗,牧歌清幽,也许外面的世界正狼烟四起,兵荒马乱,但是在韩牧先生的这一方山水之间,一如他吟唱的牧歌那样,总是恬静的,无法被打搅的。

  汪文勤 2009。11。23 深夜写于北京

第八輯　照片說明

《韓牧散文書法新輯》照片說明

1. 大門匾額「美思廬」,古隸。印文「牧」。
2. 客廳匾額「三虎居」,甲骨文。「主人主婦均肖虎,家貓亦虎子也。」印文「牧」。
3. 書房匾額「環多角」,是環保多元角簡稱。甲骨文。「不伐竹木,可謂環保;不除雜草,才是多元。」印文「何草不黃」「思」「搗」。
4. 「射日」,甲骨文。印文「何」。
5. 印第安圖騰柱,甲骨文。
6. 甲骨文《般若波羅蜜多心經》,是史上首件作品。書於1995年。
7. 贈中華民國文化部聯,隸書,印文「韓牧」。
8. 扇面,隸書,王昌齡詩。印文「何」「思搗」。
9. 扇面,行草,張泌詞。印文「何」「思搗」。
10. 自書隸書聯,賀麥冬青老師百歲壽,印文「韓牧」。
11. 自書隸書聯,賀葉嘉瑩老師百歲壽,印文「韓牧」。
12. 在祖籍廣東順德良村,應邀即席以甲骨文書杜甫詩「露從今夜白;月是故鄉明」相贈。1999。
13. 歡迎中國作家訪問團。
14. 「加拿大華裔作家協會」會名題字及二十周年會慶晚宴橫額。

15. 與謝熙老師合影於香港大會堂展覽廳。師生書法展。背後是我書宋詞：「水是眼波橫，山是眉峰聚，……若到江南趕上春，千萬和春住。」此作展覽後，寄日本贈筆友權田春子，1964。
16. 謝熙老師於1965年花朝節我生辰寫贈我之書法作品。
17. 參加《風暴・回響》「天安門周年紀念美術展」，卑詩大學（UBC）1990。

    淡墨隸書：「戰血流依舊；軍聲動至今」。淡墨草書：「此聯出自杜甫詩中最後一首，詩題〈風疾舟中伏枕書懷三十六韻奉呈湖南親友〉。杜甫不愧詩聖，絕筆詩中竟寫出一千二百十九年後實況。『六四』後第二個秋後，思搗於烈治文冰點下。」此展溫哥華後，巡迴歐美城市。
18. 參加《翰墨因緣：當代中日書法家聯展》，加拿大工藝博物館，1995。「鷗翅映湖色；客心繫國魂」。
19. 《書契新跡：何思搗書展》，卑詩大學（UBC）1997。甲骨文〈多元文化萬歲〉。
20. 與羅慷烈教授合影於其贈聯，我寫甲骨文：「奇字憑君驚俗眼；舊遊媿我僭人師」。溫哥華中華文化中心展覽廳，1997。
21. 與饒宗頤教授及其所書門榜合影，《回鋒萬里三千年：何思搗港澳巡迴書展》，香港大會堂展覽廳，1998。
22. 與收藏家李喬峰先生合照。甲骨文書林則徐聯：「朗月照人如鑑臨水；時雨潤物自葉流根」。香港大會堂展覽廳，1998。
23. 《牽絲連故里：何思搗順德書展》，廣州中山大學古文

獻研究所所長、廣東書法家協會會長陳永正專程來觀，合影，廣東順德，1999。
24. 《書藝選粹，何思摶紐約書法展》，與紐約市政府藝術顧問簡文舒院士合影。背後甲骨文聯：「花亦不知春去處；酒中唯見月歸來」，是我在一九九七年，偶然見到簡院士父親、書法名家簡琴齋於一九三七年寫的一副甲骨集聯，我憑記憶，意臨。是我唯一臨仿前人之作，寫贈簡院士以為紀念，也是對她為我展覽會主禮的報答。2000年。
25. 《緬懷國父：何思摶書法展》後，獲台北國立國父紀念館收藏作品兩件，館長張瑞濱（右二）選藏。2001。
26. 與書法名家張光賓教授、陳奇祿教授合影於國立國父紀念館展覽廳。2001。
27. 甲骨文《國父遺囑》（原稿），是書法史上首件作品。於辛亥革命100周年紀念展覽會展出。溫哥華中華文化中心，及卑詩大學（UBC）。寫於2000年。
28. 甲骨文大字聯：「民為貴，國乃昌。」溫哥華中央圖書館展。
29. 司徒乃鍾巨畫《群芳承澍耀花翎》題詞。溫哥華「花園酒家」壁。
30. 丘逢甲《澳門雜詩》，甲骨文。澳門博物館藏，與館長合影，1998。
31. 自書甲骨文聯：「詠詩雲影夜；伐木海湄冬」，中國現代文學館藏，由館長舒乙（老舍之子）接受，1998。
32. 自書「建立澳門文學的形象」，甲骨文，贈澳門文學館。

33. 自書隸書聯：「嘉勵時賢求義理；瑩拂舊學現新奇」，賀葉嘉瑩老師九十壽。葉老師親接。
34. 沈惠治之靈。漢、緬、英三文，1979。
35. 良村學校。勞美玉與家貓 Scott。
36. 新春聯歡晚會。瘂弦前輩演講。
37. 新春聯歡晚會。甲、隸、行，三體。與演唱嘉賓劉鳳屏女士。
38. 孫文墨寶「奮鬥」。
39. 蔣中正墨寶「奮鬥」。
40. 毛澤東墨寶「奮鬥」。
41. 韓牧甲骨文「奮鬥」。
42. 邵靚〈淚花打夢〉圖。
43. 趙蘭石書陸游詞。
44. 陳康侯花鳥扇面。
45. 睡貓碗底的簽名。
46. 1985 年 10 月，在香港大嶼山的文學交流營。左起陳敬容、古華、古兆申、小思、韓牧。
47. 二十世紀八十年代中期，在澳門大學。左起雲惟利、饒宗頤、陳蘆荻、雲惟利夫人許愛華、一畫家、韓牧。
48. 與詩人楊煉在溫哥華。
49. 與蘇格蘭裔百歲友人 Jean Walker。
50. 香港志蓮淨苑為建仿唐木構佛寺，來溫籌款。左二及右一，為姜大衛、李琳琳伉儷。
51. 名模琦琦扮觀音助籌款。
52. 周孟川舞劍，溫哥華。

53. 周孟川舞劍，溫哥華。
54. Laura Kwok 畫壁畫，烈治文美術館副館壁。
55. Laura Kwok 畫壁畫，烈治文美術館副館壁。。
56. 甲、隸、草，三體《大同篇》，甲骨文是書法史上首件作品。於溫哥華文化中心文物館展出時，與好友音樂家鍾肇峰合影。
57. 加華作家
58. 韓牧散文選
59. 韓牧評論選
60. 待放的古蓮花
61. 梅嫁給楓
62. 勞美玉詩文集
63. 韓牧詩話
64. 韓郎鴿書選
65. 韓牧文集
66. 情詩三百首評釋
67. 濠江荒謬歲月
68. 加拿大華人文學論文集
69. 小城夢幻錄
70. 韓牧社會詩
71. 聚散
72. 韓牧散文書法新輯
73. 紀念辛亥革命百年郵幣書法展
74. 當代加華詩選
75. 急水門

76. 剪虹集
77. 臨隹父癸尊銘文
78. 四體四屏之甲骨文
79. 四體四屏之隸書
80. 四體四屏之楷書
81. 四體四屏之行草書

第九輯　有關書法的照片

1

2

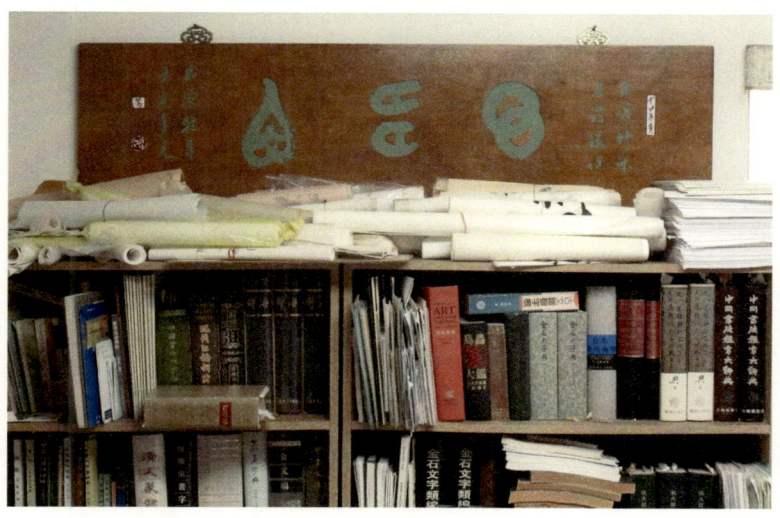

3

4

5

第九輯　有關書法的照片

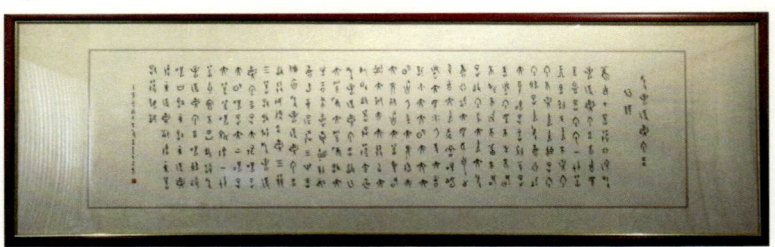

6

7

中華民國文化部惠存

加國多元融合
中華文化綿長

加拿大華裔作家協會
二千十三年十二月
何思擄撰書

8

青海長雲暗雪山　孤城遙望玉門關
黃沙百戰穿金甲　不破樓蘭終不還

第九輯　有關書法的照片

10

麥冬青樹榮先生百壽慶

戰士情懷越冬長青一世紀
仁者壽考壯樹更榮兩百年

二千十三年 何思撝撰書敬賀

11

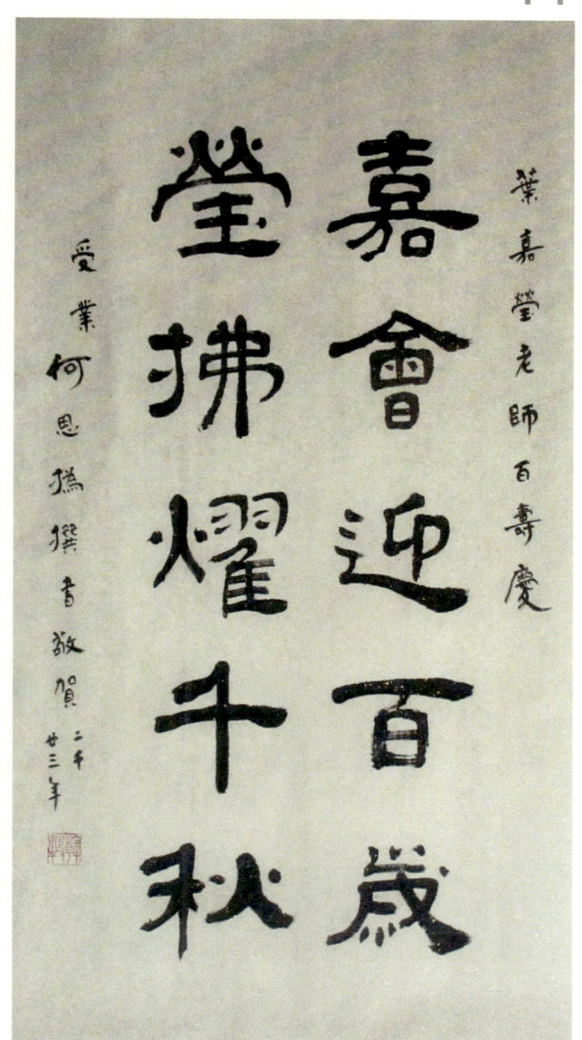

葉嘉瑩老師百壽慶

嘉會迎百歲
瑩拂燿千秋

受業何恩擄撰書敬賀 二千廿三年

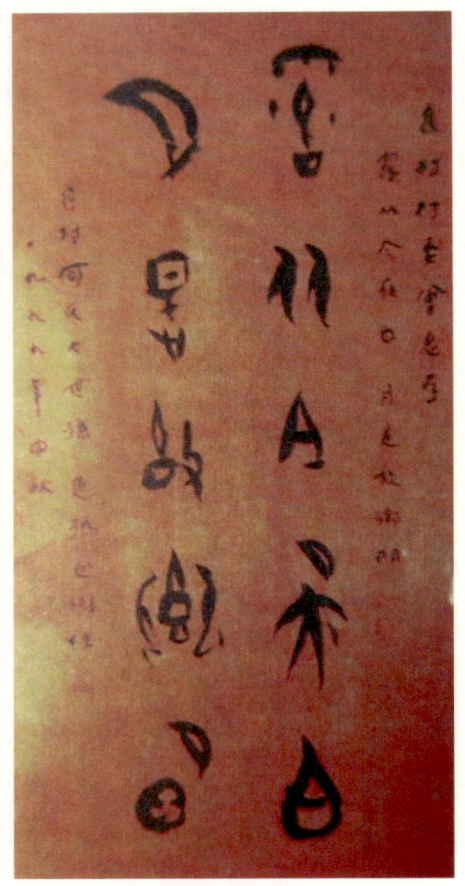

12

13

歡迎中國作家訪問團

14

加拿大華裔作家協會
Chinese Canadian Writers' Association
二十周年會慶晚宴
2007. 8. 10.

第九輯　有關書法的照片

15

16

讀書所以求學問有學問便有知識有知識便事事有辦法故有志之士皆發憤讀書

17

18

第九輯　有關書法的照片　353

19

20

21

22

第九輯　有關書法的照片

23

24

25

26

360 韓牧散文書法新輯

27

28

29

30

364 韓牧散文書法新輯

31

32

33

34

35

第九輯　有關書法的照片

36

37

38

奮鬥 民元雄文

39

奮鬥 蔣中正

第九輯　有關書法的照片

40

41

42

43

溢口散船妹薄暮散花洲宿雨
岸曲蘋紅蓼映一叢初綠有沽酒
處便為家菱芡四時呈明日又乘風
妹去住江南江北　辛亥四月
錄陸放翁詞選
咸恩大兄言旋
蘭石

44

45

46

第九輯　有關書法的照片　375

47

48

49

第九輯　有關書法的照片

50

51

52

53

第九輯　有關書法的照片

54

55

56

57

加華作家
Chinese Canadian Writers Quarterly

58

韓牧散文選

59

韓牧評論選

60

待放的古蓮花
—— 韓牧澳門詩選

61

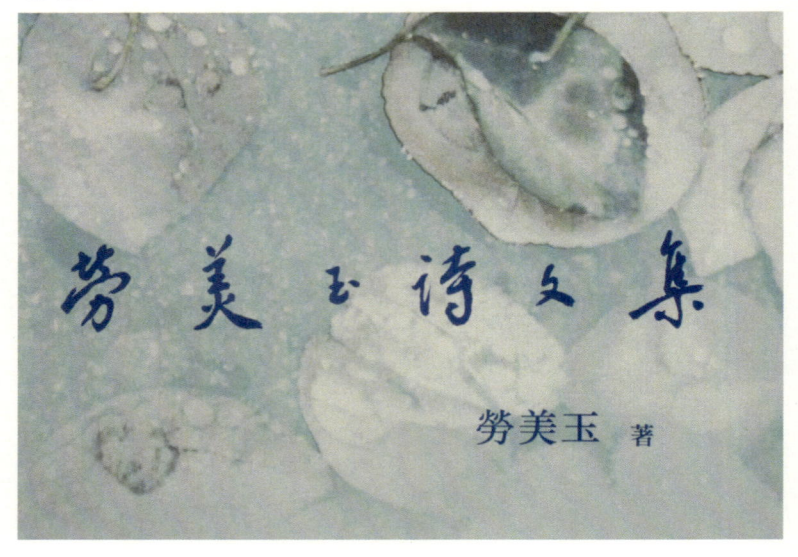

梅 嫁 給 楓

韓牧 詩集

62

勞美玉詩文集

勞美玉 著

63

韓牧詩話

64

韓郎鴿書選

65

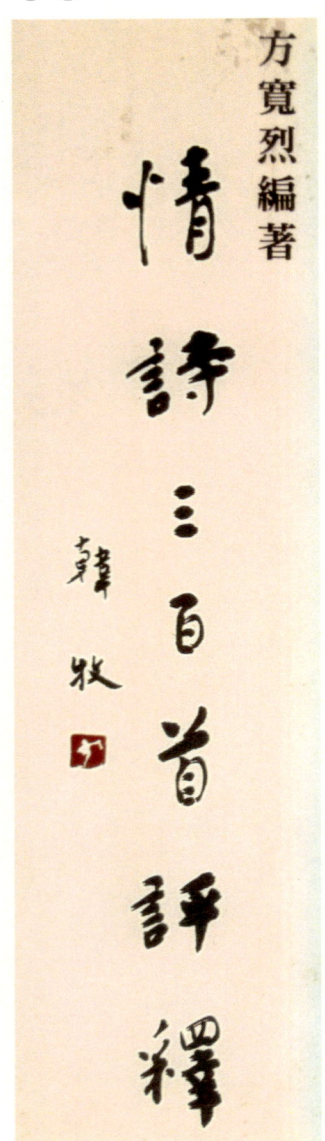

韓牧文集

悼文・家書・書簡

下冊

66

方寬烈編著

情詩三百首評釋

韓牧

67　　　　　　68

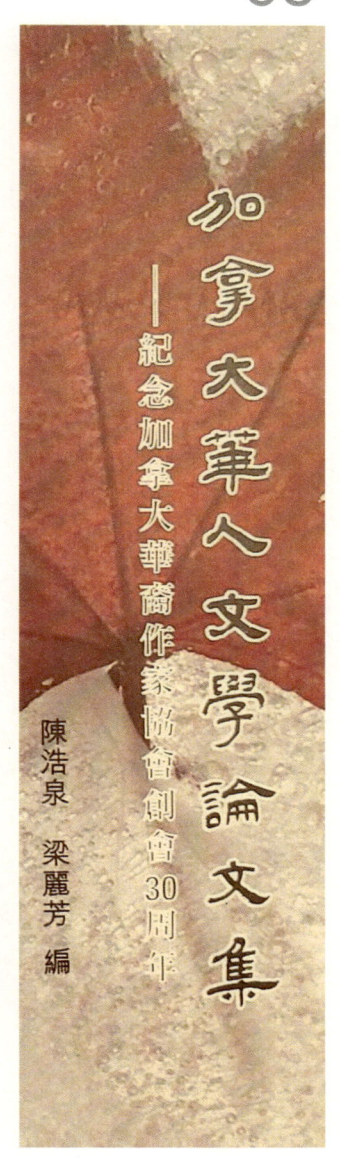

濠江荒灣歲月
韓牧

加拿大華人文學論文集
——紀念加拿大華裔作家協會創會30周年
陳浩泉　梁麗芳　編

69

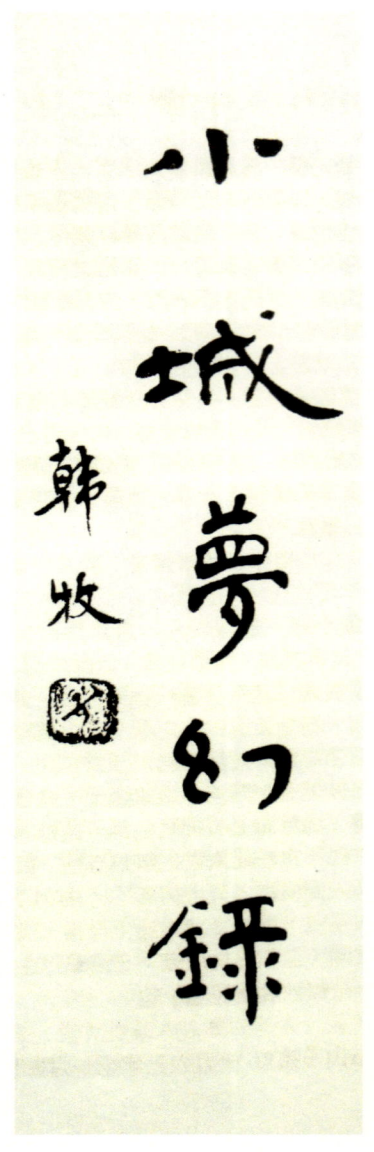

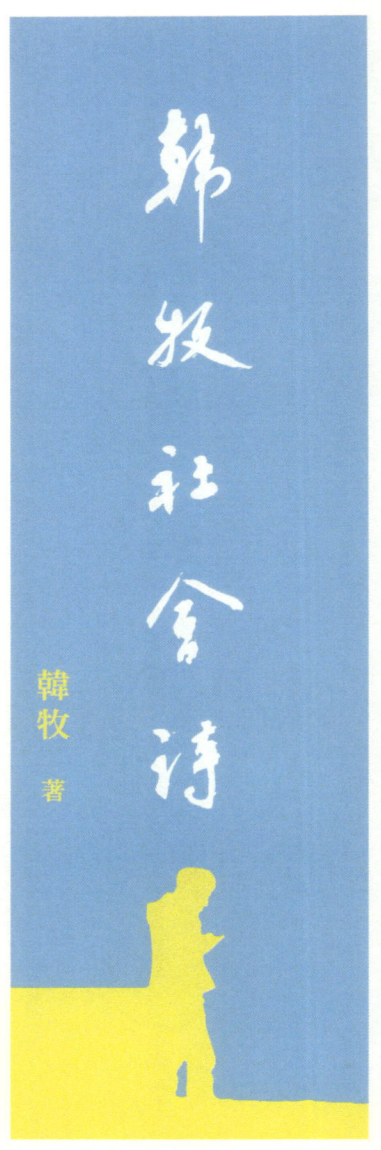

小城夢幻錄
韓牧

70

韓牧社會詩
韓牧 著

71

中篇
系列小說
上冊

照
散

Songbird
— 著

72

韓牧散父書法新輯

第九輯　有關書法的照片 389

73

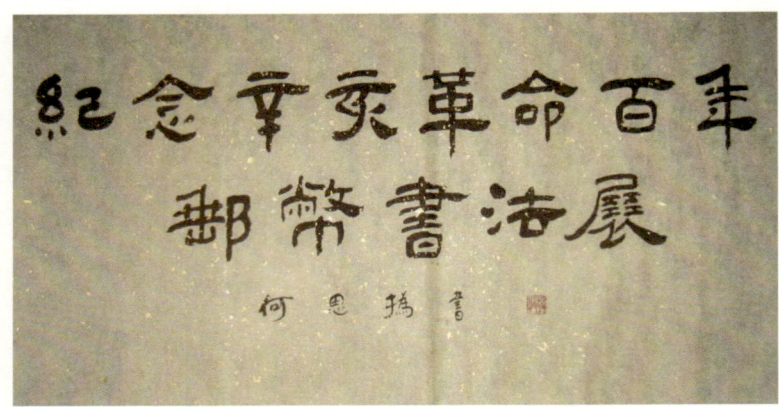

紀念辛亥革命百年
郵幣書法展
何思捣書

74

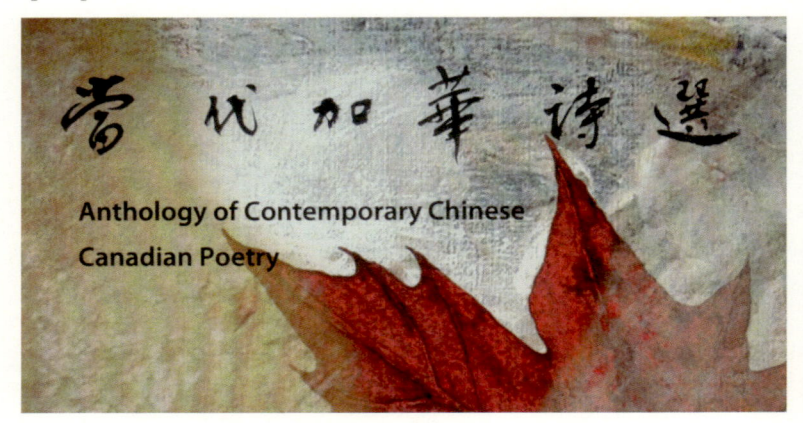

當代加華詩選
Anthology of Contemporary Chinese
Canadian Poetry

75

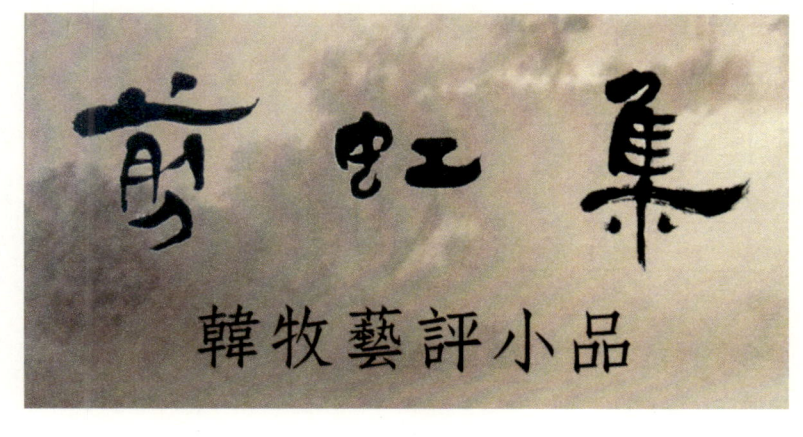

飛沙月
韓牧

76

剪虹集
韓牧藝評小品

77

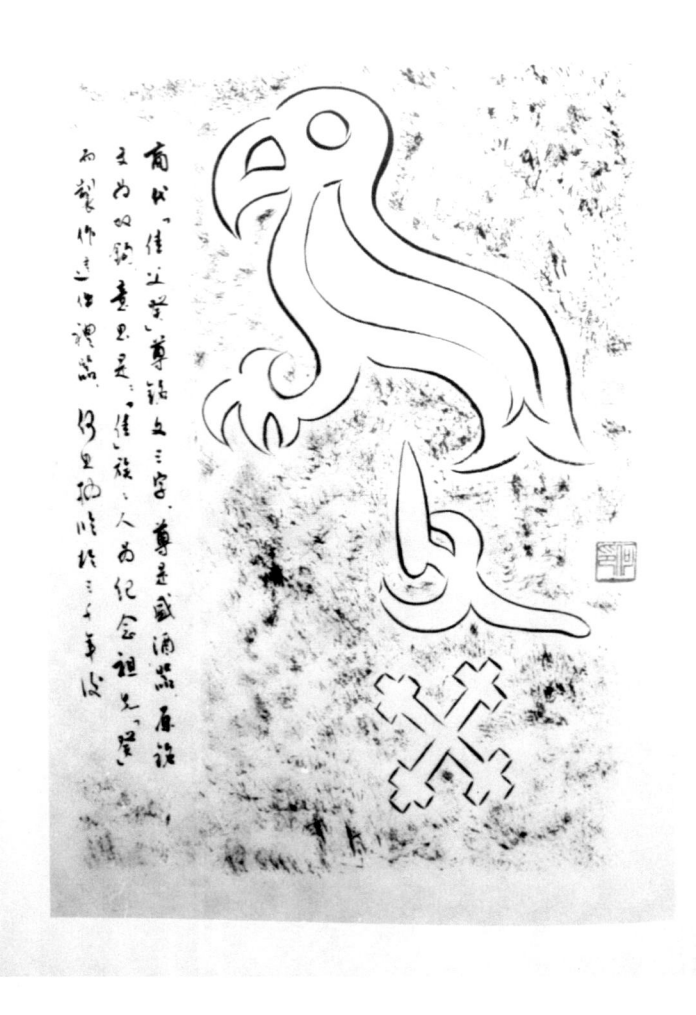

78

79

庭中有奇樹綠葉發華滋攀條折其榮將以遺所思馨香盈懷袖路遠莫致之此物何足貢但感別經時

80

舍南舍北皆春水但見群鷗日日來花
徑不曾緣客掃蓬門今始為君開盤飧
市遠無兼味樽酒家貧只舊醅肯與鄰
翁相對飲隔籬呼取盡餘杯

81

昨夜雨疎風驟濃睡不消殘酒試問捲簾人卻道海棠依舊知否知否應是綠肥紅瘦

一九九二年初春以行草書录李清照如梦令韩牧於加拿大列治文市

```
國家圖書館出版品預行編目

韓牧散文書法新輯 / 韓牧著. -- 臺北市：獵海
人, 2024.10
    面；　公分
    ISBN 978-626-98460-9-2(平裝)


848.7                           113013992
```

韓牧散文書法新輯

作　　者／韓　牧
出版策劃／獵海人
製作銷售／秀威資訊科技股份有限公司
　　　　　114 台北市內湖區瑞光路76巷69號2樓
　　　　　電話：+886-2-2796-3638
　　　　　傳真：+886-2-2796-1377
網路訂購／秀威書店：https://store.showwe.tw
　　　　　博客來網路書店：https://www.books.com.tw
　　　　　三民網路書店：https://www.m.sanmin.com.tw
　　　　　讀冊生活：https://www.taaze.tw

出版日期／2024年10月
定　　價／650元

版權所有‧翻印必究　All Rights Reserved
Printed in Taiwan